向人民报告——中国脱贫攻坚报告文学丛书
中国作家协会脱贫攻坚题材报告文学创作工程

# 春风染绿红山下

艾平 ◎著

天津出版传媒集团
百花文艺出版社

图书在版编目（CIP）数据

春风染绿红山下 / 艾平著. -- 天津 : 百花文艺出版社, 2020.10
(向人民报告 : 中国脱贫攻坚报告文学丛书)
ISBN 978-7-5306-7977-7

Ⅰ. ①春… Ⅱ. ①艾… Ⅲ. ①报告文学-中国-当代 Ⅳ. ①I25

中国版本图书馆 CIP 数据核字(2020)第 200824 号

春风染绿红山下
CHUNFENG RAN LV HONGSHAN XIA
艾平 著

出 版 人：薛印胜　　选题策划：汪惠仁
责任编辑：徐福伟　齐红霞　　装帧设计：郭亚红
特约编辑：王亚爽
出版发行：百花文艺出版社
地址：天津市和平区西康路 35 号　邮编：300051
电话传真：+86-22-23332651（发行部）
+86-22-23332656（总编室）
+86-22-23332478（邮购部）
网址：http://www.baihuawenyi.com
印刷：天津新华印务有限公司
开本：710×1000 毫米　1/16
字数：170 千字
印张：13
印数：1-5000 册
版次：2020 年 10 月第 1 版
印次：2020 年 10 月第 1 次印刷
定价：45.00元

如有印装质量问题，请与天津新华印务有限公司联系调换
地址：天津东丽开发区五经路 23 号
电话：(022)58160306
邮编：300300

# 目　录

# 序

报告文学对于我来说，不算完全陌生，也不能说是驾轻就熟。如果让我选择，我还是喜欢写散文，我喜欢在那诗一般的境界中，让心灵畅游，像鱼儿一样跟着海水起伏，而每一次抵达，都收获一次夺目的蜕变。我也喜欢写小说，你可以出场或者隐身，操持各种语调，让你的人物成为高飞的丹顶鹤，幻化千姿百态，直至扑朔迷离，用一个个意料之外，展示一种种情理之中。我觉得写报告文学对作家几近苛求，从生活到艺术，从事实到叙述，没有给你任何文过饰非或者闭门造车的缝隙。不论面对多么宏大的土地，你都必须深深地躬下身子，细细地鉴别每一株草木，而你以往的人生经验，只能用于对题材的思考和理解。若移花接木，必然失血脱骨；而闲笔恣肆，则会离题万里。真实是报告文学的生命和根基，在这个前提下，要做到声情并茂、温暖感人，必须用有力量的细节说话。好细节都在生活的深处，我能找到它们吗？

因此，每一次写报告文学，我都感觉有一道道难题压在心头。

二〇一九年十月到十二月间，我两次到内蒙古自治区赤峰市体验生活，收集创作脱贫攻坚主题报告文学的素材。赤峰对我来说，和当初写中篇小说《包·哈斯三回科右中旗》时的科右中旗一样，既熟悉又陌生。熟悉是因为我也是一个内蒙古人，陌生是因为内蒙古和八个省市自治区接壤，每一个盟市的人文地理都是有差别的。赤峰市位于内蒙古自治区东部，西辽河上游，大兴安岭西南段山脉与燕山北麓之间的山地草原，面积九万余平方公里，是半农半牧区，与我常住的呼伦贝尔草原大不相同。赤峰在蒙古语中为“乌兰哈达”，因城区东北部赭红色山峰而得名。赤峰市是内蒙古自治区的九个地级市之一，有八千年的悠久文化，有众多北方少数民族的文明遗迹，有国家级文物保护单位五十处，在考古学上以其境内地名命名的文化有八种。赤峰原本高山大野、水草葳蕤，后来这里的生态在历史进程中退化了下来。到一九九四年，赤峰市产生了八个国家级贫困县（旗），两个自治区级贫困县（旗），时至二〇二〇年三月，才得以全部摘帽脱贫。穷则思变，赤峰人从未失去过梦想，从未停止过奋斗，大到全面实施精准扶贫和乡村振兴，小到贫困户家庭捆制的一把笤帚、致富带头人蒸出的一锅粘豆包，无不体现出他们追求幸福生活的信念。现在举国进行的这场脱贫攻坚大决战，解决了这里的绝对贫困问题，使这片土地旧貌变新颜，让这里的老百姓踏上了小康之路。二〇一九年五月，国务院批准赤峰市为扶贫改革试验区，赤峰市开启了巩固脱贫攻坚成果、创新扶贫架构新模式、建立确保贫困人口脱贫后不返贫、振兴社会主义新农村的新征程。

我需要认识赤峰市的一切，从人文地理到历史沿革，从民俗风情到乡村民生，从诸多的扶贫政策到种种产业扶贫方式。我需要结识众多的朋友，从各级干部到驻村第一书记、工作队队员、村“两委”成员，从一个个企业的管理者到不同层面的创业者，从自强不息的残疾人到日夜拼搏的贫困户……

对于各类资料，我也无比贪婪，赤峰市扶贫办的领导和同志们一直在为我指路导航，帮我迅速地沉入基层，找到一个个“目标”。每到一个旗县，他们都会为我提供地方史志以及各种相关资料。采访结束后，我去开了两个会，回到家中便看到沉甸甸的三大箱子资料。我知道，这些资料最终很少会被我直接使用，但我依然如饥似渴，大约有两个星期，我回忆着那些亲切的气息、景象、音容笑貌，沉浸在进一步发现赤峰的阅读中。

我在村庄里穿行，看到了一个个年轻的驻村第一书记，他们身上有泥土，手上有羊毛，心里有一腔真情，说起贫困户的情况他们了如指掌。我看到了九十多岁、五十年党龄、不忘初心的老志愿军。我看到了七十年前从香港嫁到敖汉的老奶奶，发现她虽然有精神疾病，却保留着一丝岁月抹不去的记忆。我看到了一位为保护村庄跳到冰河里砌沙袋的老村支书。我和农村母亲冯丽华相拥而泣，她告诉我说，她曾在荒芜的小村里节衣缩食地供儿子读书，儿子考上同济大学，她手里的钱不够孩子的路费，是学校和镇里帮助了她的孩子。儿子即将出发的那些日子，她心里百感交集，当火车一开动，她就晕倒了，至今她见到绿皮火车还会流泪……所以，她第一个响应政府号召，易地搬迁，住进了新村。

说不完的赤峰人，道不尽的赤峰事。或许我无法用有限的一本书把你们都写出来，我却想与你们一一促膝长谈，我不仅想知道你们有了多少平方米的新房子，有了多少元的年收入，参加了什么合作社，有了怎样的幸福感；我还想了解你们在这场脱贫攻坚的历史会战中有怎样的心路历程，尤其是那些年轻干部，你们是如何在农村的风吹雨打中懂得了农民、懂得了时代、懂得了中国，你们是不是做好了承担未来的准备？赤峰市让我心存感动，让我流连忘返，我充满好奇，渴望发现诗意的细节。

我是一个离开了细节就不会写作的写作者。注目赤峰市波澜壮阔的脱贫攻坚战，它可谓是修拉式的点彩大画面。我知道只有在每一个小亮点上深度挖掘，才能找到脉搏般鲜活、奇妙、栩栩如生的东西。实际上，这个过程并不是一蹴而就的，我一再告诫自己，生活是璞玉，你要有耐心。这本书中的十六个短篇，都是先做了实地观察，与主人公交谈，进而研究资料，找到一些可以追寻的切入点，再次和主人公沟通，最后才落笔的。我发现，其实我的每位主人公的生命里都藏有珍贵记忆，只不过打开那些质朴的心灵，真的挺难，他们讲述自己的故事，只有三言两语，越深情的东西，越不愿意触动，往往习惯用抽象的语言一带而过。所以，我的难题不是怎样表达，而是怎样进入生活的内核。

对于赤峰市，我知道的还远远不够，真的十分期待下一次。

# 既然披上了第一书记的战袍

## 一

下雨了！雨点像一颗颗小石子，重重地砸在土地上，土地上出现密密麻麻的小水坑，转瞬之间，这些小水坑的水就弥漫起来，变成一片无边的水泊。

二〇一七年，赤峰市敖汉旗古鲁板蒿镇孤山村杨家杖子自然村遭遇了一场前所未有的大雨。

山洪倾泻而来，道路消失了，排水沟被注满了，水流到一家家院里或门槛跟前。村里的人们害怕了，男女老少相携着来到村口的河边，提心吊胆地关注着水势。他们默默地祈求老天，千万不要再下了，那样的话，一场洪灾将不可避免。

这时候，只见远处的公路上一辆汽车疾驰而来。

车上下来五个人，急匆匆地来到了河边，看样子要过河到村里来。河水咆哮着流过，快要把浮桥两侧的凭栏没过了。浮桥在水中左右晃动着，人若是从浮桥上走到对岸，要蹚过没腰半尺的河水，还有可能摔倒，被大水卷走。

对岸的大爷大娘焦急地喊:“孩子们,可不敢过啊,太危险了!”

几个叼着烟卷的年轻村民却在说风凉话:“哥们儿别玩命了,你们不就是来镀个金吗?开开会就得了呗……”

这五个人,停了一下。只见带头的那个人揩了一把脸上的雨水,振臂一呼——人民的利益高于一切!病重的乡亲们盼着咱们呢,医生们等着咱们呢,咱们就是倒在冲锋的路上,也是重于泰山,也是无上光荣!同志们,不要怕,咱们互相把手拉紧,只要我们不松手,一直往前走,冲过去没问题!

其余四个人的声音随之而起——不怕,我们都是共产党员,老百姓需要我们的时候到了!

在这气壮山河的呐喊声中,杨家杖子自然村的数百位老乡见证了一次和平年代的英勇冲锋。

扶贫攻坚驻村第一书记冲在最前头,他的身边是村党支部书记和村干部。他们赤裸着胸膛,把随身带的文件资料系在脖子上,手挽着手,在大水激荡的桥面上,稳如磐石、动如铁甲,坚毅前行。桥在水中晃着,水在桥上荡着,却没有让其中的任何一个人倒下去,因为他们紧握着彼此的手,仿佛一节节铁链不可断裂,那是同志的手、战友的手、兄弟的手!

这个驻村第一书记,就是黄旭坤。他们今天过河,是因为有一件关乎杨家杖子自然村民生的大事。

杨家杖子自然村有五名大病患者,由于多方面原因,一直得不到应有的救治,现在有的瘫痪在床,有的危在旦夕。黄旭坤为这件事忧心忡忡,寝食不安,虽然去过多家机构联系,但都因为种种原因被婉拒了。最后是黄旭坤的老领导——新洲中医院的院长承诺到杨家杖子自然村义诊。由于医院每天都要开门接诊,他们多次调整时间,安排最好的医生,才确定下来将在明天,由院长带领三位优秀医生到杨家杖子自然村给这五名重病患者义诊。他们临时通知黄旭坤,需要事先到杨家杖子自然村,把五名患者以往的病历和检查报告用手机传给医生,并连线接受医生的询问,以便他们准备好要携带的诊治器械,并为患者备置一些药品。

黄旭坤一行人颤颤巍巍走过二十多米的浮桥,岸边的乡亲无不啧啧赞叹,说风凉话的小青年也肃然起来,大家一拥而上,帮他们打伞,擦身子,拿东西,从家里取来热茶……几名患者的家人,拉着黄旭坤的手,一把雨水一把热泪地说着真心的感谢话,老村干部任广握着黄旭坤的手,激动地说:"我当村干部二十多年,从来没服过人,今天我服气了。谁不知道生命可贵,你们也是上有老下有小啊,这回让我看到新时代共产党员的境界了!"

黄旭坤心头不由得一暖,眼泪也流了出来。谢过众人,他们来到五名重病患者家中,按照医生的要求,为第二天的义诊做好了准备。

第二天,雨过天晴,新洲中医院的医务人员有备而来,很快给出了最佳治疗方案,还带了价值一万二千元的对症药物,他们决定长期关注这五名病人,今后入院治疗予以免费,并且派车接送。

五名患者的病况都有明显好转,黄旭坤心里日夜悬着的石头才算落下。

我觉得黄旭坤这个人内心怀有英雄情结,他应该当过兵。扶贫办的同志给我发来了一组他的工作照——在贫困户家的火炕上,他盘腿挺背,稳坐如钟;在义务劳动后,他和几位扶贫干部一起吃快餐,大家都坐在台阶上,唯有他蹲着,那腿脚像凳子一样牢靠。

我的直觉没有错。黄旭坤的确参过军,曾在辽宁武警部队当过轮训教员。他来到我面前,目光炯炯,仪表堂堂。立定、握手、落座、开口说话,举止行为尽显当初的训练有素,使人想到军歌嘹亮的演兵场。

这是一个有四年军龄、三十年党龄、三十年工作履历的青年干部。二〇一五年,他在敖汉旗综合执法大队副大队长的岗位上被组织选派到古鲁板蒿镇康家营子村任脱贫攻坚驻村第一书记。

到了康家营子村，看到当地村民的生存状况，他雷厉风行，以最快的速度，解决了每个自然村之间通水泥公路的问题，同时想方设法为全村安装了有线电视，给各个自然村修建了文化活动场所，并因户施策，为贫困户谋求脱贫致富的项目。

黄旭坤在康家营子村干得热火朝天，突然接到一个原单位领导的电话，说要和他谈谈。

原来，为了落实党的十九大坚决打赢脱贫攻坚战的部署，聚焦深度贫困地区脱贫攻坚的“坚中之坚”，组织上想把黄旭坤调离康家营子村，并交给他一个更艰巨的任务，到古鲁板蒿镇孤山村任脱贫攻坚驻村第一书记。

黄旭坤对孤山村的情况略知一二，那是个由三个村合并成的大村，山地多，天气冷，风沙大，降雨不均，养殖业和种植业局限于养羊和种玉米，很难寻求新的致富项目。这三个村子的民风、民俗各有千秋，互相极不认同，各村内宗族之间长久以来也存在着矛盾，往往一有涉及利益的事情，就会闹出种种事端，当地村干部早已被弄得束手无策。

领导也了解这些情况，就给黄旭坤做工作，总的意思是这是咱们单位结对帮扶对象，又是老大难村，不派一位强有力的干部，拿不下来。大家一致认为你在康家营子村干得很好，一定能担起这副重担。当然，你有权选择留在轻车熟路的康家营子村……

领导又说，你还记得总书记说过这样一句话吗：“惟其艰难，才更显勇毅；惟其笃行，才弥足珍贵……”这位领导显然十分了解黄旭坤的性格，也懂得做思想工作的艺术。

黄旭坤为之一振，他把所有的为难和犹豫吞进肚子，接受了组织的委派。

# 二

黄旭坤的语言表述简洁利落，掷地有声。他说，沧海横流，方显英雄本色；谷壑纵横，才见赤子之心。在扶贫攻坚这场举国大战中，我是万马千军中的一名战士，既然披上了孤山村脱贫攻坚驻村第一书记的战袍，不干不行，干就干好。

二〇一六年，黄旭坤初来乍到，他从车上卸下简单的行李，走进了村委会办公室。

村委会给人的感觉像一间弃屋。桌椅板凳，歪歪斜斜，破旧不堪；桌子上没有办公用品；墙上地上都是灰尘；水壶里没有一滴水，只有黄色的水锈挂在壶嘴上；院子里没有卫生间，没有花圃菜畦；一面晒褪了色的国旗还在门厅上挂着，已经被风雨撕得一条一缕。这种景况，让黄旭坤看着想掉眼泪。

黄旭坤做的第一件事是在院子里种上了几畦子蔬菜，绿油油的菜苗长出来，村民一路过，就知道这回可是动真格的，驻村干部要在咱们这里安营扎寨了。他又从自己的工资里拿出三千元，买了米面油和一大堆方便面。上任伊始的那段时间，他平均每天吃两顿方便面，他没有时间照顾自己，村委会也没有食堂给扶贫干部做后勤保障。

孤山村在古鲁板蒿镇南部，有八点九万亩土地，包括耕地三点四万亩，林地三点五万亩，山地两万亩。一共有七个自然村，一千一百六十户两千九百四十口人。党支部下设十一个党小组，共有八十四名党员。然而，孤山村并没有呈现出团结一致奔小康的局面，上上下下进取心涣散，宗旨意识淡薄，财务管理混乱，集体经济空壳化。这就是黄旭坤当时所面临的情况。

当时，由于前任村支书已经退休，作为脱贫攻坚驻村第一书记，黄旭坤义无反顾地担起了孤山村党支部的工作。

党员同志，你们在哪里？老村干部，你们在哪里？村里的妇女骨干、青年骨干，你们都在哪里？

黄旭坤开始了紧锣密鼓的串门行动。他坐在炕沿上，给大娘点上一袋烟；他走进大爷的场院，随手拿起一把扫帚，成了大爷的帮手；他走进田间地头，跟乡亲们一起掰玉米、挖土豆。他的眼睛注视着村里的每一缕炊烟，他的双手触摸着这片土地的每一丝脉动。

乡亲们奔走相告，来了一个黄书记，要领着咱们甩掉穷帽子呢……很快，村“两委”成员到位，党员到位。全村上上下下，等待着黄旭坤的第一步棋。

黄旭坤的第一步棋，就是向镇党委建议，对村党支部和村委会进行调整充实，让年富力强、心怀村民利益的同志进来。第二步棋就是强化制度建设，党务公开、政务公开、财务公开，启动村民代表和监委会的联合监督。他对全体党员说，沧海河流有砥柱，万山磅礴看主峰。谁是砥柱？就是我们这些在党旗下举手宣誓的共产党员。谁是主峰？就是村民们一票一票选出来的村干部！

我们要出来走两步！共产党员就是排头兵。

当村民们走进村委会的时候，眼前不由得一亮，鲜艳的五星红旗升起来了，崭新的镰刀锤头的党旗挂起来了，办公室收拾得窗明几净，桌子上摆放着崭新的档案盒、文件夹、工作手册，并且安装上了网络，具备了基本的办公条件。黄旭坤没有说，这是他自掏腰包购买的。他懂得老百姓的心，面对热情洋溢的宣传鼓动，他们更愿意看到你所办的实事。

由于没有投资，全体党员干部义务劳动，整治脏乱差，改善全村人居环境。黄旭坤冲在最前头，党支部书记刘庆波，家里开着一家鞋店，当即关了店门，带着媳妇和两个店员来参加义务劳动。其他党员和村干部一看，也纷纷领来了自己的家属。这次义务劳动结束，把村里街道彻底清洁整理一遍，节省了七千余元的劳务费，更重要的是，让老百姓看到党员干部那是说干就干，不玩花架子，跟着他们脱贫致富大有希望。

后续的实事一件接着一件。村委会打了机井，村子里二十多年拉水吃的历史结束了，连接全村的十八点七公里水泥路修通了，由危房旧房改造的一百一十套住房在建，幸福大院养老工程在建，四百万元扶贫资金落地，渗金吐、北洼等六个自然村传来了日夜不停的机器轰鸣声，七眼饮水井、五眼灌溉井很快完工，一次性解决了两千九百口人吃水和两千亩地浇水难题。在党支部、村委会的引领下，孤山村种植合作社成立了，每年收入可达一百四十万元；养殖合作社成立了，年收入可达到一百八十万元；旅游合作社也成立了，每年收入是一百万元。仅此三项，就带动二十户四十二口人实现了脱贫。

人心齐，泰山移。黄旭坤和村“两委”的同志们团结奋战，全体村民人人参与，孤山村的脱贫攻坚之路越走越宽广。

## 三

二〇一七年八月十八日，凌晨四点，窗外下着大雨，黄旭坤接到包片干部任亚青的电话，说是邢家营子自然村村民之间发生了冲突，都动了铁锹和锄头，事态十分严重。黄旭坤一骨碌下了床，启动汽车，瞬间钻入雨雾。

邢家营子自然村离村委会十公里，当时水泥路还没有修好，大雨滂沱，山路起起伏伏，泥泞曲折，很难辨识路况。黄旭坤走到三点四公里处，车轮滑入一个泥坑，保险杠损坏，半个车厢进水，没有办法继续开车前行了。黄旭坤打开车门，从泥水里爬出来，看看表已经是凌晨五点了，打个电话给邢家营子自然村的村干部，得知冲突还没有停止。

还有六公里的路程。黄旭坤把鞋里的泥水甩干净，迎着大雨翻过山冈，蹚过泥洼，顾不上衣服被灌木刮破，也没在意胳膊出现了流血的伤口,跌倒了,爬起来,泥滚身,身滚泥,时而加速奔跑,时而小心翼翼地挪步,终于到达邢家营子自然村村民纠纷现场。

沉疴陋习总是与贫穷的生活如影随形。邢家营子自然村的争端是因为大雨。雨来了,流入了上一家的田地,上一家就垫高田埂,自家的田保住了,下家的田就被淹了,全村的地都是相连的,结果大部分人家都卷入了这场冲突。

突然有个泥人出现在纠纷现场,大喊道:“不要闹了,闹下去有完没完?”

正在打架的村民一愣,这大雨天的,谁能来咱们这穷地方?莫非天上掉下个孙悟空?

有人认出来了:“这不是驻村的黄书记吗?这大雨天的,您怎么来了?”

黄旭坤的确一肚子火。他一把夺过村民手中的铁锨和锄头,往地下重重一扔,怒吼道:“不是你们叫我来的吗?你们不打架我能来吗?”

一个怀着身孕的妇女被感动了,她无声地走到黄旭坤身边,给他撑起一把伞,毫不在意自己已经被雨水淋湿。

现场安静下来了。黄旭坤也无须再多说什么,他在前面走,大家都跟在他的身后,回到了村里。黄旭坤心里非常清楚,愚昧的根子是贫穷。他让村干部通知下去,一家出一个人到村民组长家开会。

“老祖宗说过,远亲不如近邻,什么意思?就是说乡里乡亲地住着,比你那在北京、在赤峰打工的儿子闺女近多了,有用多了。我就不相信谁家能房顶开门、灶坑打井,这辈子用不到邻居帮忙。所以近邻之间,可不能遇着点小事就闹生分!

“你们细想想,咱为啥要死守着这点庄稼,还不是因为全指着这点庄稼过日子,没有别的来钱道,为啥闹事,就是因为个人顾个人的小利益,要是大家联合起来,共同守着大盘子挣钱,还会有这事吗?”

村民们你一言我一语,说:“可不是嘛,黄书记,您把我们心里说得透亮透亮的。往后听您的，谋略点大事，咱邢家营子自然村也要脱贫致富奔小康。”

这家说要杀鸡，那家说要宰羊，一定要留黄书记在村里吃顿热乎乎的家常饭。

黄旭坤说：“饭就免了吧。我的汽车还在水坑里泡着呢，请你们帮个忙给拽出来。”

有人开着拖拉机，有人拿着钢丝绳，村民们争先恐后地到了现场，把黄旭坤的车从泥坑里拽了出来。黄旭坤掏出五十元，说给大家买点烟抽。村民组长说，黄书记，快拿回去，您帮我们解决这么大的问题，我们要您的钱，那太丢脸了……

黄旭坤就这样成了村民的贴心人、主心骨。有困难找黄书记，哪里有困难，哪里就有黄书记。在他们的眼里，黄书记钢筋铁骨、无所不能，是一个浑身智勇、无往而不胜的大能人。

村里有位独居老人，七十六岁了，叫王明兰。在烧炕的时候，不小心引发了一场大火，把自己家的房子彻底烧毁。白发苍苍的老人面对一堆冒着黑烟的灰烬，失声大哭，冷冷的秋风一阵阵袭来，她浑身发抖，萌生了寻短见的想法。黄旭坤来了，给她带来一个实实在在的承诺，入冬前，一定让您老人家住上暖暖和和的新房。黄旭坤的话掷地有声，一座红砖瓦房很快建成了，有上下水，还有取暖小锅炉，比老人原来的房宽敞暖和了很多。老人这一次是喜极而泣，她拉着村干部的手说：“有这样好的干部关心我，我再也不用为年老害怕了，我要好好地活下去。”

为给西洼村民组的独居老人李桂兰排解孤独，黄旭坤回家，把自己家的新电视拉来，送给了老人。

村里有三十户人家的孩子就学困难，黄旭坤通过各种渠道请求支援，获得了爱心人士一万余元的物资支持，使他们高高兴兴地进入了新学期。

没有人知道，黄书记也有病痛伤心、软弱无助的时候，一个个夜晚，他是怎样躺在宿舍的床上辗转反侧，忍着疼痛坚持到天亮的。由于年轻时军训留下的损伤和长期的劳累，他患有腰椎间盘突出和结肠炎，自从来到孤山村当驻村第一书记，他的双休日都是在工作中度过的，他的除夕夜、中秋节、国庆节都是在村里和孤寡老人、困难群众一起度过的。倒是经常有机会到旗里办事、开会，可是每次都忙得过家门而不入，一件事接一件事，件件事都需要和时间赛跑，哪里舍得时间上医院啊，平常他只能靠吃药止痛消炎，维持现状。

肉体的磨难可以靠意志扛住，内心的愧疚和伤痛却不是忍一忍就可以忘记的。说到这里，黄旭坤流泪了。

“去年一月二十日，那是一个周六，我本该休息。由于正在进行全村贫困户施策大排查，上级要求不能落下一个符合政策的贫困户，也把以前审查不严时纳入的贫困户重新摸底研判，要求星期一早晨必须上报，此项任务直接关系下一步全旗的扶贫攻坚工作。我正带着干部紧张工作。下午四点多，我叔叔打来电话说：‘三儿啊，你弟弟快不行了，你婶子哭得要命，我也不知道怎么办，你快回来看看吧！’

“我应该立即回去，安慰叔叔和婶子，送别亲爱的堂弟。我的老家在农村，我从小是在我叔叔家长大的，这么多年以来，叔叔和婶子对我比对自己的亲生儿子还亲，弟弟对我也特别亲，小时候，每逢年节，叔叔买点水果或其他好吃的，弟弟总是把最大的那个给我吃。还记得我入伍那年，弟弟十四岁，穿着一双漏脚指头的黄胶鞋到旗武装部送我。在我临出发时，他用手绢包着一百多元，塞进了我的衣兜，那是他利用寒暑假挖甘草积攒下来的钱，自己都没舍得花一分。

“我后来转业在城里安了家，每当家里园子下来的第一茬菜，弟弟就会赶着毛驴车，走三十多公里，先给我送来……农村每年腊月要杀猪准备过年，叔叔全家每年都是等到我回家才杀猪，为的是让我吃上新鲜的杀猪菜。每到那几天，弟弟总是高兴地忙前忙后，走时还得给我带上一个肘子……手头的工作必须按时交卷，亲人远去将永不归来，我心如刀割，假装出去方便，面对老家的方向，眼泪哗哗地流出来。工作任务没有耽误，可我愧对了叔叔婶子的养育之恩，也愧对了兄弟的手足之情。”

黄旭坤说，即使到现在，他都不敢听别人叫哥哥，不敢看别人家兄弟在一起团聚的场面。

终于，孤山村有了令人欣慰的成果，二〇一七年，孤山村摘掉了戴了二十多年软弱涣散的帽子，贫困发生率从百分之三十五点三降至百分之零点四八。贫困户从三百一十六户六百九十九口人，降至七户十四口人，顺利通过了验收。孤山村二〇一九年退出了贫困村行列，被评为脱贫攻坚先进单位。

黄旭坤也被评为全系统优秀共产党员、全旗优秀驻村第一书记、全市扶贫模范、全市脱贫攻坚先进个人。我在采访结束之前问他，你的任务完成了，是不是该回机关复归按部就班的状态了，他这样回答我——“听从组织安排，不干不行，干就干好。”

# 长大后，我就成了你

## 一

对于年轻人来说，追星是必须的，赶时髦也是不可或缺的。若问他们崇拜什么人物，那么我们得到的答案往往都是成功者。这些成功者，必定拥有大量的财富，或者站在某一行业的绝对制高点。

刘叶阳和他的同龄人有一点不同，那就是他从童年到现在一直保持着对父亲的崇拜。长大后，我就成了你。这是刘叶阳的人生梦想。

刘叶阳的父亲是赤峰市县级机关里的一位科级干部。他出生在赤峰市喀喇沁旗牛家营子镇团结村，后来读书和工作始终没有离开过这片区域，在最接地气的工作岗位上，他一干就是大半辈子，一步步从民办教师、村宣传委员、乡党办秘书、副乡长走到今天的岗位，总结起来，还真的没有什么轰轰烈烈的壮举，就是一个踏踏实实、勤勤恳恳的老党员、老公务员。

童年时，夕阳透出无限的暖意，哪怕脚下是一层厚厚的白雪，寒风把他圆鼓鼓的小脸吹得像个胡萝卜，小叶阳也会站在马路边固执地等待。父亲会在这个时刻回家，他总是骑着那辆老旧的自行车，从远处的橘红色光芒中走来，脸上满是汗珠和霜雪。他使劲蹬两下车，飞快地骑到儿子跟前停住，伸出一只手，把儿子从地上捞起来，放在自行车的大梁上，然后载着宝贝儿子，一路有说有笑地往家骑。

小小的叶阳对爸爸口袋里的糖果更感兴趣，他不知道这是父亲从十分拮据的伙食费里节省出来的。

父亲当时在赤峰学院就读，这是他在有了两个孩子之后的选择。别人说，你其实大可不必吃这份苦，就凭你那脑袋瓜儿，在家养点牛羊什么的，或者做点小买卖，再不济把地侍弄好了，几年就能发起来，也不至于煎两个鸡蛋，还要往里面兑一把面粉，吃得直吧嗒嘴。父亲不为所动，他硬是通过考试，成为一个大叔级年龄的大学生。赤峰市离牛家营子乡二十多公里，他一次都没有坐过汽车，就靠一辆自行车走完了两年的求学之路。

许多年之后，刘叶阳还记得父亲脚上那双带裂痕的旧皮鞋，还记得父亲肩头那只重重的旧书包。

父亲在外读书工作，母亲一个人忙着种地和做家务，小叶阳就成了一个自由自在的小牛犊，从小贪玩导致了他后来面对高考望而却步。父亲并没有发火，一遍遍地鼓励儿子，说，实力是点灯熬油积攒下来的，拼一拼才知道自己到底怎么样。刘叶阳大学毕业之后，又在父亲的支持下，连考三年而不气馁，终于考上了公务员。也许就是命运使然，他也像父亲一样，做了牛家营子乡的党办秘书，在这个父亲曾经工作过的单位里，他的同事很多都是长辈，他们见到刘叶阳，第一句话都是——刘永军的儿子肯定错不了。他们告诉刘叶阳，你爸那人啊，大事小事，没有一件事不认真，个人事再大，也总是放在工作后面，在乡镇合并、人事调整的时候，他一没找领导要岗位，二没在原地等消息，而是到外地招商引资去了……刘叶阳在这里工作了三年，上班的时候，父亲像一面无形的镜子，时时刻刻地审视着他、激励着他；回到家里，父亲就是他随时请教的老师，他永远不能忘记父亲的教诲——事事出以公心，不谋私利，什么时候你都能站住脚。

长大后，我就成了你。

刘叶阳在这个岗位上干了三年，只能干好，不能懈怠。因而他也慢慢体会了父亲当年的心思，明白了父亲为什么顶着生活的重压去求学，后来为什么苦苦坚持鼓励自己考学读书，他追求的绝不仅仅是一张文凭、一个稳定的工作岗位，而是通过受教育获得人生必不可少的望远镜和显微镜。望远镜用来瞭望人类的大前景，显微镜可以体察自己周围的小世界。

## 二

二〇一六年三月，父亲刘永军在旗人大财经委主任岗位上被选派到王爷府村当驻村第一书记；在旗委宣传部当干事的儿子刘叶阳，则被派到马鞍山村当驻村第一书记。父子俩同时奔赴喀喇沁旗脱贫攻坚主战场。

第一次作为一名下派干部来到村里，年轻的刘叶阳没有任何经验，尽管是带着一片真心、一腔热情，住在村里简陋的宿舍，吃着村里简朴的伙食，可是一时还不能走进村民的心里。

刘叶阳在入户时发现了一名青年非常放任自流，每天懒洋洋地在村里晃来晃去，就是不肯上学。刘叶阳就主动去做思想工作，劝说这名青年赶紧回学校读书，告诉他将来整个社会的文化水平提高了，没文化挑个门户过日子都不成……万万没想到这名青年突然大发雷霆，冲着他就来了——再让我去上学，我就用砖头子拍死你。

简直是莫名其妙，他在手足无措的同时还有几分畏惧。

第一次主持村民代表会议，议题是评选困难家庭并列入贫困户。通知上午八点半开会，村民代表们稀稀拉拉，到了上午十点还没有完全到齐。刘叶阳和另一名工作队队员坐在会议室耐心地等着，村民代表们好像没看见他们似的，互相聊着张家长李家短，嘻嘻哈哈地讲着一些荤笑话。一些人来晚了，还不让问为什么，一问就有点恼火。他们说，我们家里一堆活等着呢，哪有时间在这儿听你们念文件、念政策，啥事直说，说多了我们也听不懂。

其实这天开会，村民代表们并不是真的不关心，而是带着一肚子不满意来的。

刘叶阳说："今天要听听你们的意见，看看咱们村哪些户合乎贫困户的标准，咱们就把他家列进去，按照政策给予扶贫帮助。"

明明是要评选新年度的贫困户，有人却翻起了旧账。

"那××家，有车还有房，为什么就当上了贫困户？"

"那××家，有儿女在外面开店做买卖，怎么能当贫困户？"

"我们家老人病倒在炕上好几年了，我们怎么就评不上贫困户？"

这个会开乱套了。不知道谁开的头，说："你们工作队给我们这些村民代表带来啥好处了？是有钱还是有物……你们不公平……"

刘叶阳站起来，示意大家静下来，根本没人听他的。他大喊道："你们听我说——"他的眼泪就没出息地流了出来。

大家安静了，不一会儿接着在底下嘀咕："看吧，嘴上没毛，干事不牢，一整就哭，算啥本事？"

听到这句话，刘叶阳不由得火冒三丈。他狠狠抹一把眼泪，声嘶力竭地喊道："你们能不能尊重点事实，我们怎么就不公平了？"

"二〇一四年和二〇一五年的贫困户是我们工作队定的吗？还不是你们村民代表自己选出来的吗？你们当时拉帮结伙，投关系票，有话不说，装在肚子里发芽，现在来章程了。我们工作队是二〇一六年进来的，那一年你们也看到了，我们工作做得有多细致，对贫困户条件审查得多严格，你们刚才说了半天，有一户是二〇一六年评的吗？你们说呀！”

这一回带头瞎吵吵的人没底气了，刘叶阳绷着脸，主持履行了会议程序，票选认定了新年度的贫困户。

周末回到家，眼看妻子带着身孕，一边照顾大女儿，一边还要上班，同时还承担了贫困户定点帮扶的工作任务，累得无精打采。他想着自己工作没干好不说，家里还没照顾上，心里非常沮丧。父亲看出了他情绪不好，刘叶阳含着眼泪把这事跟父亲说了一遍。

父亲笑了，拍拍儿子的肩膀，给了两点建议。第一，对待老乡要耐心，农村封闭了这么多年，让他们认识新事物需要一个过程。第二，过去我们有的干部下乡往往是走过场，给老百姓留下了不好的印象。所以老乡不爱听大道理，不爱听套话，就看你办不办实事，当你帮他们把困难解决了，他们就会信任你。第三，紧紧依靠村“两委”，因为他们了解情况，又有工作经验。

刘叶阳回到村里，情绪不再有波动。他走街入户，不论是不是贫困户，他都嘘寒问暖，耐心了解他们的生产生活情况，进门见到活就动手帮着干，遇到老乡家有困难事，就拿出小本子记下来，尽快张罗解决。

在入户的过程中，他和一位六十四岁的老人熟悉了。这位老人生活困难，老伴还是个聋哑人。有一天夜里刮大风，把他家的电视接收天线刮移位了，看不了电视，老两口只好坐在门口的石头上打瞌睡。老人把这事告诉了刘叶阳，刘叶阳马上说：“大爷别急，让我上去看看。”

别看刘叶阳是农村长大的孩子，可是一直在上学，毕业后在机关写材料，登高上房、下地种田的活还真没干过。

老人家的房子有三米多高，梯子只能够到瓦下面。刘叶阳本身有点恐高，登上梯子，两腿打战，上不了房，他不想让老人看出他在害怕，两手按住房檐，胳膊一撑，上了屋顶。他不敢往四周看，半蹲半爬，降低身体重心，拿着小锅形的天线，连续从几个方向寻找信号，找到了信号，又用砖头瓦块把天线固定好。当他听到大爷在地上喊“有了,这回有了”的时候,在房上高兴得笑出了声。

贫困户郭瑞城四十三岁,家里三口人,只有六亩地,没有像别人家那样种山葡萄致富,还在种杂粮,每亩只能收入七百元,生活十分困难。有一天刘叶阳到他们家走访,看到沙发上坐着一个小姑娘,低着头,一句话也不说,便问:“小朋友,上几年级了?你爸爸在家吗?”小姑娘还是不抬头、不说话。郭瑞城从厨房出来,告诉刘叶阳道:“我女儿眼睛不好,看不见了。”

刘叶阳心里一酸。他细问得知,郭瑞城的女儿,在六岁时左眼得了青光眼,右眼得了白内障,视力下降很快,只好辍学。孩子的妈妈一看这种情况,就扔下孩子走了,再无音信。从此郭瑞城又当爹又当娘,每天给孩子洗脸喂饭,同时还要照顾久病在床的老母亲。他和刘叶阳唠叨:“我看着人家致富,能不着急吗?可是我只有两只手啊,顾上家里,就顾不上外面,真是愁死了。”

刘叶阳问:“这孩子有残疾证吗?”

郭瑞城说:“残疾人还有证?”

刘叶阳联系了医院,给郭瑞城女儿做了检查,并把她的残疾证办了下来,又给郭瑞城的老母亲解决了低保问题。郭瑞城一家,每年有了三千余元的补贴。

这时候一位北京下派的扶贫干部到马鞍山来调研,刘叶阳抓住这个机会,向他反映了郭瑞城女儿的情况。在多方支持下,郭瑞城带着女儿来到北京同仁医院,为孩子治疗眼疾。经过多次专家会诊,精心治疗,结果令人遗憾,由于时间拖得太久了,孩子眼底的血管已经失去功能,视力无法恢复了。

极度失望的郭瑞城焦躁难耐,直冲着刘叶阳发牢骚:“都是你,非让我们上北京治,结果也没治好,还耽误一个多月。”

刘叶阳默默地把委屈咽下。他想起了父亲的话,有耐心,办实事。

喀喇沁旗的特殊教育学校没有盲人教师。刘叶阳又到赤峰市的特殊教育学校打听，学校回复，只要这孩子智力正常，我们愿意收她入学。

刘叶阳回来问郭瑞城，愿不愿意让孩子上学。郭瑞城说："怎么不想啊，这孩子就这么在家待着，慢慢就傻了。"

刘叶阳帮助郭瑞城给女儿准备了行李物品，开车带着他们爷俩来到学校。学校的生活条件太好了，老师和校长也十分和蔼。可是这孩子就是一句话问不出来。郭瑞城连哄带逼，孩子总算开口，讲了讲自己的病情。校长说："好了，放假的时候，我保证让你见到一个活泼开朗的女儿。"

临别，郭瑞城和女儿抱着头痛哭。这些年来，他把女儿放在心尖上养着，家里再困难，孩子没冷过、没饿过，总是穿得干干净净的。刘叶阳一边劝慰，一边跟着流泪。他见识了苦难，对脱贫的紧迫性，有了更深入的理解。

果然，郭瑞城的女儿放假回来，简直像换了个孩子似的，和大人有说有笑，自己洗脸、吃饭、洗衣服，还帮着父亲做一些力所能及的家务。老师从学校发来视频，女儿打扮得漂漂亮亮，正在台上朗诵呢。

在孩子上学期间，刘叶阳帮郭瑞城申请了一个保洁公益岗，每月有七百余元的收入，同时劝他放弃了不挣钱的杂粮种植，开始种植山葡萄，每亩收入三千元左右，家里的生活条件大为改善。

工作越来越得心应手，刘叶阳的决心也越来越坚定。刘叶阳的小本子上面记满了每天要做的事情，不论是贫困户的事，还是一般村民的事，他都耐心、细心询问，上心、精心地做好。

村里的乡亲们开始对刘叶阳刮目相看，由原来的爱搭不理变为见面唠个没完，有什么心里话争着告诉这个胖乎乎的第一书记。

有一个贫困户，通过工作队帮助，选择了菜单式扶贫的养牛项目，实现了脱贫致富，一年卖牛的收入就有六万多元，家里还存栏八头牛。年底了，赤峰市农村家家杀年猪，这个贫困户没有养猪，特意花钱买了一头猪，置办了宴席，专门请工作队队员吃杀猪菜。考虑到纪律，刘叶阳和其他工作队队员都没有参加。

扶贫先扶志。帮助村里的出名懒汉杜景民从冷被窝里爬出来，真比让一棵躺倒的树起死回生还要难。

杜景民四十五岁，正值壮年，以前也有一个幸福的家庭。由于好上了赌博这一口，家渐渐地被他败光了，不仅在外面欠了几十万元，村里的乡亲们也都被他借遍了。妻子气得和他离了婚，带走了女儿。儿子小小年纪也出门独自谋生活去了，很少回来看懒惰的父亲。家里就剩了他老哥儿一个。刘叶阳和村干部走进他们家的时候，大吃一惊，真的没想到，现实生活中还会有这样的情形。桌子歪着，凳子是断腿的，锅碗瓢盆布满灰尘，炉子里没有灰烬，看来是很久没有用过了。冰凉的炕上被褥脏得跟铁一个颜色，屋里没有一丝热气，连个暖壶也没有。杜景民躺在被窝里，只露着一张惨白肮脏的脸。他看有人进屋，眼珠子动了动，算是打了招呼。

他身体没有病，可是他的每一天都是躺在床上度过的。这个世界上只有他白发苍苍的老母亲惦记着他，每天在二儿子家做好饭，冷风热气地步行四里多地送给他吃。他已经完全放弃了自己，母亲怎么劝也不听，就是躺在炕上等死，万万没想到还会有什么人能来关心他。

按照“两不愁三保障”的标准，杜景民是身无分文，要啥没啥，工作队很快把他列入帮扶对象。刘叶阳苦口婆心，一步步跟他谈。刘叶阳说，脱贫攻坚一个都不能落，这是你绝处逢生的大好机会，我们给你提供粮食，你先自己起来做点饭，慢慢地恢复身体，恢复和外面的联系。

刘叶阳住在村里，每天起来得挺早，就在村里这家看看、那家走走，了解各家的情况。有一天抬头一看，发现杜景民家的烟囱开始冒烟了。刘叶阳高兴极了。

刘叶阳再次来到杜景民的家中，动员他出来干活。刘叶阳说，你看看别人家干得多红火，咱们先从公益岗开始，不累，还有固定收入。杜景民埋头不语，刘叶阳又说:“是不是有畏难情绪？你放心，我们做好工作,村里人不会朝你要债。”

杜景民半天吭哧出来一句话，还挺横的，他说:“我有病你不知道啊？”

刘叶阳说:“你没病,你要有病,这么冷的房子,躺一冬天,你挺不到现在。”

“我就是有病,我就是有病。我头疼腿疼腰疼浑身都疼。”

刘叶阳知道他的病是心病,心想看起来正面说服,对他一时还起不了作用。于是刘叶阳说:“有病咱们抓紧治,治好了也和大伙儿一样脱贫致富。”

刘叶阳联系好旗中蒙医院,开车拉着杜景民去做了一个全身体检。报告单出来了,他给杜景民看,一边和他开着玩笑说:“你这头蹄下水血脂血压血糖都好好的,你再说有病就是糊弄人了。”

没过几天,杜景民穿上了干净的衣服,出现在自己的家门前,溜溜达达地,就是不敢往远走。可能是不好意思见乡亲。事先,刘叶阳做了些工作,乡亲们表现得十分厚道,谁也不跟他提欠钱的事,就是逗他——哎呀,好久不见,起死回生了?快告诉我们阎王爷为啥把你给打发回来?

村民代表王广发倡议村民帮助杜景民,很快,这家十斤米,那家一袋面,给杜景民送来了;由于欠电费,杜景民家的电源已经被断多时了,村委会又出面重新给他拉上电,给他买了电褥子,让他不再挨冻;刘叶阳进城把杜景民的儿子找了回来,让他做做父亲的思想工作;村主任帮忙联系,在一个施工队里给他找了个活……

杜景民说:“就是一块石头,也能让你们的热手给焐化了。”

现在的杜景民,好像换了个人一样,穿得整整齐齐,脸上带着红润的光泽。他靠打工脱贫,每年可以挣四五万元。他见到工作队和村委会的干部,就拉着手说:“走走,我买点熟食,到我家喝酒去。”据说,他过年置办了新家具，把家收拾得挺像样。刘叶阳逗他道:“告诉你呀杜大哥，就差个媳妇了……”

成功帮助杜景民脱贫这件事，让刘叶阳心里有了成就感，也有了自信。

## 三

自治区脱贫攻坚成效考核组到喀喇沁旗考核，在王爷府村看到满头白发的驻村第一书记刘永军，他们不由得发出感叹——这把年纪的老同志还在第一线冲锋陷阵，真是难能可贵。考核中刘永军上报的电子文件表格，内容翔实、清晰，格式上非常专业、规范，这也让考核组眼前一亮。

自从入村当上第一书记，刘永军就意识到补上电脑这一课刻不容缓，他的老师自然就是儿子刘叶阳了。儿子在家的时间很少，父子俩就在线上交流，老同志反应慢，却有股韧劲，虽然常常一个问题反复咨询好几遍，最终还是达到了适应工作的目的。电脑也自然地成了不能常回家看看的刘叶阳和父亲的交流工具。

入村以后，刘叶阳发现村委会的工作人员一般年龄偏大，基本都不会使用电脑，很不适应上通下达的工作需要。他就顺便普及了一下电脑的使用方法。有一位村民大姐，和他父亲性格好有一比，学了忘，忘了又来学，刘叶阳不厌其烦，终于教会了这位大姐。

几场春雨之后，山上的林子里长出了一种叫地扣的野生蘑菇，白生生的，很肥硕，口感鲜美，是罕见的山珍。这位大姐起早蹚着露水，采回了一大筐，挑选最好的，把蘑菇根用薄木片切得干干净净，托了村委会主任，让他送给刘叶阳，表示感谢。刘叶阳说，我作为一名扶贫干部，帮助村民干什么都是应该的，不能要人家的东西。他坚决地退了回去。后来村委会主任说，那个大姐都哭了，刘叶阳还是没有收。

中央电视台十七频道有一个栏目叫《遍地英雄》，邀请刘永军、刘叶阳父子俩同时到现场，讲述他们担任驻村第一书记的工作经历。

刘永军讲了一个这样的故事。

王爷府村有九百多户，刘永军全都走了个遍，哪家是贫困户，哪家是边缘户，谁家的仓里没有粮，谁家的冰箱是空的，都做到了心里有数。这中间，他发现了一名单身汉，还住在一座中华人民共和国成立前盖的旧平房里，房子很破旧，有潜在的危险。于是工作队按照“两不愁三保障”要求，将他列入了贫困户。

在给他家进行危房改造时，这位老哥向工作队提出要求。他说，你要给我重盖房子，就给我盖六十平方米的，盖四十平方米的我就不盖了。

刘永军耐心地做工作。他说，政策就是这么个政策，不是咱们随便可以更改的，如果你想要扩大一点，就自己添点钱，我们帮你打个地基，你方便时自己再加盖。没想到这人还是不通情达理，说，那我就不盖了。

不能因为一个人拖全村扶贫攻坚的后腿。刘永军找来几个和这个人关系好的乡亲帮忙劝说，这位老哥就是不答应。后来没办法，刘永军安排好了摄像和录音，在他家摆开阵势，然后和他说，你再想想，如果还是不同意拆房重建，那你就签字吧。你要知道，你是因为没有安全住房，达不到“两不愁三保障”的标准才被定为的贫困户，你认为你的房子安全有保障，那就不能当贫困户了。这位老哥一听，那还得了，贫困户的种种优惠政策可不能丢，于是赶紧签了拆迁合同。

刘永军讲到这里，大屏幕上出现了新旧两座房子的图片，旧房的确破旧得不堪入目，新房红砖灰瓦、结实漂亮，场上响起一阵掌声。但是故事并没有在这里结束，这位老哥心里敞亮了，劲头也上来了，拼命干活挣钱，现在生活富裕，无忧无虑。他养了几只鸡，慢慢攒了一筐鸡蛋。有一天他端着这筐鸡蛋，把刘永军堵在了宿舍门口，也不会说什么客气话，还是带着那股子犟眼子劲。他说：“刘书记，你要不收下这筐鸡蛋，我就站在这里不走了。”

刘永军被感动了，他知道这位老哥是在表达内心的真情。

刘永军在现场的讲述中，告诉所有的听众，也告诉自己的儿子，在今后，自己一定不辜负这位老哥的真情，多干实事，让更多的老百姓受益。

不用再聊了，眼窝子浅的刘叶阳又流出了眼泪。

长大后，我就成了你……他知道自己还年轻。

自从开展脱贫攻坚以来，刘叶阳所在的马鞍山村已经发生了很大的变化，山葡萄种植和乡村旅游的发展使这里摆脱了贫穷的阴影，在二○一七年摘掉了贫困村帽子。二○一九年七月十五日，中共中央总书记习近平来到马鞍山村考察调研，刘叶阳作为当地扶贫干部，负责向总书记汇报工作。

# 党桂梅的幸福不是一朵花

她是党桂梅。

在和我交谈的全过程中，她的脸上始终带着笑，有时微微蕴含，有时朗朗盛开。笑容透出她内心的阳光，让我想到一句话——幸福就像花一样。

党桂梅五十一岁了。我坐在她对面听她讲述，随着她的故事进入远去的岁月。我大脑里的蒙太奇不由得拂去她脸上的沧桑，拂去她两鬓探出的银麦芒，于是我看到了一位身材苗条、面色白皙、不失俊秀的女子。我想，若是在优渥的环境里，她这个年龄的女人，依然可以婀娜娇嫩，可以时尚拉风，可以像花一样绽放芳华。而党桂梅，这个常年躬身土地的农妇，这个半辈子呕心沥血的母亲，这个几十年如一日咬定青山不放松的追梦人，在我们看到她终于甩掉了身后那个巨大的贫穷阴影，缔造了崭新生活之时，用一朵花来比喻她的幸福感，显然有些矫情。

党桂梅的幸福来得扎扎实实，使我想到的不是一朵花，而是一棵树，一棵在原野上栉风沐雨的树。当然，她的旁边还有另一棵树与她并肩而立。这两棵树一起在风雨中挣扎，同呼吸共命运，含辛茹苦，百折不挠，奋力汲取大地的营养。当枝头稀疏的绿叶终于变成了浓荫，两棵树彼此的根已经成为一体。

刘玉国比党桂梅大三岁，他们的婚姻和诸多中国农村式婚姻一样，是经人保媒开始的。媒人说，刘玉国老实厚道、心灵手巧。党桂梅一看，这人长得挺周正，听说话也本分，就同意了。许多年过去，有时候老两口拌嘴，刘玉国上来倔劲，三头老牛都拉不回来。党桂梅便退一步地阔天宽，跟他说，我也会吵架，话赶话我比你来得快，我不过是大人有大量，我让着你行不行。说着她自己在一边就笑了。这是因为在党桂梅心里，嫁给刘玉国，不管日子是穷是富，是顺利还是困难，她都没后悔过。这是她不会动真格生气的根本原因。

刘玉国家兄弟姊妹多，父母没有钱给他们置办婚事，党桂梅一进老刘家的门，就背上了三千七百元的饥荒。那是二十世纪八十年代的事情，一个鸡蛋卖一毛钱，一斤玉米卖几分钱，一亩地连二百斤玉米都收不了，一百五十亩地，收入三千元，交公粮一千多元，你平常日子还得吃喝用度呢，就是说，要还清这些饥荒，意味着小两口需要付出大半辈子的辛苦。

“谁说爱情不能当饭吃，俺家就能。”说完了这句话，党桂梅突然意识到什么，瞅瞅我，像个新过门的小媳妇似的，羞答答地捂上了微红的脸。

党桂梅和刘玉国，先结婚后恋爱。相处时间一长，刘玉国发现这个媳妇正是自己梦中的那个人，会过日子，凡事先算计，想妥了就去做，你让她给自己放个假，歇下来，嗑点葵花子，扯个闲话，她一分钟都受不了，一干上活，便不愿意撒手；党桂梅觉得，自己想到的事，丈夫早想到前头去了，他虽然不说啥，行动起来比谁都快。为了未来的幸福生活创业，刘玉国有心劲，雷厉风行；党桂梅呢，嘴一份，手一份，说干就干。真是“不是一家人，不进一家门”。小两口你恩我爱，拧成一股绳拉车，相信铁杵一定能够磨成针，好日子虽然来得慢一点，但是肯定就在前面等着他们，早晚不会秃噜扣。那时候，他们浑身好像上紧的发条，力气足足的。

二十多年前，党桂梅家的脱贫战已经在只有一座泥房的庄稼院里打响了。尽快把饥荒还清是他们夫妻的第一个目标，至于未来，他们不敢想也想不到什么楼上楼下、汽车电话之类的锦绣蓝图，只要有一院子牛羊驴鸡鸭猪，手里有个存折，存折上面有几百元，就是天大的幸福了。党桂梅说，一分钱难倒英雄汉，没钱的滋味我知道。手里有两个钱，遇到事不受憋屈。

内蒙古赤峰市，北倚大兴安岭山脉，南仰燕山屏障，处于两山之间。党桂梅和刘玉国所在的北房身村，属于巴林左旗哈拉哈达镇，地处赤峰市东北部大兴安岭脚下的林缘地带。哈拉哈为屏障，哈达是山的意思，用蒙古文一翻译，你就知道这里的地形地貌了。这个镇子，包括其中的北房身村，就靠在大兴安岭山根底下，这里山地、丛林、沟壑纵横交错，可耕种的田地大小不一，就像一块块补丁似的散落在山间。这一代历史上是契丹的发祥地，无从考据当地的游牧生产是否与此有关。到了清代康熙年间实施戍边，农耕文化开始进入此地。“北房身”这个村名，明显来自汉语。这样的历史背景、半干旱草原的气候环境，让我们不难理解，直至今日这里的百姓为何依然以半农半牧为生。良田不足、山地贫瘠、气候偏冷，使这片土地从未逃脱过贫穷阴影的笼罩。

党桂梅出生在北房身村附近的一个营子，营子就是自然村，往往只有十户八户、二三十户的人家。叫营子，也应当是游牧时代屯兵记忆的一种延续。党桂梅排行老三，上头有两个姐姐。读到小学三年级，父母不让她接着念了，当然是供不起了，家里所有的哥哥姐姐，不管是否成年，都要下地干活，而党桂梅这个还没有告别童年的小姑娘，需要在家看弟弟、做饭、打扫卫生，为下地劳动的人做后勤。她哭，一哭就是一整天，夜里躺在床上还在抹眼泪。要说学习成绩，党桂梅在班上始终是状元级的，全班六十多名学生，第一批戴上红领巾的只有一名男生和一名女生，那个女生就是她。作为一名好学生，党桂梅每天都是兴高采烈的，唱着“太阳当空照，花儿对我笑”上学，捧着鲜红的一百分回家。虽然到了家，放下书包，就得出去放羊采野菜，但是她是快乐的，从不知忧为何物。

姐姐说，三儿呀，别哭了，好歹你还上了三年级，一分钱大的字认识了两口袋。你也算行了，会写自己的名字，会写咱妈咱爹的名字，还能分清林东、林西怎么写，你看看你这两个姐姐，进了屋认识锅台，出门认识垄沟，不是也得活着。

党桂梅看看大姐和二姐，不哭了，一连好几天谁也不理。她把嘴唇咬出血来，把话咽在肚子里，告诉自己——上不了学，我也要好好活一把，绝不能听天由命。

昔日的同学放学回来，从自己家门口路过，党桂梅立刻扭过头去，不看人家怜悯的目光，也不看人家肩头上那叫人眼红的书包。但是她没有忍住，到底还是把同学拦在家门口，问人家今天学校里都学啥了。同学讲给她听，她一只手抱着弟弟，另一只手拿着根柳条在地上写，把生字用拼音注上，用加减乘除把家里的玉米、土豆和辣椒算了一遍又一遍。一天两天，一年两年，党桂梅有了几分自信，你们坐在教室里，五年级小学毕业，我坐在院子大门口，也不差啥，课本上的生字我都念下来了，加减乘除和小数点，我也会使用了。

这件事对于她今后的意义有多大，年少的党桂梅并没有意识到。时隔多年，面对我的采访，说起这件事，她灵光一现，拍了一下脑壳说，对劲啊！村里和乡里的领导们说我是脱贫路上敢做梦的女人，我这个敢做梦啊，八成就是从那个时候开始的。

面对三千七百元的饥荒，她对丈夫说，人有两件宝，双手和大脑，咱们不能让它们闲下来。丈夫说，弯下腰杆往上走，多高的山也会给咱们留一条道。

巴林左旗的林缘草原和山地出产黄芪、沙参、防风等多种中草药，由于干旱，日光照射强烈，其质量是一等一的好，只是当时市场还没有形成，中草药的价格很低。中草药长在杂草和灌木丛中，让人不好认，好不容易找到了，其根子很深，十分难挖。有时候，为了挖一棵完整的药材，要将死硬的土地深挖好几尺。挖药这活，吃苦不说，也有危险，要时时防着被毒蚊虫叮，要小心爬山踩空，还要躲着荆棘以免划伤手脚，即使在十分贫穷的巴林左旗，也很少有人靠挖药卖钱谋生活。从前挖过药的老人说，猫一天，狗一天，平均下来一天能挣到两三元就顶天了。小两口商量了好几次，把眼前能挣钱的事排了个队，发现只有挖药不用先投成本钱，况且地里春种秋收，打理好庄稼，人还有闲空，可以做到两不耽误，再说中草药一般都不是一年生植物，所以，挖药这活春夏秋三个季节都可以干。

当他们在夕阳落山的时候，提着半篮子中草药，脸上带着被树枝划破的血印子，身上满是茅草沙尘地回到村里的时候，邻居直接就对他们说，傻呀，这活也干，这点钱就把你们支使成这样。

他们哭笑不得，但没有放弃。后来掌握了挖药的技术，驾轻就熟，每天可以收入大约十二元，他们一个十二元、一个十二元地攒起来，再加上平时省吃俭用，从手指缝和嘴巴里挤出来的零钱，第三年终于还上了三千七百元的饥荒。

无债一身轻。虽然作为年轻媳妇的党桂梅过年都舍不得买一件流行的新衣服，虽然到了集上，面对小商铺里大红大绿挂着的纱巾，也只能停下脚步看了又看，然后像没听见老板的招呼似的，扭头就走，但是她觉得这日子已经很叫人满足了。

党桂梅说："住在她家里的婆婆，每天可以吃上一个鸡蛋了，有时下在面条里做个荷包蛋，有时候还可以让老人换个口味，把鸡蛋用豆油煎一煎，往锅里放油的时候，也不必那么小心翼翼地一滴一滴地往锅里滴了，多倒一点也不用那么心疼了。自己有了身孕的时候，想喝一口酸奶，丈夫说，咱们去打牛奶，回来自己发酵。他拿上钱、拿上盆，就把牛奶打回来了。

“儿子出生了，长得虎头虎脑、结结实实的，一逗就咯咯地笑。院子里也养上鸡了，还养上了一头大母驴。我们有了儿子，才理解老人们说的话，人心真的都是往下长的。看着自己身上掉下来的肉，看着儿子活泼可爱的样子，我们两口子心里那个爱呀，就像吃了甜菜疙瘩那么甜。我跟他爸说，我这辈子最委屈的就是没好好上学，我要是好好上学，没准现在也能当个东方之子，上个电视啥的呢。那时候中央电视台有个栏目叫《东方时空》，介绍过好几位女科学家、女教授，那都是国家的顶梁柱。我特爱看那个节目，有时看着看着，就忍不住掉眼泪，心想她们虽然不容易，但人家毕竟成功了……我每回说起这话，我们家刘玉国就会接——供、供、供，咱儿子在乡里上了小学，到林东镇上中学，然后到北京、上海念大学，等他有了儿子，就到联合国去工作，做个决定世界大事的人。到那个时候，党桂梅就出名了，人人都知道党桂梅老奶奶不是一般人……玩笑虽然开得有点大，但是再苦再累，也要把孩子供出来，是我们像铁一样实实在在的想法。

“可能是我由于常年劳累，早早地就没了乳汁，只能给儿子喝米汤，加点牛奶，不行，儿子眼看着就瘦下去了，六个月，连二斤肉都没有长出来，我们心里那个难受啊，缺钱，怎么办呢？挖药，种地，土里刨食的办法是解决不了问题了。这时候农村的集市活跃起来了，我们这一片的集市也很热闹。看着那些林西镇和林东镇的人，从大城市带来了洗发液、电熨斗、方便面啥的到集上卖，是挺赚钱的。可是我们没本钱，家里有孩子、有地，也出不了远门，那我们能卖点什么呢？

“山根、河套、庄稼地，长啥卖啥吧。玉国手巧，就到河套割了些柳条子，在自己家编土篮。每天干完地里的活，我给他剪柳条、打下手，我们俩一直干到半夜里。后来他也把我教会了，他编大筐，我编小篓。十天一个集，赶集的地方离我们北房身村四十公里，他骑着一辆加重的自行车带着我，前面车把挂着五个土篮子，我的肩上挎着五个土篮子，再装上点葵花子、山杏仁，偶尔带点冰糖红糖，过年过节带些对联去卖，我们挣钱虽然不太多，几年下来也把儿子养大了，还置上了一公一母两头驴、二十多只下蛋的鸡，后来又抓了一头小母猪，每年能卖出一窝小猪崽。家里的日子，真是好多了，有盼头了，这时候我们女儿也出生了，我们也成了儿女双全、不愁吃穿的户了。”

儿子听话，又聪明；女儿虽然小，但是伶俐，不到三岁，就能把电视里动画片的故事照讲一遍。党桂梅两口子就盼着两头驴生小驴驹子，慢慢繁殖起来，到时候借上大力，供两个孩子上学的钱就不愁了，好日子的缰绳已经被他们抓在了手里，只要平平安安地过下去就好了。

万万想不到的事情没有任何预兆地就来了。儿子十六岁那年，突然身体和精神出现了怪异现象，乱发脾气，乱砸东西，在很短的时间内越演越烈，最后到了无法控制的程度。刘玉国和党桂梅赶紧带着儿子到了巴林左旗和赤峰市的医院，确诊的结果为精神性疾病，这个消息简直不啻晴天霹雳，让这个刚刚过上安稳日子的家彻底地塌陷了。

刘玉国知道党桂梅患有高血压病，禁不住打击，就劝告妻子，说，孩子小，正是长身体的时候，咱们咬牙使劲干，有了钱肯定能治好。说是说，刘玉国的心里还是压着一块大石头，他一个人坐在地头上抽烟，一坐就是一下午。家里所有的存款都花光了，亲戚朋友伸出手来给予的资助也用光了。党桂梅两口子开始借高利贷，二分利，就是说借一百元，要还一百二十元。他们豁出去了，想着即使倾家荡产，也得借，万不能把儿子耽误了。里里外外，他们花了二十八万元。最后实在没有钱了，儿子无法住院，只能在家里服药治疗，效果显然就差多了。一天天劳心劳力地照顾着处于异常状态的儿子，党桂梅感觉自己的身子越来越没劲，早上起来从炕上往地上一站，两条腿好像是别人的，泥一样地堆下去。降压药加了剂量，血压看着是降下来了，压差却拉大了。

她硬挺着，暗暗地告诉自己，你可不能倒下去，儿子病了，女儿还小，你要是再倒下，让玉国一个人扛这么多事怎么扛得了。在丈夫面前，她说，我就是急火攻心，吃点牛黄上清片就好了；在刚刚上小学的丫头面前，她还是那个无所不能的妈妈，每天问孩子的功课，让她吃好穿暖，给她打扮得漂漂亮亮的，送她到大门口。

党桂梅到底没有逃过这一劫。一天早晨，她起身时感觉身上很难受，眼前突然一黑，就晕了过去。等到她醒来，一睁开眼睛，天哪，谁给我脑袋上蒙了一块红布？从头上到脚底，都黑红黑红的，窗台上绿色的龙角菊是红色的，饭桌上黄色的小米粥也是红色的，看看天，天花板是旋转的，墙角转成了锅沿……

住进了医院，党桂梅的病情一时也没见太大好转，问医生，医生说还需要做一些检查，请专家会诊，当然需要的治疗费也不少。刘玉国在门外和大夫的对话，党桂梅隐隐约约地听到几句，和她猜想的差不多。她闭上眼睛，不吱声，静静地躺了一天一宿。第二天起来，她就喊丈夫。她想好了，换下医院的病号服，穿上自己的羽绒服，回家，不治了。

她说："我当时想了，我回去养一阵，好了就好了，不好也不浪费钱。家里的鸡鸭猪，还有攒下来的几百斤小米子和干黄芪，全都卖光了，就剩下两头驴了，可不敢再卖了。女儿小，儿子病，往后不得把个闷葫芦似的男人愁死啊。留下驴，慢慢养，年年下两个小驴驹，还有个活钱，怎么难也要把女儿供出来，将来有个旱涝保收的工作。等到没有我的那一天，她爸干不动的时候，也有人养老不是，她哥也得有人管啊，可不能让他造得脏兮兮地满街跑，让不懂事的小孩子们撇石头子欺负他。"

叫了几遍，也没有听到丈夫的回答，到了下午，刘玉国才一头热汗地进了病房。他告诉党玉梅不用急了，大夫说，这点病不算啥，住一阵子院治治就没事了。

党桂梅说："你是不是把我的驴给卖了？"

刘玉国说："没有没有。"

党桂梅急了，一连问了好几遍："那你哪儿来的钱？"

刘玉国脸一绷，呵斥党桂梅道："你这个女人怎么回事？天塌下来有老爷们顶着，都病成这样了能不能省点心！"

后来，党桂梅出院回家。一进院子，眼泪就止不住了。院子里果然是空空荡荡，安静极了，没有鸡鸣，也听不见驴叫，就连原来准备修房子的砖也不见了。儿子站在门口，一脚门里一脚门外，直愣愣地看着母亲，就好像不认识一样。女儿小，但是很懂事，专挑高兴的事说。她说："妈妈、妈妈，我们老师表扬你了，说如果不是你教育得好，我不能当上班长。"

党桂梅的姐姐告诉她，那天刘玉国从医院回来卖驴，好不容易找到个想买驴的主，人家还在犹豫，他就哭着央求人家，就差跪下了。他说："我这是卖的救命钱啊，我媳妇跟着我，净受累，一天福也没享，这么好的媳妇说什么也得救她啊……"

一家四口人搂在一起默默地流了半天眼泪。还是党桂梅率先擦干泪水，把灶火点燃，然后下了一把面条，到地里薅了点青菜，全家吃了出事之后的第一顿团圆饭。她知道，一切都得重新开始了，现在除了背在身上的十多万元的饥荒，家里真的是镚子皆无了。

刘玉国和党桂梅刚刚尝到的幸福生活的滋味，就这样不翼而飞了。他们家的日子就像一条无助的小船，在看不到绿洲的汪洋里勉强地漂泊着。

党桂梅出院以后，身体还是弱弱的，还需要吃药和继续治疗，这三年时间，一个四十岁出头的女人，头发都白得差不多了。她挣扎着，跟在丈夫后面下地干活，院里院外地张罗一家人的生活，每天累得直不起腰来。他们种了十五亩地，舍不得雇工，全是夫妻俩没黑没白地春种秋收，为的是把从前的日子找回来。可是，毕竟是负担过重、力不从心，生活依旧像一个不能开花结果的树，冷漠地面对着这一对苦苦追求幸福生活的夫妻。

二〇一七年，他们家因病返贫，被确定为建档立卡贫困户。

按政策规定，他们家接受扶贫项目资金，养上了七只母羊，开始发展家庭牧业，两年后，他们出售了八只羊羔，又买了两头小猪，日子开始有了转机。

镇里的领导、村里的干部、驻村第一书记，都在为他们家寻找挣钱的路子。刘玉国对党桂梅说，政策虽好，咱也不能“等靠要”。村干部说十三敖包村和新井子村的村民绑笤帚挺挣钱，我先跟着村干部去，看能不能学会。刘玉国本来就心灵手巧，到了邻村的笤帚加工车间，一看人家那里干得很红火，一些参与的贫困户都有了收益。他便沉下心来，开始学这项技术。

要过年了，驻村第一书记刘凤鸣来到党桂梅的家里，给她生病的儿子带来一套新衣服，这是他用从自己工资中挤出来的钱买的。自从刘凤鸣包户进入这个院子，他给这个饱经创伤的家庭带来了无比的温暖，也带来了很多好的建议，帮他们解决了许多的困难。他自身也被这对夫妻身上自强不息的精神深深地打动了，他发现在这个家庭里做扶贫工作，不存在扶贫先扶志这个程序，只要给这两口子提供了切合实际的项目，他们总是做得超出预期。

刘凤鸣看看院子里的鸡圈，是空的，原来他们家的鸡每天要出去溜达溜达，吃点小昆虫、小草籽什么的，平日的饲料全是苞米糙子、瘪谷子，没有任何不天然的饲料。因此她家母鸡下的蛋，蛋壳硬硬实实的，打开往碗里一倒，橘色的蛋黄外面有两层蛋清，里面的稠，外面的清亮；鸡蛋煮熟了，一敲裂壳，满屋子香气。

看看她家的羊圈，地上总是干爽的，一点没有屎尿的膻臊气。党桂梅是每天都要出去一趟，一并放着羊、赶着鸡，还要带个篮子捎些羊草和野菜回来。她家的羊，不会整天圈在圈里吃喝拉撒，无论母羊还是羔子都白得跟雪团儿似的，招人喜欢。

党桂梅的儿子谢过刘凤鸣，接过了这套衣服。他自己没有穿，而是来到了妈妈的面前。他说：“妈妈，你整日辛苦，过年了都没有新衣服穿，这衣服你穿吧！”

党桂梅一下愣在了那里。

自从儿子得病以后，她每天也不知道要盯着儿子的眼睛看多少遍，儿子的眼神直接反映着他的精神状态，她每每看着儿子的眼神心痛，痛到心如刀割一般的程度。那是混沌的眼神、冷冰冰的眼神、痴呆呆的眼神。此刻，她盯着儿子的眼睛看了半天，一把抱住了儿子，把儿子的脸贴在自己胸前……的确，儿子的眼神变了，有了正常人的情感内涵，儿子说话的表情也是那样亲切、那样自然。

党桂梅激动得两手发抖，她竭力让自己平静下来，像什么也没有发现似的对儿子说："这衣服是男式的，我大儿子穿正好。"

只听儿子说："妈妈，那你过年还没有新衣服呢，要不我不要压岁钱了，你自己留着买件新衣服吧。"党桂梅强抑制住自己的心跳说："好儿子，好儿子，妈妈听你的。"

他们家的女儿叫刘慧怡，从小受党桂梅的影响，要强、上进、善解人意。

这时候她也看出了哥哥的变化，聪明的女儿不露声色，附和哥哥说："妈妈，我也不要压岁钱了，你留着买件新衣服穿，你看你，身上的棉袄袖子都磨漏了……"

党桂梅一把搂住两个孩子，紧紧地贴在自己的胸口上，眼泪再也止不住了，难道从前的日子要回来了，难道从前的幸福要回来了？

这一天，党桂梅比任何时候都盼着刘玉国回家，她要把这个好消息告诉他。

往常，党桂梅心疼劳累了一天的丈夫，总是先招呼丈夫坐下来，全家一起吃了饭，让他抽支烟，歇一歇。到了很晚，夫妻俩才有时间说点话、商量点事什么的。此刻，她实在按捺不住激动的心情了，刘玉国一进门，她就把他拉进里屋，说："我有一个好消息要告诉你。"

谁知道，刘玉国说："我也有个好消息要告诉你。你看看，外屋我给你带来啥好东西了。"

党桂梅说："你让我先说。"她说着，眼泪就流出来了。

刘玉国给党桂梅带回来的是两把笤帚。这两把笤帚是他自己学着绑的,是他在外村学习的毕业作品。

内蒙古自治区东北部大兴安岭东南部的农村，有五十多年种植笤帚糜子的历史,不过所产的糜子都廉价地卖给了外地客商,当地农民自己制作笤帚是在全国上下开始脱贫攻坚之后。刘玉国拿回来的成品笤帚和当时外村乡亲们绑的成品有所不同,更精巧,更漂亮一些。

刘玉国说:“你看没看出点门道?”

党桂梅说:“我知道,你把塑料绳和丝绸带子都扎进去了,变出花样了。”

刘玉国说:“我的基本功还是不行,手劲不匀,分缕也不准,但是咱下力学,也不是啥难事。现在手工活受欢迎,消费者买啥东西都喜欢精致的。要是弄好了,一把小笤帚就能卖五十元呢,大笤帚卖一百元也不是问题呀。”

党桂梅飞快地算了一笔账,家里的十五亩地,过去种笤帚苗子能卖出四五千元,要是自己用自家的原料绑笤帚,收入可要翻上七八倍呢!

邻居大嫂在村里遇到党桂梅,很奇怪地问她,桂梅你家电灯开关是不是不好使了,怎么晚上老也不闭灯啊?大嫂子不知道,这两口子又像当年上山挖药一般地干疯了，起早贪黑一个月，他俩拿下绑笤帚的技术,还开始了自己对自己的挑战,自己学着设计花样、设计造型。心情好,身体就好,党桂梅好像把有病在身这件事都给忘记了,每天忙得不亦乐乎。家里有了钱,儿子得到更好的治疗,身体和精神也一天天地向好,可以帮助父亲照看牲畜,帮助母亲干一些体力活了。党桂梅跟我说:“真的,是脱贫攻坚的好政策,让我们家登上了顺风的大船,跟上了时代的脚步。”

收获总是属于不辞辛苦的人。刘玉国和党桂梅成了远近闻名的绑扎能手。他们把自己绑的笤帚拿到了市场上销售,其中有结实的扫地笤帚,有轻巧的扫炕笤帚,有很多种装饰用的观赏笤帚。根据市场的需求,他们不停地探索出新的花样笤帚，例如民俗中给婴儿放在枕边压惊的迷你小笤帚，放在汽车里除尘用的长把短头笤帚，老人喜欢的捶捶乐等。结果喜欢的人越来越多，第一桶金就这样来了。党桂梅没事算了又算，如果照这个路子做下去，不出两年，他们一家就会过上富富有余的好日子。

如果在绝地翻身伊始，埋头自扫门前雪，一心一意地把自己家的致富工程经营好，也是无可厚非的。但是党桂梅和刘玉国心里正琢磨着的是，哈拉哈达乡北房身村，有一百多户，一般一口人三亩地，基础很薄弱，卧床不起的，一家有两个残疾人的，因事致贫的，比自己贫困的还有不少人家。党的政策帮助了咱，咱好意思看着他们受穷吗？

为了能带动其他贫困户一起从事笤帚加工，两口子把自家的两间屋子收拾出来当扶贫车间，但手头只有几十元，不够用。聪明手巧的刘玉国就自己制图、自己动手焊接，用废弃的自行车改装出一套笤帚苗绑扎架子，接着边用边改进，制作出了集绑扎工具和案台于一体、同时容纳六人操作的绑扎工作设备，大大提高了工作效率。刘玉国和党桂梅当师傅，把绑笤帚的技术传授给了二十多位村民，让他们到车间学会技术，各自回家绑笤帚，然后借助扶贫创业车间的市场渠道出售。

我走进党桂梅家的场院和住房前，远远就听到了妇女们快乐的说笑声。现在，乡里用扶贫资金给他家修建了专门置放笤帚苗子的大仓库，又更新了扶贫车间的生产设备。村里的妇女和老人乡亲们也有了用武之地，不用风餐露宿，不用单独经营，只要学了技术，就可以来他们家的扶贫车间挣到钱，过舒心日子。

党桂梅和刘玉国被评为脱贫攻坚内生动力示范户。二〇一八年“三八妇女节”，党桂梅在镇政府举办的“笤帚苗加工技能比赛”中荣获优秀奖，他们家彻底甩掉了贫苦户的帽子。二〇一九年他们种植三十多亩笤帚糜子，带动十个贫困户一起脱贫。他们的精品笤帚在市场上不断走红，已经卖到了北京、天津、石家庄，有一位著名的影视演员一次就购买了三百多把。

底气足了，党桂梅侃侃而谈。在采访结束的时候，党桂梅说咱们俩加微信吧，我看到，她给自己起了个网名叫红星向党，很多人在微信上订购她的笤帚。

我起身告别，党桂梅拉着我的手，不让我走，非让我去看看她女儿的奖状。

党桂梅告诉我，她去学校给女儿开家长会。老师告诉她，你家刘慧怡学习好，又谦让，对有缺点、有困难的同学很热心地帮助。党桂梅说，我心里明白，我们平日里对女儿的教育如今显出了效果——能站起来走路，没人会愿意爬着走。咱们困难过、穷过，要是没有人帮，能站起来吗？所以咱们到啥时候也不要看不起穷人、看不起弱者。你手心里有硬币，就不要攥着握着，要用手托着，递给这个世界。

回来的路上，党桂梅去了书店，买了一套“四大名著”，作为对女儿的奖励。

# 你的故事正年轻

我没有想到眼前这个人就是赵丽杰。赤峰市扶贫办和林西县扶贫的工作人员，纷纷给我讲赵丽杰的故事，没有谁对她的外在形象做过描述。

在我的想象中，一个开着拖拉机在田地里春种秋收的女人，一个赶着四百只羊早出晚归的女人，一个独自开车每天进出几十户人家售送自己包的粘豆包的女人，应该属于身强力壮那一款——脸上布满烈日留下的赭红，手上有黏稠的汗渍和厚厚的老茧，笑起来前仰后合、地动山摇，身上的衣服平平常常、宽松肥大，用拿起一把铁锹的感觉端起餐桌上的筷子。

相反，赵丽杰是个美丽的时尚女郎，以至于她就坐在我的身边，我还在想，不是说赵丽杰会来吗，怎么还没有到？我这样说毫不夸张，我身边的她，雪肤凝脂，脸上透出些许玫瑰的色泽，一双眼睛黑亮清澈，长发垂肩，身材有型，说话绵言细语，举手投足从容大方。我一向以衣帽取女人，不是看价钱，而是看一个女人在把衣帽变成服饰的过程中体现出来的品位。浅色的棉布衬衫，外罩深色的牛仔坎肩裙，坎肩裙的领口和裙摆处有一道浅金色的镶边，脚踩一双暖色调的漆皮鞋，皮鞋装饰竟然和裙子上的镶边相映成趣……赵丽杰的打扮体现了她的自我了解，抬人儿、雅气、简洁、毫不刻意，又透出小小的心思，这种女性的聪慧让我看着非常舒服。服饰往往体现一个女性对生活和自己的全部理解。还没有深谈，我就喜欢上她了。

这是一个从故事里走来的女子。一九八七年出生，今年三十三岁，赵丽杰如此年轻的人生故事，使我想起一棵柔嫩的柳树，多少次在风中雪中弯下腰，似乎就要折断，却能够慢慢地直起身、站起来，然后绿意盎然、茁壮成长。

## 一

赵丽杰的父母都是林西县的农民。

林西县的双兴村地处大兴安岭山脉南部的山沟里，干旱少雨，缺养人的河、缺水浇地，也缺致富的路。这里只适合种植耐旱的杂粮，杂粮低产，一年到头辛苦下来，只能收获几百斤。在他们第一个儿子不幸夭折之后，这对夫妻看到一家亲戚放弃了一个生下三天的女婴，抱起来看看，这孩子命大，还有呼吸，他们心软，便抱回家当了自己的女儿。为了给孩子一个富裕的生活，这对夫妻决定远走他乡。大兴安岭北部东侧的鄂伦春自治旗小二沟乡成了他们落脚的地方。在这里，他们浑身的气力和农耕经验派上了用场。夫妻双双种地，使用机械化作业，一种一收就是上万斤；丈夫间或去林业局打工，虽然把大圆木从山上运下来的工作十分艰苦，但是可以挣到优厚的工资，这是在远方的老家想都不敢想的事情。

赵丽杰出生了，健康又活泼，不久母亲又给她生了个弟弟，一家五口，过上了温饱安稳的生活。不知道为什么，在家里的三个孩子当中，父亲对二女儿丽杰分外严厉。九岁，父亲就带着她下地了，让她分辨什么是草、什么是苗；上了小学，父亲便要求她学做饭、学洗衣服、照顾弟弟；十三岁，父亲手把手地教她开小四轮拖拉机，她就这样学会了干庄稼活，每年家里春种秋收的时候，田里总是少不了她单薄矮小的身影。相对于赵丽杰，姐姐和弟弟得到的疼爱要多很多。吃的穿的，都是尽着他俩。父亲经常和丽杰说的是，一个人就是累死，也不能饿死，只要你肯干，就没有过不下去的日子。要学会靠自己的肩膀把家撑起来。而对待姐姐和弟弟，父亲从来不说这些，一味和风细雨，关怀备至。

赵丽杰搞不懂父亲，也有几分赌气。看到姐姐退学在家里，赵丽杰说，我不想退学，我要接着读，我不想当一个无知的人。为了不让外人议论父母，说他们偏向亲生的女儿，只供丽杰上学，不供姐姐了。小小年纪的丽杰，上了中学，她就开始自己供自己了。所有不上课的时间，她先到自家地里薅草、间苗、干杂活，不论是下雨还是刮风，哪怕被浇透冻透，都必须把急重的活干完。干完自己家的活，她就去别人家的地里打工，挣自己的书费、住宿费、伙食费。

十七八岁的时候，村里人都叫赵丽杰假小子。装着一百多斤粮食的袋子，别人帮着搭上了肩头，她背起来就走；一百多只羊的羊群，她鞭子一甩就赶到了草甸子；拖拉机和农机有点小毛病，她也能鼓捣好。

二〇〇六年，父亲由于常年上山运送木头，经常在寒气中喝酒祛寒，得了一种奇怪的疾病，浑身没劲，手发抖，于是只好回家侍弄牛羊养家。正月十五，他在给牛加料时，突然身子一歪，就倒在了地上，当赵丽杰听见声音，父亲已经永远地闭上了双眼。母亲带着弟弟到沈阳看病去了，姐姐回了她的生母家，家里只有赵丽杰一个人，那时赵丽杰还是个不满十九岁的小姑娘。

天塌了！赵丽杰使劲摇父亲，父亲的胳膊突然变得很沉重、很僵硬。她喊着，爸呀，爸呀。父亲的眼睛好像微微一动，细看却再也不动了。她把脸贴在父亲的手心上，父亲的手心开始还是温热的，不一会儿就冰凉冰凉的了。最终，那个无数次抚摸过自己头顶、扶着自己干农活的手掌彻底僵直，无论丽杰怎样拼命用自己的手去揉、去暖，那手掌仍然像寒风中的一块铁那般无情。

这一天是正月十五，浑圆的月亮把院子、草垛、羊圈、父亲的遗体照得惨白，天地间那个静啊，丽杰哭喊着，没有一个人能听到她的声音，她觉得整个世界都和父亲一起冻成冰了。丽杰想把父亲从地上抱起来，可是怎么也抱不动，她突然清醒了——难道那个时刻真的到了？她慢慢抬起头，孤零零地站在月光下。爸呀，爸呀，你为什么跟我说要学会用肩膀把家撑起来，你难道早已知道一切都是命中注定？可是我并不知道该怎么办……爸呀，爸呀，你就这样把我丢在大冷天里头了，你就不能回回头，告诉我该怎么办啊……绝不能把这个噩耗告诉母亲。母亲远在沈阳，因为弟弟三天之后就要做一个大手术，如果告诉她，她垮了，弟弟谁来管。

雪花从朝晖的缝隙中袭来，当父亲的遗体被装进朱红色的棺椁，安放在院子里，丽杰的眼泪已经在夜晚里哭干了，她孤零零地跪在烧纸盆前。她烧完的纸钱灰一层层悬摞着，生命、生活、时间，记忆在这一刻变成了一场灰。却不知，一个火星突然探出来，纸钱死灰复燃，火舌飞快地燎着丽杰的刘海，烤到了丽杰的手，她愣愣地，不知道痛，恍然中心里一惊，难道这是父亲重重的一句叮嘱？

按照北方丧葬的习俗，停灵三天出殡。丽杰一个人白天给来帮忙的乡亲做饭，晚上守着父亲的灵柩呆坐。

弟弟的手术并不成功，他和死去的哥哥生的是同一种病，这种病来自基因，据说中国只见过两例。被苦难压垮的母亲整日泪水洗面、精神恍惚，家里的积蓄已经所剩无几，弟弟还需要做第二次手术。二十岁的赵丽杰在地里偷偷流泪，回到家里面对弟弟和母亲强作笑颜。只见弟弟一天天地虚弱下去，他脸色青灰，无法直腰，肚子无时不在痉挛。每当赵丽杰收工，回家第一眼就会撞上弟弟那乞怜的眼神。弟弟还小，对死亡并没有什么理解，但是他懂得不能离开母亲和姐姐。骨肉情深，赵丽杰拼死也要救弟弟，她出门借债，踏遍了所有亲朋好友的门槛，可是没有人相信，一个小姑娘有朝一日能够把他们的辛苦钱如数还回来。赵丽杰在人家的面前泪水涟涟，人家拿出个三五百元，说一句“不用还了”，算是安慰她。

家里连个可以商量的人都没有了。到底还得动用命根子，赵丽杰卖了五垧地，拿到五万元，带着病重的弟弟和精神抑郁的母亲来到北京协和医院。弟弟住院手术，所有的钱用在他身上还不够。赵丽杰和母亲住不起旅馆，就垫着纸壳子，睡在走廊的地上，吃干面包就矿泉水。母亲为了儿子，女儿为了弟弟和母亲，她们无比坚忍，拼上性命也在所不惜，知道她们处境的人，纷纷伸出援助之手，这个出两百元，那个出六百元。人在绝境，每一元都让她们感到天大的温暖。那些陌生的人，把钱放到母亲面前，说声“不用谢”，就走了。纵使相逢应不识，但是他们的真情就像种子一样深深地种进了赵丽杰的心田。她发誓，自己这辈子除非不翻身，只要有能力了一定要帮助穷人、帮助弱者。

弟弟到底没有救活。因为父母的基因太近，如果生的是男孩，就会造成胎儿畸形，最终不能保住。医生的诊断让赵丽杰明白了父亲的深意。人类的科学认知距离中国贫穷的乡村虽然十分遥远，父亲对未来的某些预知，来自他失去大儿子的生命之殇。

母亲的病越发严重了，她已经不能像正常人一样生活了。

即使肩上的担子再重，老赵家毕竟还有一个女儿。我要拼命挣钱，我要告慰父亲的在天之灵，这个家垮不了，你的女儿和你一样，是个宁可累死也不能饿死的人！

## 二

二〇〇九年，赵丽杰靠着无比自强的精神，完成了在赤峰师专的学业。听说故乡的老中医可以用中药调理母亲的病，赵丽杰打点了行装，处理了家里仅剩的田地，带着母亲回到了赤峰市林西县。老中医是母亲的四叔，她们娘俩便住在了林西县城四叔的家里。母亲的病有了一点点好转，赵丽杰开始创业养家。在上学期间她发现了校园附近的学生餐既难吃又贵，同学们都渴望物美价廉的学生餐，做这一行应该是可以双赢的。一毕业，她来不及考虑其他的入职考试，即刻租了门面，开了一家学生快餐店。做饭可是她的长项，她的学生餐色味香俱全，店里干净得一尘不染，价钱又适合学生，开业一个星期，她的小店开始爆红。

就在这时候，那个命中注定的男人出现了，他叫董蒙，林西县新城子镇双兴村人，此时正在新疆武警部队服役。他到赵丽杰四叔的诊所取药，让在一旁照顾母亲的赵丽杰眼前一亮。后来赵丽杰跟我说起这个情景时，用了一个小青年的口头禅——“好帅啊！”别人说，这是咱们村××家的儿子，比你大三岁，叫大哥。他们就这么相视一笑，算是认识了。当时正值青春萌动的年龄，彼此的化学反应应该是有的，但是赵丽杰就此打住不敢深想，因为自己的肩头扛着一个还没有走出苦难的家。直到赵丽杰慢慢发现，这个年轻军人虽然话不多，但是很有礼貌，总是和颜悦色，看到诊所里的病人，他便让出座位，让人家先就诊，看来是个善良厚道之人。后来，两个年轻人加了 QQ，说是普通朋友，话可是越说越多。

董蒙在第二年复员了，他经常去赵丽杰的小店帮忙。赵丽杰深深地爱上了为人正派、头脑聪明、能吃苦的董蒙，她觉得自己的眼光没错，董蒙正是自己要寻找的那个人。

可是董蒙的父母还是带着一些古老的蒙昧，他们向儿子提出了质疑，这个姑娘家里穷不说，命还贼拉硬，自己身体那么结实，家人却死了三个，就剩下一个病歪歪的老妈，咱不能要。

赵丽杰跟董蒙说："穷，我不怕，亲人暂时不支持，我也不怕，只要我们努力，一切都会改变，我只要你对我妈妈好。"

董蒙说："那还用说嘛，那不也是我的亲人吗？"

董蒙常常坐在岳母身边，像哄孩子一样和她聊天，一有空就帮她料理生活，病中的母亲得到了一丝安慰。谁家的女儿不是母亲手中的珍宝，可丽杰这孩子，从小就只有疼爱别人的份儿，有谁呵护过她、照顾过她？眼见自己的女儿有了知冷知热的女婿，不久又添了一个可爱的外孙子，母亲的脸上出现了舒心的笑容，渐渐地摆脱了病魔，后来一直把赵丽杰的儿子带大。

董蒙在部队时获得了医疗专业的证书，赵丽杰也可以在城里找个安稳的工作。但是，赵丽杰往双兴村老家走了几趟，到山坡上、庄稼地里、林甸子转了个遍，萌生了回农村创业的想法。董蒙说："你上哪儿，我到哪儿。"

"你见过河水倒流的吗？你见过杏树在冬天开花的吗？全村全乡全县的年轻人哪个不往高处走，你能给找出第二个像你们这样的傻狍子吗？"公公这辈子在农村过苦日子是怕了，一看这两个人真的回到了农村，气得火冒三丈，每天指桑骂槐，他觉得自己的儿子亏大了，都叫儿媳妇带偏了。

俗话说不是一家人不进一家门，完美的爱情就是心心相印。赵丽杰说，双兴村为啥能有这么多撂荒的土地？董蒙告诉她，一来雨水少，杂粮产量太低，种地没赚头；二来种地靠锄头铁锹，脸朝黄土背朝天，现在的人不愿意付这个辛苦，能干活的人都到城里打工去了，这土地就变成了有主儿没人种的撂荒地了。

赵丽杰说："再荒芜两三年，这里就彻底成了草甸子了。"

董蒙说："我知道，你是想把小二沟的机械化复制到双兴村的撂荒地上。"

夫妻俩开始研究林西县的气候——每年降雨量不足三百毫米，无霜期只有一百一十天左右。林西县为什么有种杂粮的传统,是和雨水少有关,短时间强烈日照,四十天不下雨,荞麦、莜麦、黄米、芸豆、黑豆、绿豆都可以在这种气候下生长。这些作物都不会长得很高,但是种子饱满、营养丰富。

那两年,他们是真困难。丽杰怀孕时,就想吃个鸡腿,几次话到嘴边,又咽回去。她知道,她如果说了,丈夫即使捉襟见肘,也会去给她买回来。所以她不能说,她舍不得花钱。但是,她把全部的嫁妆钱都一次性花光了,开回来一台小型拖拉机。

"败家子,好好的日子非让你们折腾毁了不可。"在山沟沟里窝了几辈子的老人,胆子小、脾气暴,除了亲眼见汗珠子啪嗒啪嗒掉在泥土里,其他一律不相信。赵丽杰多少次气得眼泪在眼眶里打转,董蒙就把手伸过来了,每一次,赵丽杰都是在丈夫温情的怀抱里忍住了眼泪。

双兴村那时的贫困景象,在当下中国的农村里是看不到了。夏天的土地是半黄半绿的,没有作物,只有荒草;通向县城的是一条自然沙石路;手机没有信号;出门靠骑自行车;家家户户住着陈旧破烂的房子;从东边走到西边,连牛羊的叫声都很难听到,年轻人都潇洒地冲向了城市,只有老人和病人在各家昏暗的土房里发出沉重的叹息。进了村像是走进了尘封的历史记忆。

赵丽杰挨家挨户地上门询问:"大爷大娘,您家的地今年种不种?"

"不种正好,不赔不赚;种了,秋后还不够雇工的钱呢。"

"那大爷大娘,我种一年好不好?"

"那敢情好,要不然就成了放羊的甸子了。"

"那大爷大娘,到秋我要收了,每亩地按照收成,给你们交租金。"

"不用,不用,就算替俺们翻地铲地了。"

三百亩地,很快就流转过来了。可能是因为荒僻的小山村里终于有了一点风吹草动,有了一丝活气,村民便有了十二分的兴奋,早早地站在地头等着,就像等着看一场戏。凌晨三点,天刚蒙蒙亮,赵丽杰戴着头灯，开始在田间作业，饿了吃点凉馒头，累了靠在座驾上打个盹。村里人看看就散了，他们不相信这细皮嫩肉的小媳妇能成事。

雨夹雪、烈日干风、风雨交加，大兴安岭脚下的春季几天就变一场戏法，似乎故意折磨这个不服输的小媳妇。赵丽杰咬紧牙关拼命干，人长在了机器上，自己也成了钢铁。赵丽杰头顶上的遮阳帽，变成了灰白色，轻轻拿手一捅就会出现个口子，到底把种子如期播下，到底看见了秧苗一天天破土发芽、拔节吐穗。站在丈夫的身边，三百亩绿油油的好庄稼在风中如波涛起伏，赵丽杰忘记了所经历的一切，甜甜的蜜在心里荡漾。

按照夫妻俩的计划，如果丰收，明年要置办一些大型的农机设备，流转更多的土地，扩大生产规模。实施这个计划的前提就是手里有钱，有了钱，事业就有了基础。于是赵丽杰在种地的闲暇，买了一百只怀孕的母羊，繁殖了一百只羊羔，接着继续繁殖，到了年底，她已经有了将近四百只羊的羊群。这时，董蒙是分不出身来帮助她了，他从村委会会计做起，接着当了村党支部副书记，现在是村里的党支部书记兼村主任。

作为一名生于草原的写作者，我熟悉放牧生活，曾多次见过牧羊人出牧、转场、接羔。可实在想象不出来，长发飘飘的赵丽杰赶着羊群在山地里穿行的景象。她只平平淡淡说了句——这头发，放羊的时候我也没舍得剪短。听到这我眼泪就涌出来了，我心疼一个女人本该坐在柔软的沙发里端一杯咖啡、捧一本诗集，或者推着婴儿车在阳光里哼摇篮曲的年龄，我更心疼她那份于孤独期待中的孜孜矻矻。这样一个二十多岁的小媳妇，孤零零地赶着近四百只羊的羊群寻觅水草，那绝不是什么浪漫的事——脚下是深深浅浅的草窠，身后是黑黑的树林，山根、林间到处都是坟墓，一只小松鼠从脚边跳起来都能把人吓个半死，况且，赵丽杰放牧必须起早贪黑，凌晨两三点出去，上午八点多回来，下午三四点再出去。羊怕热，人却什么也不能怕，她把羊赶进圈，忙着吃口饭，就要去地里干活，干完活再接着放羊。困极了，看着羊群老实吃草，就往有草的地方一铺雨衣，抓紧打个盹，一觉醒来，发现自己的身上爬满了红蚂蚁。有一天风大，一个装着玉米的桶被风刮得老高，又落到她的身上……

秋收到了，赵丽杰家的场院装满了大丰收的粮食，听到这一消息的乡亲们悄悄走进场院，挨排数粮食袋子，数完了，奔走相告——是真的，十万斤还要多出几千斤！反对的声音不见了，乡亲们来找赵丽杰说，明年还想把土地流转给你种。

经过两年的努力，赵丽杰积累了一些因地制宜的管理经验，她接着流转了将近六百亩土地，购置了两台大马力拖拉机、一台大型收割机和九台小型农机，通过对土地的集中和规模化经营，延伸了养殖、种植产业链，实行了连片耕种，因而农作物的产量大幅度提高，二〇一四年正式注册了自己的家庭农场。

正当赵丽杰的创业蓝图在自己故乡的土地上徐徐铺开的时候，全国上下脱贫攻坚战的号角已经吹响，精准扶贫不断深入，这可真是"好雨知时节，当春乃发生"。精准扶贫需要优秀项目，产业项目需要有更多的村民参与。二〇一七年赵丽杰顺应时代大趋势，牵头成立了荣盛达种植农民专业合作社，继续扩大杂粮产业化规模，购买各种大马力农机具达到三十八台，为了让百姓获得实实在在的收益，合作社采取三种模式进行土地流转。对被弃耕的土地，以高于市场价格租用，使土地得到有效利用，让村民拿到租金；对有一些劳动能力的老人，对他们的土地采取委托式经营，合作社为他们耕种、防虫、除害、收割，并减免百分之二十的费用，他们只负责田间管理和晾晒原粮，合作社最后还以每斤高于市场的价格回收原粮；针对有劳动能力无资金的村民，吸收他们以土地入股的形式加入合作社，并在合作社务工，使其得到入股分红和劳务工资的双重收入。现下，合作社流转托管土地达二万三千亩，每年增产七十余万斤，直接效益上百万元，辐射带动周边三千五百余户百姓脱贫致富，人均收入增收三千余元，为当地村民确保"两不愁三保障"贡献了力量。

赵丽杰曾经长时间研究过自己种的荞麦。荞麦是当下农村很少可以自己留种子的作物之一,在北纬四十三度的低温和强烈日照中,荞麦顽强而简单地生长,由于无霜期太短,它进化成了一种特殊的样子,细细的茎秆,繁花一般的籽粒,宁肯全身干枯,也把所有的能量都集中在种子上,为的是留下绵延不尽的种群。看到地里的荞麦,赵丽杰总是想起一些人来,这些人当年把一百元、两百元、六百元轻轻地放在她和母亲坐卧的纸壳上,悄然地离开,就像在土地里撒下一颗美好的种子,让赵丽杰永生不忘,她已经不知道多少次默念过当初的誓言——这辈子,除非不翻身,只要有能力了,一定要帮助穷人、帮助弱者。现在,这些种子已经成熟,赵丽杰要把这种子播撒到力所能及的每一寸土地里。

苏万军一家本是双兴村的殷实户。苏万军原本身强力壮,常年在外打工,有固定不菲的收入。谁知在二〇一一年春节期间,苏万军因为放鞭炮出了意外,他的一只眼睛被炸伤,经多方抢救,保住了性命,却再也不能出去打工了。由于治疗中拉下饥荒,只靠妻子一人干杂活挣钱,日子过得雪上加霜,一天不如一天。苏万军的情绪因此非常糟糕,常常喝闷酒、发脾气。

赵丽杰出现在他们家,还没有讲话,苏万军就开骂了。他说:“我知道你干啥来了,你家过得好,到我这儿臭显摆,走走走,我不给你打工。”

赵丽杰理解他的心情,多少年村里人就是如此,宁可在外面弯到折腰,也不肯在乡人跟前垂一下眼皮。

一次不行,赵丽杰又去了第二次,这一次她这样说:“二大爷,我来求你们帮忙了,我们家没有你们帮忙可就要抓瞎了。你就给我灶膛里添添柴火、干点杂活,一天一百元,算是给我救急。”看苏万军没有动气,她慢慢地讲起了自家的故事。她说:“谁愿意摊上事呢,想当年我爸活着,我们家也是村里过得好的,后来变成了最穷的,那比你家可难过多了,现在这不也是挺过来了……”

苏万军终于想明白了，于是夫妻俩到合作社干活，一个月挣六千元，一年就还清了外债，天天乐呵呵的。他们家现在已经脱贫，还给儿子在林西镇交了楼房首付款。

张汉文家的情况更是令人愁眉不展，妻子是多年的精神病患者，久治不愈，受到一点刺激立刻会做出激烈反应，跳过三次井，动辄不遮不掩地跑到街上，全家人被她弄得疲惫不堪，导致张汉文患了脑溢血还留下后遗症。正是“屋漏偏逢连夜雨”，一个儿子在下井背煤时被塌方夺走性命；另一个儿子得上了脑炎，一直没能结婚生子。他们家是全村最贫困的建档立卡户。赵丽杰回村以后，无意中知道了他们家的情况，从此他们一家人的衣服鞋帽全由赵丽杰来买，每当赵丽杰看到他家四十多岁的儿子给疯妈妈做饭、换衣服、洗尿湿的裤子，她就会想起自己家过去的生活，心里总是有一种撕心裂肺的痛。现在有了合作社，赵丽杰就反复琢磨，怎么才能帮他们彻底改变生活的悲窘，让他们和全村人一起过上好日子呢？后来，合作社每年为他们提供种子，提供免费耕地、播种、防虫害、收割，最后用高于市场价回收他们家的原粮。还给他们提供资金，买了五只羊，在家里饲养，从二〇一七年到现在，已经发展到了六十多只，去年卖小羊羔，就收入五万元，终于实现了脱贫。

贫困户崔玉大爷，因病花光家里积蓄，目前病情稳定能干点轻松的工作了，可是没有启动资金，他天天愁。赵丽杰找到他，帮他申请贷款，买了二十只羊，告诉他，家里的地托管给合作社以后，只要用心经营，两年后一定脱贫，现在崔大爷家已经养了五十多只羊，还清了贷款，日子越过越有劲。

贫困户高福生一家，因为儿子的婚事，导致生活困难。赵丽杰说，我借给你钱，你发展家庭养殖，他们老两口犹豫不决。赵丽杰说，如果失败，我不要你们还钱，我现在就给你们写保证书……现在高福生的家庭养殖发展起来了，不仅还清了债务，而且手里还存着好几万元了……

贫困户王银也和高福生一样，有病在身，又畏葸不前，赵丽杰也是主动借给他一万元，承诺赔了不要他还，又帮他申请了五万元的贷款，让他买了五头牛，又托管了他家的地，现王银家已经是有三十多头牛的富裕户了。

现在，双兴村有十户养羊专业户、五户养牛专业户，小康人家越来越多。赵丽杰实打实地帮助他们，赢得了乡亲们的信任。

二〇一七年，赵丽杰在党旗下庄严地举起右手宣誓，成为一名光荣的共产党员。

## 三

对于一名共产党员来说，人民群众的利益高于一切，必须全心全意地为人民服务。赵丽杰想，过去艰苦创业，是为了完成父亲的嘱托，用自己的力量撑起这个家；现在自己的面前已经不是一个小家了，自己的肩头有了更重的担子。她理解脱贫攻坚这个伟大工程，“两不愁三保障”是基础，也是一个必经的阶段，最终必须让我们的乡村搭乘时代的列车，和人类文明的进程同步，那样才不会落后受穷。

二〇一六年，赵丽杰到赤峰市参加了市妇联办的电商致富学习班。那时候大多数的农村妇女虽然会使用网络，但对于电商听起来感觉有点云山雾罩。大家觉得反正也整不明白，好不容易来了趟赤峰市，都去做走亲会友、买东西、上医院之类的事情去了。坚持听课的人太少了，有一次，课堂上只剩赵丽杰一个人了，她哪里都没有去，是唯一坚持听完所有课程的学员。结业时，老师给她留下一个作业——回去用电商的方法带动一个贫困户，她把作业当成一项重要任务装在脑袋里，回到了村里。

习近平总书记说，“绿水青山就是金山银山”。双兴村的金山银山在哪里?原生态的土地上出产的原生态杂粮,不正是现代人餐桌上求之不得的食物吗?可是具体项目落实到哪里呢?从赤峰市回来后,赵丽杰整天冥思苦想。儿子说,妈妈呀,叫你好几声,你都不答应,魔怔了?

要过年了,按照当地习俗,家家蒸过年干粮,主打就是黄米面粘豆包。林西县这一带的粘豆包,面是当地产的大黄米用石磨磨的,馅是当地产的大芸豆,调料是当地甜菜疙瘩熬出的绵白糖。这些食材作物,用的是当地一年接一年留下的种子,从里到外都是原生态。粘豆包出锅了,咬一口,香甜软糯,淳味绵绵。赵丽杰多年来帮助困难村民,在村里人缘好,乡亲们蒸了粘豆包,这家送一筐、那家送一篓,春节没到,赵丽杰家的仓房里就装满了粘豆包。

赵丽杰的灵感来了。她把每家的豆包尝了个遍,发了一个朋友圈,晒了一下林西县双兴村的粘豆包,然后开车去找崔广芝大妈。

崔大妈干净利索、心灵手巧,用农村人的话说,就是过日子的人。见了崔大妈,还没等开口,她坐下先看了一眼手机,朋友圈里已经聚集了一大堆赞,还有一连串的询问,看来粘豆包应该有市场。

崔大妈有些犹豫。赵丽杰说,一切用料我来提供,你包,我卖,如果做不好,有损失我全部承担。

在县中蒙医院杨立军、赵洪军两位帮扶干部的帮助之下,粘豆包上线问题顺利解决。

每天天不亮,赵丽杰就开车从林西县城赶往双兴村崔大妈家,忙前忙后帮着蒸豆包、撒年糕,豆包和年糕出锅、晾凉,她还要按照订单分装妥当。忙一个上午,赵丽杰下午驱车赶回林西县城,以确保在天黑前把新鲜的豆包、年糕送到客户家。一个订单往往只有一二斤,有的客户家住六七楼,为了节省时间,她都是一路小跑着送货。开门的大爷大娘看到气喘吁吁的她,都不免心疼地说,这孩子,不急,看累得……有时订货单多了,差不多要送到晚上七八点。多一份订单,赵丽杰就要在凛冽的寒风中,多穿梭一次。她的手上起了冻疮,脸被风吹得起了皴裂。董蒙心疼，假装开玩笑地说：“哎呀呀媳妇，你这几天怎么长丑了？”赵丽杰搞不懂，就去照镜子，董蒙继续调侃地说：“媳妇，你不感觉粘豆包长到你脸上来了吗？”说到这，董蒙止住笑，开始劝赵丽杰。他说：“你已经够忙了，可别再给自己加码了，这种零打碎敲能挣几个钱？”赵丽杰挥动着小拳头说：“怎么，你胆敢不支持我？万事头三脚难踢，闯出去以后再想想，一定感到很值得。”董蒙又一笑，说：“我是要用实际行动支持你，我把那些没做好的、歪歪扭扭的粘豆包通通买断行不行？”……幸福家庭的每一个细节都是甜蜜的。

赵丽杰分析，喜欢吃粘豆包的老人们，爱的是对童年的记忆；喜欢吃粘豆包的年轻人，追求的是那份天然的醇香。因此，她卖的粘豆包，其食材、制作方式都必须保持住原汁原味。那么精确的原汁原味在哪里？在送货的过程中，遇上一位上了年纪的大妈，她非常喜欢吃粘豆包，赵丽杰多次爬六楼把粘豆包送到她家。她尝了尝，立马来了电话，说你这粘豆包不对劲，太酸了。赵丽杰第二天重新蒸了一锅，送到她家，她尝尝，又来了电话，说，太甜了。原来这位大妈，当年是农村的巧媳妇，她这一辈子，就是做乡土饭过来的，所以吃乡土饭，她嘴刁得很。赵丽杰虚心听她的建议，反反复复地为她更换了六次粘豆包。每一次，赵丽杰都会调整发面的时间，调整豆馅的干湿度、甜度，调整上火蒸制的时间，可她一直没有给满分。有人劝赵丽杰，就别卖给她算了，客户都夸咱们的粘豆包那叫东北一绝，要多好吃有多好吃，就她老人家各色。赵丽杰说，那不行，既然要创出品牌，就要本着食不厌精、脍不厌细的原则，一分一毫都要做到极致。赵丽杰第七次爬六楼，给大妈送货上门，让大妈品尝提意见，终于听到大妈激动地说：“嗯，这才是正宗的铁锅粘豆包，当年我的老母亲蒸的就是这个味儿！”赵丽杰老高兴了，感觉自己得到了一个马拉松长跑大奖杯。从此，这位大妈成为双兴粘豆包最忠实的粉丝，赵丽杰也在每一次和大妈的交流中，学到了不少乡土美食的做法，总结出了蒸粘豆包的窍门和经验。客户说，吃别的什么，时间长了就会厌烦，吃你们的粘豆包怎么觉得越来越好吃呢？他们不知道，看似平常的小小粘豆包，蕴含着赵丽杰多少心劲，经过她多少次一丝不苟的试验。

赵丽杰扩大车间，吸收村里有经验的大妈、大婶、姐姐、嫂子到车间来劳动，线上线下一起销售，整个冬天，卖出去两千多斤粘豆包和年糕，崔大妈一个月纯收入就达六千多元，可把她高兴坏了。

经过两年的积累，赵丽杰的"粘豆包事业"迎来一个新的小高潮！为了拓宽销路，走一条传统与现代相结合的生产道路，她特意购入了真空包装机，推出真空包装、精包装、礼盒装三种产品，以满足不同客户需求。二〇一八年共计销售粘豆包、年糕和各种杂粮十几万斤，纯收入达二十余万元，带动六名贫困妇女脱贫，同时给十二名周边村妇女提供了劳动岗位。

二〇一九年一入冬，各地的新老客户就在线上订货，数量大幅度提升，光是全国各地的销售代理就猛增到了二十一名，产品可谓供不应求。

作为赤峰市"三八红旗手"、赤峰市"巾帼扶贫先进个人"、"全国巾帼建功标兵"、赤峰市劳动模范，作为一个合作社的理事长，她把思考的课题提升到了新的层面，那就是如何把新兴科技手段和新型农业知识运用到合作社未来的发展中去。在进行了专家咨询、市场可行性研究调查之后，赵丽杰决定引进食用菌种植，同时利用废弃菌棒，加工优质有机肥料，反哺有机杂粮，用循环的产业链生发循环的经济利益，这正是未来农业发展的大趋势。现在赵丽杰的荣盛达农业生产合作社，已扩展设施农业大棚二十七个，成功种植了平菇、滑子菇，二〇一九年又增添了火龙果、甜瓜等种植项目。还建设起四百平方米的新型厂房，一百六十平方米的现代化冷库，将以前只能在冬季生产的产品，进行储藏、配货运输，实现长期化生产，不仅让全国客户一年四季都能吃到双兴村的杂粮美食，还为周边妇女提供一百六十个就业岗位。

赵丽杰说，我爱农村，离不开农村，如果说城市是现代青年展示才华的舞台，那么农村就是现代青年大展宏图的广阔天地。

在疫情期间，我看到电视台播报的消息，赵丽杰在当地第一个带头捐款捐物，带头做志愿者，坚守着自己的家园，同时分秒必争，筹划着复工之后的诸多举措。年轻的赵丽杰在她的人生故事里，又掀开了新的一页。

# 他在给我讲述一棵树

“进入新时代，就要有新思维！”“只有用战略思维谋划全局，用创新思维探索扶贫模式、完善体制机制，才能啃下脱贫攻坚的硬骨头！”这是赤峰市扶贫办主任冯树鑫标志性的内心宣示。

二〇一四年年底，年富力强的冯树鑫，由克什克腾旗委副书记兼克什克腾世界地质公园管理局局长的岗位上调任赤峰市扶贫办主任。作为一名写作者，我多年以来养成了一种观察人的习惯，那就是由表及里。我的理由是，不论一个人相貌平平还是仪表堂堂，能够标志其是否优秀的不是自然禀赋，而是外在的风貌举止。初见冯树鑫，他给我的第一印象是目光矍铄、相貌端庄、衣着简洁。我后来几次与他沟通时，发现他身上的白衬衫永远是那么整洁干净，到了他办公室一看，文件文具更是整整齐齐，到处一尘不染。他开口说话，滔滔不绝，却沉稳敏捷，没有多余的赘词，总是一语中的。这一点让我对他十分信任，有一种故知的感觉。

冯主任向上立起手臂，展开五指，开始了他的讲述。我感觉他的手构成了一棵树的姿态，而他的讲述也仿佛从一棵树的幼苗开始，沿着树的躯干和枝干精准道来。这棵树便是赤峰市脱贫攻坚的来龙去脉。

他说："二〇一三年十一月总书记在十八洞村提出精准扶贫，二〇一四年年底全国建立了建档立卡的体系，二〇一五年十一月中央召开全国脱贫攻坚会议，发文打赢脱贫攻坚战，配套国家十三五规划，'六个精准''五个一批'开展工作。当时，内蒙古贫困人口有一百五十余万，赤峰市有四十六万八千，占自治区的三分之一；自治区有国家级贫困县三十一个，赤峰市有八个；自治区有二十六个自治区级贫困县，赤峰市有两个。贫困县的数量赤峰市占全自治区总数的四分之一，贫困人口占全自治区总数的三分之一，可见当时赤峰市脱贫的任务是最重的。

"二〇一六年，我们建议市政府，在自治区下达的三项重点工作中加入脱贫攻坚一项内容。经过努力，到二〇一八年年底，全市四十六万八千贫困人口，减至五万三千人。在二〇一七年年底，我们的林西县成为自治区第一个摘帽国家级贫困县，经国家第三方验收高质量地通过，获得全国脱贫攻坚组织创新奖。二〇一八年，林西县获得全国脱贫攻坚组织创新奖。赤峰市三个国贫县、两个自治区级贫困县出列，共五个贫困县摘帽；敖汉旗设立爱心基金，使贫困人口治病正常报销外，爱心基金再补报一部分，达到了健康医疗有保障，获得国家卫健委健康扶贫奖。

"二〇一九年全市集中人力物力财力打好脱贫攻坚歼灭战，实现了五万三千人脱贫，一百七十三个嘎查（内蒙古自治区牧区的行政村）出列，阿鲁科尔沁旗、巴林左旗、翁牛特旗、敖汉旗最后四个国家级贫困县摘帽。赤峰市的脱贫攻坚工作得到国务院扶贫办和内蒙古自治区的认可，国务院扶贫办批准设立赤峰扶贫改革试验区。全区扶贫办主任会议、全区产业精准扶贫政金企对接会、全区扶贫小额信贷工作现场培训会和中央单位定点扶贫工作调度交流培训会议相继在赤峰市召开。我们还成功举办二〇一九年埃塞俄比亚公共服务与减贫研修班，这是赤峰市连续三年成功承办国际减贫研修班。二〇一九年七月十五日，习近平总书记亲临赤峰市视察调研，对赤峰市脱贫攻坚工作予以充分肯定，赤峰市四百六十万各族人民备受鼓舞，正在向决战决胜发起总攻。

“我们在市委、市政府的领导下，通过这样的思路开展工作——赤峰这个地方，有一个优势，就是农产品丰富，所以抓产业是我们的重点，因为产业扶贫可持续，可以把‘小鱼挂在大串上’，更多地把贫困群众吸附在产业链上，带动大多数贫困人口实现增收致富。二〇一六年，我们首先重点抓扶贫产业园建设，到现在已经建立了二百七十一个；其次，我们抓龙头企业建设，引进外地的名牌企业，也培育自己的本土龙头企业，把农副产品的产业链延长，达到对全市的辐射带动作用；还有，我们考虑到小合作社贷款难，所以成立金融扶贫公司，为他们搭建融资平台，推动小企业、合作社尽快发展。另一个思路是易地扶贫搬迁，对于那些一方水土养不了一方人的自然村，全市通过易地扶贫搬迁移民的方式，将困难村民安置到乡镇、主干公路附近和旗县所在城关镇，通过新建社区、幸福互助院等方式，让贫困人口搬得出、稳得住、能致富……”

冯主任特别给我讲了两件事，他认为这两件事是脱贫攻坚中不可或缺的中流砥柱。一个是中直机关定点帮扶，通过定点帮扶，让中化集团、三峡集团、国家安全部等部门施以强有力的援助，为赤峰市新上了诸多大项目，推进脱贫攻坚进程。另一个就是北京市与内蒙古自治区对口帮扶，北京市八个区帮扶赤峰市八个国家级贫困县，北京市投入大量人力物力，对赤峰市脱贫攻坚起到巨大的推动作用。几年来，市直和旗县下派的五千三百五十三名扶贫干部，他们是国家扶贫政策的传导者、落实者，是他们在第一线伸出手拉起了每一名贫困群众。他说起北京扶贫干部曹凤鸣的故事，讲起内蒙古自治区妇联副主席云翠荣的故事，讲起一个个驻村第一书记、村“两委”成员的故事，声音变得缓慢深沉，我听得出他平静的表情之下有深沉的情感。

在交流中，冯树鑫给予我的信息实在丰富，我全神贯注地听讲，通过他的语言，这些信息直接和土地对接、和现实融为一体，犹如雁群飞来，栖落在地，而地里同时长出了新绿，所以我在以上的转述中，已经不能追述那些十分具体又万分抽象的时间、数字、因人施策的策、因地制宜的宜。例如，一系列中共中央、国务院有关脱贫攻坚文件印发的背景、时间、内容；各种指标，贫困率、脱贫率、贫困户的人均收入、贫困户通过参加光伏扶贫的收入；设施农业——有多少个大棚、多少万亩旱地，大棚种植了哪些果蔬品种、一年能收几茬、何时育苗、何时采摘、滴灌的水量、日照的温度；养殖业—— 一般农牧户有多少头牛多少只羊，每个旗有多少头牛多少只羊，杜泊羊和湖羊的不同，包括品种的特点、适应性要求……还有，赤峰市北部山区和大兴安岭的关系，南部山区和燕山的关系，日照时间长度，无霜期的天数，敖汉小米和巴林左旗的毛毛谷小米各具什么特点，宁城的梨子为什么在北京市场广受欢迎，科尔沁沙地为什么要修一条穿沙公路……

冯树鑫的讲述让我的脑海浮动起“扶贫辞典”这个词组。一片九万余平方公里的大地，已然被植入了这本辞典，也植入了这个人的生命，这不仅是一种牢不可破的记忆，更是日益成长的情怀。或者说，他已经习惯了用一个数字挂怀一群人的冷暖，用一种理念修改捉襟见肘的往事，这一切他能够脱口而出，自然如一个人的呼吸和气质，当然，我们也可以视之为职责的硕果。冯树鑫用简短精准的语言，讲述了赤峰市扶贫的历程和成就，正如我的想象，这棵树的主干和枝干，已经高大茁壮，而枝头上累累的果实和花叶，已经无须细说，当我在赤峰市的十二个旗县区行走之际，脱贫攻坚成果已经装满了我的视野。各级党委、政府通过扶贫办，在中国大地之上栽下了一株株希望的树苗，冯树鑫就是红山脚下的一个夜以继日的守林人。此时，冯树鑫高高举起的手掌，正是一个美好的譬喻，赤峰扶贫之树生机勃勃，与未来的社会主义新农村振兴一起迎来无限春光。

现在轮到我发问了。据我所知，全国目前有七个国家扶贫改革试验区，西部只有赤峰市一个，我很想知道国务院批准赤峰市为国家扶贫改革试验区的背景，也想知道，赤峰市下一步推进试验区工作的思路。

冯树鑫的话仍然简捷精准。他说，过去国家批准的六个扶贫改革试验区，为全国提供了模式和样板，是非常成功的。赤峰市能够成为国家扶贫改革试验区，一是赤峰市扶贫规模较大，二是国家和内蒙古自治区对赤峰市这几年扶贫工作给予肯定，这对我们来说，是鼓励也是鞭策。我们考虑到脱贫攻坚阶段性胜利以后，国家对贫困地区的支持将会有新的变化，资金和人力不可能总是这样集中投入，工作队也不可能长期驻村。那么如何巩固脱贫攻坚的成果，使其永续发展，就是一个新课题。我们市委、市政府向国务院扶贫办上报的五年规划，围绕着巩固脱贫攻坚成果、创新扶贫架构新模式、建立确保贫困人口脱贫后永不返贫、总结脱贫攻坚经验向下一步乡村振兴过渡，建立返贫保障基金，使用保险检测途径掌握返贫迹象及时跟踪扶助，调剂出一千多个乡镇事业编制用于嘎查，实施乡编村用，将有培养前途的大学生，先派到村里锻炼，放下去，再提上来，形成人才良性循环机制，形成了具体实施方案。

接着，我把自己采访中一直忧虑的四个问题一并提出来，请教冯树鑫。我说得直接，甚至有点尖锐。第一，赤峰市境内水资源紧张，很多河流面临干涸，地下水的保有量不容乐观，现在设施农业铺满大地，工业用水、生活用水，体量超大，未来怎么办？冯树鑫似乎有点意外，但却从容不迫地说："绿水青山就是金山银山，生态保护必然带来水资源情况的好转，保护水资源，发展节水农业已经是刻不容缓。"

我的第二个问题是，现在年轻人都纷纷离开农村，我看到的贫困户大多是中老年人，他们脱贫了，但是二十年之后农村怎么办？冯树鑫的回答是："乡村振兴了，年轻人就有了用武之地，还愁没人回来？"显然，这个坚守在扶贫发展第一线的操盘手，每天思考的不仅仅是今天，他扛在肩上的还有沉甸甸的美丽明天。

第三个问题——赤峰市扶贫发展工作屡创佳绩，硕果累累，好政策、大背景是关键,人的因素也很关键,赤峰的干部群众做事锲而不舍,其文化底蕴是什么?冯树鑫也是寥寥几句话,就说到了点子上。他说:“游牧文化和农耕文化在这里汇集融合,形成了带有合金品质的移民文化,显示出攻坚克难、互相竞争的文化习性。”

我提出了最后一个问题——能告诉我,你个人在这项伟大的扶贫工程中具体发挥了什么作用吗?

冯树鑫说:“我呀,我只是做了应该做的一点事,就不用写了。”

后来,在诸多工作总结和新闻报道材料中,我找到了冯树鑫尽职尽责的足迹。

冯树鑫作为全市脱贫攻坚指挥部的“参谋长”,胸中有全局,持之以恒地把扶贫政策融入自己时刻的思考和追求中,也努力让自己对当地的地理人文历史了然于胸。为全方位地熟悉工作,他率团先后到四川、贵州、甘肃、山东等地学习先进经验,也走遍了全市八百七十一个建档立卡贫困村,以多种方法提升自己,面向基层,贴近实际,让自己立于新时代潮头,拥有新思维,不断推出新创意。他积极引导各旗县探索园区化产业扶贫模式,形成了“扶贫产业园区化、规模化,扶贫对象合作化、组织化,扶贫资金资本化、权益化”,他先后在全市探索了产业园区扶贫模式、金融扶贫模式、易地扶贫搬迁模式等一系列创新做法,成为全自治区扶贫工作创新的样板,也为赤峰市成为国家在西部地区设立的首个扶贫改革试验区,发挥了不可替代的作用。

新时代的领导干部是一种智慧型的劳动者,可登大雅之堂,可下田野乡村,而基层的扶贫办主任应该是个怎样的角色呢?我理解,他不必一身泥土,不必两手老茧,但是一定要有一脑袋现代思维、一腔子爱民之情、一股子永不退却的奋斗精神,还要有一以贯之的学习钻研精神,他是政府的智囊、老百姓的亲人、社会各界召集人,如今当赤峰市乡村振兴的蓝图在眼前打开,作为扶贫办主任的冯树鑫第一个执笔,第一个操盘,他的大脑夜以继日地飞转……

## 西沟村的郝彦波

内蒙古赤峰市喀喇沁旗地处燕山山脉和大兴安岭山脉之间的丘陵草原，春季风大干燥，夏季多雨高温，适合种植沙参、黄芪、防风、桔梗等中草药。这里有个西沟村，出了个淇艺机械有限责任公司，已经成为国内中草药种植机械产业脱贫的领衔企业。

淇艺的老板叫郝彦波。三十六七岁，个子不高，身子略显单薄，外貌并无特殊，唯两只不大的眼睛炯炯有神。

说起扶贫的事情，他说没别的，就靠机器。

眼前是一片药田。九月，到了收获的时候，防风的秧子绿着，却蔫倒了；沙参的秧子枯黄，即将化为泥土的一部分。季节不等人，种植的药材不及时挖出来，根茎就会变黑腐烂。父母眼巴巴地盼了两年的收益，就会鸡飞蛋打。药田是自己家的，也就两亩地大小。

郝彦波把肩头的五齿叉子放下来，在药秧根部附近插下去。

原来挖药这事并不好玩。土地坚硬，沙参的根茎扎在地下六十五厘米，他一只脚踩下去，叉子只入土二十厘米，他两只脚踩下去，倾尽整个身子的重量，又使劲顿了顿，六十五厘米的叉子才深入土层；土又沉又硬，他憋了个大红脸，才算把叉子拔出来。就这样，一叉子挖掘出几根药茎，他义无反顾地挖了一整天，直到最后一道残阳消失，手上的水泡磨破出血，汗水和泥土把脸涂成了黑盔，仅挖完了不足一分地。他直起腰来一看，暮色中，这药田怎么这么大呀，何年何月才能挖到头啊！

那一年郝彦波十七岁，高中还没毕业。他是西沟村一个农民的独生子，从小生得单薄，个头也矮，在人堆里不算打眼。虽然家里缺衣少食，但郝彦波不缺爱，父母把他当作掌中宝，但凡他提出一点要求，父母再难也要变着法地满足他。他四五岁的时候，父亲就看出一些端倪了，这孩子看电视上的变形金刚，两眼直直的，给他个粘豆包都不动。后来大一点，他就把家里好好的座钟给拆了。父亲进了屋，儿子连头都没抬。他坐在屋地上，裤子沾满尘土，旁边是按照顺序摆放的座钟零件，时针、秒针、发条、齿轮、钟摆。他全神贯注，抻着小脖子，要把拆散架子的钟，重新装好，可是怎么使劲也装不起来……父亲拍拍他的脑袋，一句责怪都没有。父亲认为儿子念书好，门门功课都不差，跟他从小喜欢动手动脑有关。

上了中学，郝彦波被推选参加全市的数学竞赛，到了赤峰市的考场，他早早答完了题，看到有些小错误，也不改，交了卷子，就忙不迭地走出考场，去看城建工地的大塔吊了。不过他最后的成绩还不错。父亲在村委会门前很谦虚地告诉村干部—— 一般一般，赤峰第三。

考学！儿子一定行！和千千万万个农村孩子的爹娘一样，他们认准了考学是后代摆脱贫困的唯一途径。父亲收废品，母亲打零工，省吃俭用，今天二十一元，明天十五元五角，把挣到的钱一点点地往银行存。聪明的儿子给了他们盼头，当爹妈的半夜醒来想想就乐。

就在这时候的某一天，郝彦波的堂哥死了。那是一个身强力壮的小伙子，每天在地里挖药。喀喇沁旗的秋天寒风刺骨，他总是累得一身大汗，于是光着膀子干，不一会儿就渴得嗓子冒火了，捧起身边的凉水就喝，抓起个凉馒头就吃。结果伤了肺，送到医院，人已经没了气息。

郝彦波放学回家，把书包往炕上一推，说："我不想念书了，我得回家帮你们干活。"

父亲说："你、你不是想当工程师吗？"

父亲窝火，却舍不得说儿子一句。

母亲傻了。她说："儿啊，力气活你打小就没干过，不是逞能的事。"

郝彦波不吱声。

父母沉默一夜，第二天一早，把药叉子递到了儿子手中。他们觉得，让儿子体验体验也好，他知道了脸朝黄土背朝天的劳作是啥滋味，就会把手里的药叉子一丢，重新背上书包回学校。

没想到，晚上儿子把手藏在手套里，不给父母看。他每天照常挖药，还抽空到舅舅的拖拉机跟前转来转去，晚上也不睡觉，点灯熬油地画一张图。地里的药材还没有挖完，郝彦波手里的自动挖药机草图已经改了好几遍。

其实郝彦波在挖药的第一天，就萌生了发明个机器的想法——可不能再出第二个堂兄了，为什么喀喇沁旗四十年的种药史就不能改一改呢？他把手里的图纸，在父母面前展开，说不采用机械化，咱们十里八乡种药材的农民，永远熬不出头。我做一台挖药机，给你们看看中不中。

父亲领他到废品收购站，收回一堆旧机械零件、旧焊条。父亲说，我也就这点能力了。母亲没说啥，翻箱倒柜，拿出了家里仅有的两百多元，接过了儿子手里的药叉子。年幼的郝彦波满心都是梦想中的机器，并没有发现母亲眼中隐隐的泪水。

郝家的院子响起了金属的撞击声，村里的二婶三叔七姑四舅过来看热闹，他们一出了院，就开始七嘴八舌——这孩子，真是不知天多高地多厚，你个毛孩子能发明挖药机，赤峰城里的那些能人还活不活了！这两口子太惯孩子，非惯出个败家子不可……

闲言碎语一说就是十四年。从最初设计出第一台样机，到建立工厂成批量生产，到工厂的系列产品在国内和俄罗斯被广泛使用，再到淇艺挖药机产业成为中药种植领域的龙头企业，郝彦波苦苦学习了十四年，整整奋斗了十四年。

要把这个图纸上的机器制造出来，并且付诸试验，需要钱交电费、买材料、买工具，更重要的是要买专业书。从机械动力原理，到设计图纸绘制，郝彦波是先下海，后学游泳。他还需要一台拖拉机，用来牵引挖药机，在药田里走动作业。钱不好借，亲戚朋友认为拿出去的钱等于打水漂。母亲给人家赔着笑脸，二三十元地借一点，然后细细地花在刀刃上，她也是心里不落底，生怕拉下饥荒。拖拉机，大舅的家里有一台，大舅喜欢机械，也喜欢这个爱鼓捣机械的外甥。可是姥爷不准许，郝彦波央求了几次，姥爷说你给你大舅的拖拉机鼓捣坏了，谁花钱修？郝彦波至今未抱怨过姥爷，他懂那种家家缺钱的生活。好在不久姥爷外出，大舅立马把拖拉机给郝彦波开来了，还带来了一台电焊机。

年轻的郝彦波洗干净头脸，换上了母亲洗干净的T恤，高兴得像花儿遇到春风，那一刻真的没想什么天多高地多厚，他的眼睛里只有一幅画——家家户户的地里都有挖药机在工作，那些长着须毛的沙参和黄芪从土里露出白生生的根茎，就像胖娃娃从梦中醒来，打个滚儿，跳进了柳条筐。一筐筐的药材上了汽车，摇身一变，就变成一件暖乎乎的羽绒服、一条大红色的羊毛围巾；变成一座瓦房铁栅的院落，门前有一辆簇新的摩托车，门旁有一大片猪舍鸡圈，猪探出肥肥的头，鸡脚下是一颗颗洁白的蛋。这是他的梦，梦中有给父母的礼物，有自己未来的家，有美丽的西沟村……二婶、三叔、七姑、四舅你们闭嘴吧，我的美梦即将成真，新闻发布会就要开始了！

然而，没有哪匹马能一步跨过大草原，现实就是这么不给面子。在自家的药田里，郝彦波的处女作开始操作，挖药的叉子插入了泥土，第一下，挖出了几棵断根的药材，到了第二下，机器发出了异样的响声，接着，力臂失控，车身散架，这个完全没有参照物，全凭一个青年人的想象力设计出来、使用废铜烂铁制造的器物，在众目睽睽之下倒了下去。

失败难道就不是财富吗？此后，郝彦波废寝忘食，在失败中寻找成功的因子。这台雏鸟般的机器，幼稚的地方太多。他一丝不苟，一一打磨，慢慢地找到了主要矛盾——液压油缸不过关。他换材料，换油封，经过上百次试验，改进了液压油缸的结构性能，就这样跌倒了爬起来，爬起来再前行。到了二〇〇五年，郝彦波的挖药机终于研制成功，并获得国家知识产权局授予的知识产权专利。

故事到了这里，不是结尾而是开始。

在市场经济的背景下，你手攥着宝贝，却不能进入市场，就像空对着一只没有帆的船。家贫如洗的郝彦波，在院子里久久地坐着，天上的小雨什么时候下的，他不知道，母亲叫了几次，他也不想去吃饭。机器的性能可以了，下一步该如何批量生产、推广使用呢？钱钱钱，又是钱，郝彦波需要很多钱。

别无他路可走，郝彦波把研制成功的挖药机放在仓房里，向亲戚借了三百元出发了。他要到城市里去打工，挣钱、养家，然后把梦想进行到底。西沟村离赤峰市四十公里左右，他是骑着一辆旧自行车去的。一路上他默默祈祷，希望这是自己和父母人生中最后一次借钱。

他需要找一个住的地方，需要填饱肚子，还需要尽快找到工作，找一个工资高又能学到本事的工作。他走遍了当时赤峰市内的二十多个职业中介，兜里的三百元就像手掌上的一块冰，分分秒秒在缩小。

他小心翼翼地问中介经理，有没有工资高一点的工作。中介经理一伸手说，有，中介费五十元。他的手在兜里把几张钞票攥出了汗，舍不得拿出来，中介经理便把他当作了空气，视而不见。他第二天又来到中介，坐在中介经理前搭讪，结果又当了一天空气。第三天，他还来，往前凑了凑，中介经理烦了，他依旧赔着笑脸。

他说："到底哪里招工？"

经理说："中介费。"

他说："我就问问干啥活还不行吗？"

经理说："不行。"

他说："我不问清楚干什么活，交了钱干不了怎么办？"

经理说："你真磨叽。就是电焊工。"

郝彦波心里一喜，忙稳稳神，做失望状说："电焊，技术活，干不了。"他于是抬脚走人。

他在又小又冷的出租屋里，把一本厚厚的赤峰黄页早已翻得烂熟。他知道整个赤峰市只有三家电焊厂。

他来到邮电局，花了不到一元，分别给这三家电焊厂打了电话。其中最大的一家，正在招电焊工。工资八百元到三千元，真是太诱人了。

厂里的老总和副总一起面试。郝彦波不敢夸大自己的电焊技术，他说，自己在家里焊过一般的小机器，没敢说也就焊过一台挖药机。老总脸绷着，说，我们不收学徒。副总倒是和颜悦色地说，小伙子找个小厂子练几年再来吧。郝彦波说，我不要工资，也不吃厂里的伙食还不行吗？两位老总摆摆手，把郝彦波扔在了接待室里。

临走，郝彦波拿了副总的一张名片。第二天他给那位副总打电话说："我没别的优点，就是认学，我觉得你们企业很正规、有前途，我不要工资，只要个机会，领导就给年轻人的上进心一点厚爱吧……"

副总说："那你就来试试吧。"是郝彦波的最后一句话让他动了恻隐之心。

这家电焊厂主要生产变压器，订单多得做不过来。电焊车间有五位技工，干了十八年了，技术水平相当可以，他们抱团取利，平分项目工资。对于郝彦波，他们一开始没当回事，用赤峰话说，这孩子你是不是有点潮？分文不取你图个啥呢，学徒？没师傅十八年你也学不成。

时间过去两个月了，他们发现这手快脚勤、闷声不语的小伙子不可小觑。因为他交出的零活小活十分像样，结结实实、板板正正，不亚于熟手的水平。

只有郝彦波自己知道，这两个月自己是怎么过来的。白天，师傅们干活不许他掺和，他在一边干点零活，远远地偷艺，到了午休和下班之后，他就拿起焊钳，捡来些下脚料，分秒必争地苦练。至于吃饭，他就是两个馒头、一杯白开水，盒饭是买不起的，包子是当作节日大餐来享受的。

郝彦波特想请教请教这五位师傅，自己不抽烟，买了盒烟给师傅点着，被师傅们一横胳膊拨拉开了。他说，师傅们赏个面子喝顿小酒吧。师傅们连头都没抬。

只要有恒心，铁杵磨成针，机会总是给有准备的人，这话果然不假。三个月以后，郝彦波靠远观勤练，可以独立完成小型变压器的焊接组装了！他焊好的机器往那里一摆，美观、牢固、严丝合缝，五位师傅也只能啧啧赞叹。这时候，工厂接到一个大订单，焊接一个两千五百千瓦的大变压器，相当于一间小房子那么大，要求工艺水平高、时间快。五位师傅和老板谈工资，没谈拢，撂挑子不干了。

空空荡荡的车间只剩了一个瘦瘦小小的郝彦波在干活。老板来了，没认出来他是谁，盯着看他操作，又用挑剔的眼光检查了他做出的成品。好半天，老板说，给你找几个工人，你带着他们把大变压器拿下来中不?郝彦波一听有点不相信自己的耳朵，镇定一下，老老实实地说，小的中，大的没干过，但是我一定会干好，说什么也不能影响公司声誉。

老总果然目光如炬，又想到这个年轻人做事能为公司考虑，便给了郝彦波每月八百元的工资和几个帮手，把任务派给了他。郝彦波也是拼了，起五更爬半夜，把每天的生产流程设计到分秒精准，把人力调配到最合理，检查质量，一个焊接缝，牙签那么宽的误差也逃不过他的眼睛，最终如期优质完成任务。这时，郝彦波的焊接水平已经远远超过了那五位干了十八年的师傅，并且在制图设计和技术管理上可以独当一面了。他的工资因此三级跳，达到每月五千元。被聘为车间主任之后，老总交由他来统筹车间的薪酬分配。最高的时候，他手下的技工，每月得到八千五百元的工资。

一转眼要过年了，他给母亲打电话，说，妈我要回家了，你想吃什么，需要点什么，我给你买回去。母亲说，快别介孩子，咱们家用钱的地方多着呢。郝彦波说，我一个月挣快五千元了呢，不差这点钱。他没敢说八千多元，怕母亲不相信。

母亲说："儿子，真的？"

郝彦波说："妈，真的。"

电话里传来了母亲掩抑着的啜泣声，她说："儿子啊，有个好工作可不容易，你可要好好把握这个机会啊！"

知儿莫如母。二〇〇七年，在打工生活顺风顺水的时候，郝彦波以家里搬迁为由，向老总请了长假，怀揣着积攒下来的不足八万元回到了西沟村。他跟父母说，厂里的工作每天都一样，我要干点每天都有新意的事。父亲拿出钥匙，打开房门，他回到了梦想中的挖药机跟前。

挖药机在库房里搁置了两年，但是在郝彦波的脑子里，一天都没有搁置，即使在打工最劳累的时刻，他只要一闲下来，就会不由自主地琢磨起挖药机的改进。现在，他有钱了，到了第二次冲刺的时候。他买了一台拖拉机，更新了挖药机的设计，制作出一台完整的新型挖药机，到工商局正式注册了机械制造厂。这时候的郝彦波，已经打开视野，学会了研究市场，关注社会需求。他认为随着人们保健意识的提高，中药的市场需求将会扩大，挖药机的使用，势在必行。他鼓动父母，提前种下十亩药材。他经过测算，批量生产挖药机，尚需四十万元左右的资金。一个老同学不怕担风险，要求参与。于是两个人分别贷款，生产出二十台挖药机，准备大干一场。

郝彦波开着拖拉机，在药田里作业，引来了人们的围观，挖药机果然不错，虽说速度和精确度还处于初级阶段，但是一台机器，顶五六个人工那是没有问题了。附近的药农看了之后跃跃欲试，媒体也来凑热闹——中国第一台挖药机诞生了,从此改变了中药种植的劳动方式。

很快,第一个敢于吃螃蟹的人出现了。可是,当客户把花了三万多元买来的机器往地里一开,没等挖完半亩地的药材,挖药机就出现了故障,郝彦波赶紧派人修,当时是修理好了,可还没等修机器的师傅回到家,电话又来了,机器又出毛病了。这到底是怎么回事呢?郝彦波整天在客户的药田里琢磨,他发现如果自己亲自操作挖药机,机器会很好用,一旦换个生手,就会故障频频。就这样,好歹挖完了客户地里的药材。这个客户是个厚道的老兄,没有让郝彦波退货,默默地把这台挖药机放在场院里,再也没动。

郝彦波把剩下的十九台挖药机放在自己院子里,不敢再销售了。这时候到了年底,银行的利息将近四万元。当时一个人出去打工一年能挣到两万元都是多的, 就是说, 自己和合伙人身上背着每年两万元的利息,他们打工一辈子都还不清。这可怎么办?郝彦波可以回电焊厂继续打工,挣得多一点,最终还上利息,可是这个项目就可能彻底夭折,自己的企业梦也就成了一枕黄粱。出路只有一个,就是继续改进机器,直至完全成功。

郝彦波开始疯狂地研究机器的改进。技术问题,国内没有同行,求教无门;投资问题,也走进了死胡同。现实瞬间回到了多年前,郝彦波整天在家里边学边干。父母出去给人家的耕地拔草,每天拿回来十元,郝彦波花十元;拿回来二十元,郝彦波花二十元。一家人,除了吃饭,刮骨熬油一般节省出一点点钱,支撑着郝彦波最后的信念。

债务重、压力大,郝彦波的身体状态每况愈下,终于有一天,昏倒在了机器旁边。到医院一检查,医生说这个年轻人可惜了,得的是绝症,全家人不肯相信,换了一家医院重新检查,结论还是一样。最可怕的是,家里已经没有给郝彦波买药的钱了。母亲出去借钱, 亲戚朋友的回答让人心凉——得了这种病,弄不好要人财两空啊……母亲借了一圈,只借到几百元。

全家被阴云笼罩着。母亲每天在地里干活的时候以泪洗面，回到家中看到儿子，强颜欢笑。郝彦波想，我还这么年轻，难道就这样完了吗？他不甘心，真是不甘心哪！他想不开，偷偷地哭了不知多少回。费用太高，他决定放弃治疗，顺其自然。一家人抱头哭成了一团。

父亲拆了几台挖药机，把零件当废铜烂铁卖，去给儿子买药。郝彦波隔着窗户，看着父亲伛偻的身躯，心如刀绞。

医生要求他避免重体力劳动，保持好心情。他一想，对呀，生命不就是一种心情吗？心情好了，每一天都好。他站在深秋的天气里，面对冷冷的太阳，做起了扩胸运动。寒风如霜，他的身体里勃发出一团热能。他告诉自己，你要坚强，你青春的肌体、你昂扬的精神、你每天锲而不舍运转的大脑，都没有衰竭的迹象，只要不气馁，就没有过不去的火焰山。

郝彦波每天在家里看孩子、洗衣服、为全家人做饭。说实话，他原本一点都不喜欢这些家务事，此时却是做得全心全意、兢兢业业。他在最不应该思考生与死的年纪里，体验到了活着的每一分钟都值得万分珍惜。他心中最重要的事情，仍然是继续改进挖药机。他每天强迫自己卧床休息几个钟头，待有了一点精神，再埋头于图纸上、机器上，一干几个小时，他就这样用一张一弛的方式和死神赛跑。许多年后，他对记者说，我当时想，看不到我的挖药机在一家家的药田开着，后面有一堆堆白生生的药材，让药农们在一旁竖着大拇指，我就是闭上了眼睛也得睁开看啊。

母亲说："儿啊，你不要命了吗？"

郝彦波说："娘啊，你放心吧，儿子不仅要命，还要成事，还要让家里过上富裕的日子。你养育儿子一辈子，吃了多少苦，儿子还没回报呢，怎么能丢下你呢。你不是说想去乌兰布统看草原吗？还想去北戴河看看海吗？儿子还要陪着你去呢，咱们坐火车，坐飞机，把梦想变成真事。"

母亲说："那些个，我都不想了，只要我儿子好起来，咱们把饥荒还清，我每天心里不总是沉沉的，就知足了。"

心静自然少忧烦。郝彦波想开了，心火就退下去了，他不急不躁，每天敲敲打打、铣铣锯锯，把挖药机的每一个构造、零件重新研究一遍，还专门请了一个朋友开着挖药机，在各种不同的地里做破坏性试验，终于找到了机器故障的症结。原来是一些零件用料质量较低，一些局部的配置不够精确，而机器的总体设计没有根本性问题。

从一个个坏消息里，病中的郝彦波却汲取到了正能量。

时间验证了郝彦波的眼光，当初让父母种下十亩中药材是对的，二〇一〇年中药材行情大涨。郝彦波也彻底解决了挖药机设计制造方面的问题，便操作机器在自己家的药田里工作。连续两年，他们家种药收入达到二十余万元，也让先前拒绝使用挖药机的乡亲们蜂拥而来，一时间买光了郝彦波的所有存货。从此小小西沟村洛阳纸贵，郝彦波的挖药机火了！一家人忙得不亦乐乎，老人和媳妇忙着打磨、喷漆、上螺丝，郝彦波全力以赴，组织技术人才扩大生产规模、引进先进设备、研制换代产品，陆续开发出深松（土）机、药材播种机、苗床起垄机、药材移栽机、挖药收获机、药材清洗机、药材烘干机等产品，为中药种植行业提供了一条龙生产机械。现在，郝彦波的中药种植机械，已经在内蒙古、吉林、辽宁、山东、山西、河北、四川、黑龙江、甘肃、新疆被广泛使用，在俄罗斯和哈萨克斯坦也有了长期用户。可以这样说，自从郝彦波的挖药机率先走上市场，人工种植中药的历史便渐渐远去了。

这回郝彦波可是真的富了。看着父母脸上的笑容，看着每年以百分之三十速度递增的产值，他的自豪感、成就感布满心头。但是，经过十五年创业打拼的郝彦波这样说，假如一个富人看不到身边的贫困，那他就不是真正富有的人，富人应该是大海里的一滴水，存在于所有人的富裕里，没有大海就等于没有你。

他先给家乡算了一笔账。目前喀喇沁旗还有三十万亩山坡干旱土地没有被很好地利用，如果种上中药材，按每亩最低收益一千元，就是三亿元，当地百姓足以富起来；第二笔账是目前国内有六千万亩的中草药种植基地，需要二十万台挖药机，自己可以提供其中的百分之十以上。那么，自己出售机器的收入，可以投资家乡三十万亩山坡干旱地的流转开发。

他建立了一个中药产业示范园，流转贫困户的土地，引进国内外先进经验种植中草药，成立了中药机械作业团队，租用贫困户的挖药机，组织贫困户劳动力到示范区劳动。一举三得，让贫困户从土地租金、机器租金、人工劳动三方面获得收益，摘掉贫困户帽子。

郝彦波说他下一步的梦想，一个在辽阔的原野上，他已经公开了中药产业机械的专利，正在把产业园区的种植经验推向全国的同行；另一个在企业的实验室里，他要一改目前模仿人工的机械模式，引入电子化、智能化，让机器人入场，成为中药机械产业的新龙头。

三十六岁的郝彦波，那明亮的眼睛里充满愿景。

# 走进林保森的某一天

林保森是我在赤峰市见到的第一个脱贫攻坚工作队驻村第一书记。

在此之前两天，我错过了赤峰市扶贫办举办的驻村第一书记讲演比赛。赤峰市扶贫办政策法规科科长杨明霞细心又热情，让我一下飞机就得到了这批讲演材料。林保森的讲演题目为《从一箩筐到新一箩筐——我的驻村故事》，咦，挺有意思，这两个箩筐里装着些怎样的故事呢？我迫不及待地读起来，原来，箩筐就是他的驻村日记。“一箩筐”里记录的是这位第一书记驻村伊始遇到的种种人和事，像一双惊讶的眼睛；而“新一箩筐”里保存的是他全身心投入地为村民排忧解难的过程和细节，充满了喜悦和信心。

恰好，我采访的第一站就是阿鲁科尔沁旗，高家段村是阿鲁科尔沁旗先锋乡的一个村，林保森就在这里当第一书记。

“这个村子养殖业以黑驴为主导，一般户饲养驴不到十头，也有人家养了七八十头驴，高家段村已经成立了养驴合作社，申请了产业扶贫养殖棚圈项目。在种植方面，以旱地种植为主，这里的土地缺水、干旱。

高家段村由高家段、西靠山、马家段、新太平四个自然村组成，写在户口本上的人口有一千七百一十三人，实际上只有二百五十二户五百零二口人，其中年龄在三十岁以下的有六户，四十岁以上的人家有二十户，五十岁至七十岁的人家占百分之七十以上。这个村绝大部分年轻人都离开了，有出去打工的、做小买卖的、上学的、上学毕业不再返乡的。他们留在村里的父母，多是经济窘迫，劳动能力渐弱，身体伤病，成了五保户、低保户、贫困户。”(《一箩筐》)

林保森是教师出身，下派之前在旗应急管理局工作。原本林保森已经被派到查干浩特嘎查任驻嘎查第一书记。查干浩特嘎查在阿鲁科尔沁旗的东南部牧区，是个蒙古族人口居多、农耕和牧业并重的地方。他五月六日正式入村，第一个任务就是走门串户，迅速地掌握了嘎查各贫困户的情况，尽管语言交流有一定困难，但是在嘎查干部的帮助下，他已经了解了每个贫困户的情况，哪家的病人每月三次透析，哪家的什么人得了动脉肿瘤，哪家为孤寡老人，哪家有残疾人等，唯一的困难是语言交流障碍。

“……开见面会，我很客气地讲了一点对驻村工作的认识，希望得到大家的支持。大家热烈鼓掌，让我感到很亲切。接着嘎查书记讲起了蒙语，大家又热烈鼓掌。我问书记，你说了什么？书记告诉我，我把你讲的翻译了一遍……看来蒙古族老乡，给足了我面子。

“支委换届大会，第四项议程安排我宣读选举方案。我学会了用蒙语数数，知道‘四’蒙语为‘图鲁布’，就细心地听着，心想听到这个‘图鲁布’，就该我宣读方案了。可是，一直也没听到这个‘图鲁布’。这时候，会场突然安静下来了，所有眼睛都盯住了我，我还愣在一边，书记悄悄地用汉语告诉我，该你宣读了。没有任何人笑我，大家都在呵护着我、帮助着我。在查干浩特嘎查虽然只有一个月的时间，有了大家的帮助，语言障碍已经不是太大问题了，我已经着手调研嘎查农田旱地改水浇地、个人浇地、堵路、危房鉴定等方面的问题，已经把扶贫项目库的具体项

目向贫困户做了讲解，让人高兴的是订购的一套蒙语教材，今天也送来了……”（《一箩筐》）

“按镇长要求，填报了灾害致贫统计表。顺便了解到两个自然村的旱地状况……查干浩特嘎查有两千亩旱地，在二十八户农户手中，因为全部集中在集通铁路北侧，如果旱改水需要将南部的井水引到铁路北侧，审批非常困难，也可以在北部重新打井拉电，投入较大，需要费用二十万元。如果此项目实施，群众多年的用水难问题就可以解决。此问题，下一步要深入调研，拿出解决方案。

“有位农户来到村部，找嘎查书记理论，原因是一个牧户把位于庙东南的四百六十亩地给卖了，而且昨天就按户把钱分了。农户十分激动，我便把他劝到西屋单独了解情况。原来，当年分地时，农民分到的是五百五十亩山地，牧民分到的是四百六十亩草场，当时要求草场不得改变性质做耕地，当年的村干部是牧户，所以把农民的五百五十亩的土地补贴均分给包括牧户在内的全体村民，现在牧户卖地的收入却没有农户的份儿。

“农户说昨天卖的四百六十亩地，没有绿本，是集体的，应有农户的份儿。牧民说这四百六十亩是当年用五百五十亩旱地换的，已经十几年了，如果再这样要求，农民就应该把那五百五十亩地换回来，还说绿本仍在牧民手里。

“原来在机关工作，从来没有接触过这样尖锐又复杂的民生问题。看来现实总是带着历史痕迹，而现实当中最难解决的莫过于历史留下的纠葛。既然已经在第一书记的岗位上了，就必须面对这些难题，了解情况，广泛听取意见是基础，用政策作为准绳是关键。看来农村不仅是广阔天地，还是我们这些青年干部的大课堂……

“嘎查小组长说：‘不确权不能申请出售，如果确权可以先申报。’

“村民代表说：‘有规定按规定执行，没有规定，可以经三分之二村民同意，否则第三方不敢测绘，乡政府不能发证……’

“每天都能学到新知识，每天都会遇到新问题。”(《一箩筐》)

这一个月，每一天都充实地忙碌着，林保森由浅入深，由易到难，开始着手帮助贫困户解决各种问题。

“下午，乌仁琪琪格申请给她儿子办低保的事情终于得以确认，这样他们家就可以享受各种政策了。想来这事，一开始自己不了解政策，于是认真学习，按照政策反复测评，直到获得如此好的结果，甚慰。”

“通过查阅档案核实，嘎查享受雨露计划的只有永青女儿一人，布仁巴图的儿子在北京读大学，经向绍根镇政府扶贫办副主任牡丹大姐请教得知，在大学里享受了国家助学贷款，就不能享受雨露计划，而永青女儿就读的中专，没有享受国家助学贷款，就可以享受雨露计划扶助。又弄明白一件事。”(《一箩筐》)

就在林保森全身心地投入查干浩特嘎查的扶贫攻坚工作的时候，一道命令把他调到高家段村来了。林保森认为，一个青年人能够赶上脱贫攻坚这个人类历史上的宏大工程，无论在哪个位置上做一颗棋子，无疑都是终生难以忘记的淬火历练，而最终在生命里留下的不仅是记忆，还有成长和成熟。二话没说，他扛起背包就出发，路过家门而不入，直接就来到了高家段村。当时，高家段村上届村“两委”已经到了换届的时候，全村上下正在酝酿着新班子的选举，也酝酿着一次人际关系的较量。

“路遇村民尤桂生，他快六十岁了。他知道我是第一书记之后，劝我别在这个村做第一书记了，给我说了几句顺口溜——‘宁走阎王殿，不走高家段。’他是退伍军人，也是五保户，听说一直在上访告状，不知何因，他还告诉我，他现在身体不好，好了要告到底。自己只有安稳地听着，我知道自己在读一本书，这算个开头。

“村委会换届选举大会会场上，突然出现四个人，一问，不是来参加投票的。他们拿着手机在会场上一通拍照，扬言不公平就告……还说有村中城市户口的夫妇二人也参加了选举，真实情况是该夫妇二人经查实确实参加了选举，还被落选者告发到了乡政府，乡政府按规定重新测算了选票数，没有改变选举结果。后听人说，这是有人为了在落选后证明选举不合理，故意把该夫妇二人找来参选的。

“选举之后，有落选者来电约我唠唠，我说来办公室吧，他说要我去他家，我就去了。到他家一看，已经来了三个村民在等我。他们向我反映了很多村中以往的问题，例如道路问题、自来水问题。他们还提出要承包自来水工程，分文不收，但只能供给西联组百姓，不许高家段村百姓共用。谈话中，他们总是让我表态，我没有表态，考虑必须要有全局思维，不能只听一面之词。这时候，我发现茶几的边角处藏着一支录音笔，心里顿时奔跑起来十万匹马……

“召开党员会议，了解情况，发现一位高龄的老党员叫姜海山，对于村里的情况十分了解，看问题也是十分客观。后来跟村委打听，才知道姜海山大爷是老党员，九十多岁了，真不像啊，他老人家腰板挺直，头脑清楚，身体健康，全村人都十分敬重他。关于危房改造的文件下达后，他和儿媳妇出现在我们的办公室里，很客气地要求解决住房问题。他住在儿子家里，孙子要结婚，我估计是儿媳妇的主意。于是答应协调民政方面了解情况，并亲自将老爷子送回家。”

一个初来乍到的年轻的第一书记，面对扑面而来的种种问题，真的有点不知所措了，林保森有一段时间是沉默的，遇到事情轻易不敢表态，一时间看似有点灰头土脸，其实他的两脚一刻也没有停下来，每天在贫困户的场院里、屋里走来走去，他的大脑每时每刻都在高速运转着。“宁走阎王殿，不走高家段”。为什么这里矛盾四起，为什么在这里落实点事情总是一波三折？

沉下去，沉到民情民意的深处，沉到村民百姓生活的深处、希望的起点处，林保森在努力寻找一把钥匙。在他的驻村手记里，记录了一些这样的小故事。

自从那天姜海山大爷到村委会提出改善住房的要求以后，他和他的家人便再也没有出现过。为什么和其他村民一而再、再而三地索要不一样呢?林保森问了村委会,得知这老爷子曾经当过二十七年的大队党支部书记,退下来这么多年没有因为任何个人的事情找过村里,他经常说的一句话就是“别给公家添麻烦”。这些年农村发生了翻天覆地的变化,土地承包以后,乡村的生活已经以个体为单位,“公家”这个概念弱到了极点。在村民的心思里,公家就是给予、就是承担,没有麻烦的时候公家就像远山一样和自己无关,没有谁把公家放在心上来呵护。

别给公家添麻烦——这是姜海山老爷子内心世界的自然流露。“别给公家添麻烦”似乎就是一条通道,连着一位年轻党员和一位七十多年党龄的老党员,林保森要沿着这个通道,去追溯力量和勇气。

姜海山老爷子住在二儿子家。二儿子家的房子的确不宽敞。对面屋,老爷子占一间,儿子儿媳占一间,中间是吃饭和做饭的地方。正如姜海山老爷子的儿媳所说,如果姜海山老爷子的孙子结婚回来,真的就没有地方住了。二儿媳妇在这件事上比较用心,当初林保森入村的第二天,凌晨四五点,就有两名老太太不请自来,要求解决房子问题,其中就有她。老爷子可能开始比较无奈,最终表态反对继续要,老爷子发了话,儿子儿媳妇也就偃旗息鼓了。

九十三岁的姜海山老爷子,一九四八年参加中国人民解放军,参加了辽沈战役、淮海战役后,随部队到广东、海南剿匪,抗美援朝时期给中国人民志愿军政治部主任杜平当警卫员。一九四八年在淮海战役中火线入党,转业后两次放弃城市工作,回到农村当大队党支部书记多年,其人言必行,行必果,领着社员们走过了中国农村跌宕起伏的岁月。在他的身上充满了正能量和历史感,几十年下来,村里党支部的“三会一课”,他从未缺席,党组织倡导的任何事情,他都带头践行。他对于改革开放和脱贫攻坚的坚决拥护,来自亲身经历的历史。他从不以老军人、老功臣自居,不找、不要,不向国家伸手,至今只享受着普通城镇低保待遇。所以他德高望重,每逢遇大事的时候,姜海山老爷子发话就像定海神针一样镇得住村里的风吹草动。

姜海山老爷子的住房内十分简朴，最引人注目的就是一个黑色的手提包。林保森向姜海山老爷子直诉情怀，道出了心中的烦恼。老爷子没有过多的话，从手提包里拿出一个红色的布包，里面有辽沈战役参战纪念章、淮海战役参战纪念章、抗美援朝纪念章，还有一枚三等功军功章。这些宝贵的纪念章，用一块大红色的尼龙布包裹着，这块红布是当年抗美援朝期间，击落美国飞机时，他从战场上捡到的美军飞行员降落伞的碎片。由此，姜海山老爷子，慢慢地向林保森讲述了自己如何在贫苦的生活中寻找到解放军，如何在战场上冒着枪林弹雨，如何在朝鲜吃雪就炒米，如何带领村民开荒种地和干旱搏斗，这一切，只为老百姓能过上不挨饿受冻的好日子。姜海山老爷子认为，如今的脱贫攻坚，是当年共产党人理想的继续，是历史遗留下来的未完成的工作。

林保森感觉自己在最贴近土地的农舍里听了一堂内容深刻、充满力量的党课，从此姜海山老爷子成了他学习的榜样，也成了他深深依恋的忘年交。隔一段时间，林保森就会去看看老爷子，和他聊聊天，唠唠村里的大事小情。姜海山老爷子一直话语不多，但是关键时刻却可以动真章，后来，在全国上下抗击疫情的时刻，他挺身而出，作为共产党员，甘当志愿者，一个人承包十几户人家的网格化管理，战斗在守护家园的第一线，令人敬仰、赞叹。

林保森知道自己应该行动了，就像当初姜海山老爷子，一九四八年在热河老家穿上军装时那样，他心里豪情满满，勇气倍增。

“修井问题是村里多年不能解决的老大难问题，也是‘两不愁三保障’中的硬指标，可总是问一问、答一答，不问便没有了回应，涉及的各方面总是各执一词，都说自己有难处，我也不知道问题到底出在哪里，村上？乡里？施工队？

“我决定抛开各方面自己追办这件事，通知了村上交电费，然后直接联系施工人员，定下具体施工时间。我跟施工人员从天山镇出发，一路追随，在阿旗‘一日游’，先后跟到新民乡、巴彦花、乌兰哈达，盯着他们干完每一项工程。然后我领着他们来到高家段村，忙碌一上午，终于使得高家段和西联两个自然村试水成功，对于井已经干了的西靠山、新太平两个自然村，只能重新再打一眼井。

“当我回村的时候，在村口遇到了郑力芳老人，他握着我的手一遍遍地说，‘太感谢你们了，太感谢你们了’。

“四个自然村整体的自来水工程定标结束，张福中标，此时自来水施工已经完成，招标的岗位是自来水管理员，因为涉及刚刚选举结束后各方矛盾纠纷，所以很多人想争这个岗位，但最终没敢参与。我向张福大张旗鼓地表达祝贺，其实是代表期待通水的村民表达谢意，也是在公开地力挺他。这时候有个村民突然带着怒气，跑来大骂，一口一句脏话，我替书记阻挡，未成，回头劝村主任离开。这个人见状立刻冲我来了。我知道，他哥哥落选了村主任，他心里有怨气。其实他没有什么证据，开口就胡嚷嚷——这事不公正，不透明。

“我拿出材料，一一回答他——程序公开透明，村代会通过，中标者已经公示。他胡搅，说，不知道。我说，那你回家问问你媳妇，她参加会了，具体情况她应该是知道得一清二楚的。

“这人不听，反而变本加厉，说你们工作队和‘两委’是一伙的，竟摆出要动手的架势。

“实在没有忍住，我也拍案而起。我说：‘村委会不是你撒野的地方，当初老百姓吃不上水的时候，你哪里去了？找不到施工队的时候你哪里去了？我费劲巴拉地找来了施工队，你就来闹事了。我告诉你，我和你不一样，我是有底线的，如果有什么你说的猫腻，我第一个不让！但是容不得你来捣乱！’没想到这一喊，他立即蔫了……不过，还真不能搞僵关系，对以后开展工作不利，他的身后可能有一个宗亲。后来，我的一个学生家里请客，他哥哥在场，我手拉着手跟他喝酒，酒喝透了，话也说透了，一直把他送回家，他们一族也就不再疏远我们了。”（《一箩筐》）

交谈中，林保森告诉我，乱麻一团，总有最关键的那几根，找到了搜出来，其他麻团就迎刃而解了。高家段村，关键就是因为一个“穷”字，所以人人在利益上锱铢必较，人人觉得活得不安稳，老百姓拿什么求安稳呢？土地、补助而已。所以每一次有关利益的分配，都可能是导火索，加上村中错综复杂的人际关系，矛盾和冲突便周而复始、越演越烈。自己遇到的，不过是几个小火星。扶贫先扶志，贫穷和愚昧是孪生兄弟，人的精神提升，往往与他本身存在的状况有关。

“除了养驴，高家段村还有什么项目可以致富呢？投入不能太大，尤其要考虑到贫困户的劳动能力是否可以承受，我找了旗里的科技指导员，检测了村里的土质，得知适合种枣树。我便发动爱心人士捐助，买回来一千五百棵枣树苗，每个贫苦户分给十棵（其他人家每户五棵，长住户家家有份），让他们在院子里种植。在广播通知以后，大家来取树苗了。所有的人都挑棵大叶多的树苗拿，随手便把小棵的四处乱扔。我真不知道该说什么好，心里暗暗生气。我一边告诉自己沉住气，一边收拾起被乱扔的小棵树苗，放到土坑里，给晚来的村民保存着。我想到了结果的时候，村民们就会发现有苗不愁长，树苗棵大棵小并不影响它们长成满枝硕果的大树，他们也会为今天的行为内疚。或者，在全村枣树都开花的时候，领着大家到各家看看，交流一下栽种枣树的经验，顺便提今天发树苗时一些人的行为，比现在直接训斥大家效果好……在村里工作，不能操之过急，不能期望一步迈进新时代。

“贫困户张琢、隋海英一家，生活困难到了没有办法坚持下去的程度，一直在为他们想办法，给隋海英安排了一个公益扫街岗位，每月收入七百八十元。我后来想给他们家落实一个家庭养殖项目，发现投入太大，又探讨种地项目，要种不能种一般作物，那样收入太低，最后，从周边村子引进了种豆角的项目，可以获得相对丰厚的收入。但是隋海英家的地需要浇灌，没有电，拉电需要贷款。知道隋海英两口子都是踏踏实实过日子的人，不会半途而废，于是通过关系找到农商银行的办公室主任，人家回答说由于种种原因，现在扶贫贷款还没有放。我找了行长，说明了种植季节不等人的情况，得到了特批。我帮着隋海英办了手续，拿到了贷款，又去电力公司，讲好价格，直到看着工人给他家地里安好了浇灌系统，看着他们夫妻种下的豆角一天天出苗结荚。我接着又帮助他家招收村民来摘豆角，这样既帮了他家的忙，又使摘豆角的村民每天有一百二十元的收入。看来种豆角是个值得推广的好选项，今年由于买豆角架竹竿，隋海英两口子到手现金不多，但是明年就好了，一是不用投入竹竿钱了，二是其他人家也要学他家种豆角，村里凑够五十亩，就有烘干厂来地里直接收购，不用费时费钱出去找买主了，想想，我都替他们家高兴……”（《新一箩筐》）

我们在高家段村外的田地边等候到镇里办事的林保森。赤峰市的十月下旬，已经下过了几场小雪，蔬菜已经罢园，地里的庄稼进了场院，大地呈现不同层次的暖色调，有一种油画般的美。他来了，个子不高，脸上带着温和的微笑，略显腼腆，给人的感觉很随和。恰巧路旁是个贫困户夫妻开的五金及农机应用商店，小铺不大。老板夫妇不认识我们，见了林保森立马热络起来，我们只得站住脚，听他们和林保森絮叨生意状况。村里人有什么话愿意跟第一书记唠，因为第一书记比较贴心。后来证明我的这个直觉没错。

进村，我要求到工作队的驻地看看。林保森说，欢迎，就是有点乱。我说，看的就是实际情况。

扶贫攻坚驻村干部每天有一百元的生活补贴，用于伙食、住房、交通等，算是基本够用。但是一般情况下，有三件事是花销比较多的，就是来回到旗里开会、东跑西颠为贫困户和村里张罗求助、自掏腰包帮助贫困户。所以驻村工作队的生活是很简朴的。

高家段村驻村工作队租用的是一户村民的旧房，带一个小院套，对面屋，中间部分用现在的话说算是个厅，厅里面被一个塑料拉门隔为厨房。我走进厨房，看到地上有两个大缸，一个装着新积的酸菜，一个装着刚刚腌下的芥菜疙瘩，都装得冒尖满，每个缸上都压着一块大石头。卧室里的炕是新盘的，一摸暖烘烘的。我说，你们还会积酸菜呀？林保森略带自豪地说，我们哪里有这手艺，这都是上礼拜六乡亲们帮着弄的，一来好几个人，七手八脚就搞定了，炕也是他们找来村里的盘炕老把式帮着重新盘的。老乡说，在外面忙乎一天，晚上睡个热炕，什么病乏都祛走了。

我说，你们人缘不错呀！林保森说，现在好了，老乡们知道咱们是实心实意为他们来的，有感情了。

在厨房的外面，对面屋的中间，有一张办公桌，上面放着笔记本电脑和一些文具，庄重地摆放着一面国旗、一面党旗，鲜艳夺目，把整个环境都提亮了。这是林保森的第二个办公处。桌子面对的墙上，有一个全村扶贫进度一览表，按着时间和姓名，所有扶贫对象的收入状况、身体状况、亟待解决的问题，皆可以从上面查找到。

最吸睛的是这张图上疏疏密密的小贴士。哪一家需要解决的问题，都写在小贴士上，用大头针按在这一家的格子里。我结束采访不久，收到了林保森发来的文件，写明了这些问题最终的办理结果。

一、高景林与朱荣仓一卡通问题。

因高景林与朱荣仓二人在系统里错误显示身份证号相同，所以近几年二人一卡通打卡各种补贴费用，都被打到其中一人卡上。高景林的卡上未收到任何款项，找了几次之后也没找明白。我到乡财政所，调取了他们账号记录之后，请财政所所长给他们进行了更改，把属于高景林的各种款项，转给了他本人，后续的账户变更问题，也相继给变更好了。

二、岳珠祥对收入不认可、不签字。

我们测算收入的时候，他对自己家收入没有完全透明公开，而我们在测算中发现了这个问题，所以他对我们的测算结果就是不签字。我当时说自己上他们家去做工作，没想到去了几次都做不通工作，在申明了相关政策法规之后，他才最终认可签字。

三、钟爱臣与邻居家庭院经济纠纷。

这是我入村遇到的第一个问题，钟爱臣与邻居家因为地里的一条垄打得不可开交，都说这条垄是自己家的，我们把他们找到一起，协调了很多次，要求他们双方各退一步，中间公共的一条垄，谁也不种，纠纷才算得以解决。

四、西靠山七十五号张宏礼因骨折花费三万多元。

已经为他申请临时救助。

五、罗殿君之女罗小丽煤补问题。

罗殿君多次找到村部和驻地，说他女儿的煤补一直未发放，后来我到乡财政所给他调取了一卡通记录，其中显示煤补已经打到他家的一卡通上，我把记录交给他，他才消除心中疑虑。

六、罗殿臣家房子问题。

罗殿臣家本来就是土房，因为下雨外面墙皮脱落，西北墙角处有一个洞，漏雨漏风。因为他家是贫困户，我就联系乡政府和施工队，给他进行了免费维修。

七、高志辉孩子意外伤害住院问题。

村民高志辉家孩子被热水烫伤，没办任何手续就去了赤峰市医院，花销较大。我就主动帮他们联系了医保局，通过稽核股王股长为他们办理了报销手续。

八、毕武廷老人危改进行时。

毕武廷老人的房子是危房，年久失修，我们做通她儿女的工作，子女出一部分资金，财政补贴一部分资金，为老人进行了危房改造，我当天到现场去的时候，施工人员正在施工。

九、张子斌与旗车检所事宜，好事，咨询是否能扩大范围。

车检所在我们村设立了一个扶贫岗位，确定了张子斌老人，我想和他们领导再沟通一下，看能不能增加名额，再解决一个岗位给贫困户，没办成。

十、王翠花申请低保。

王翠花老人从天山镇搬回到村里居住，向我们申请低保。我从她嘴里得知杜红军家的姨妈已经搬到他家，而且是瘫痪多年，需要重点关注。

十一、乡政府召开了关于小额信贷的会议。

给尤桂清上报，他老伴孟相如符合条件。

十二、张红新的孩子欲去天山幼儿园就读。

我为他家儿子联系了一个天山幼儿园上学的名额。

十三、张明国老爷子的社保卡。

张明国老爷子七十多岁了，社保卡遗失，所有补贴都没办法支取，儿女都不在身边，他很着急，却没办法补办。他和我说完之后，我去了农商银行，我表明了高家段村第一书记身份，并且说明了老爷子的具体情况，工作人员很支持我们的扶贫工作，允许我替他代办了一张。当我把卡交给老爷子的时候，他特别感动。

十四、张臣的大病申请。

张臣老人因为患心脏病，我到医保局三次，医保局负责办理这事的董威很热心地帮助我办理完所有手续。

十五、刘晓明家庭农场办理事宜，待出证。

我鼓励全村的种养大户注册家庭农场，享受政策补贴。只要他们申请，我全程负责办理，我们村现已成功注册了四个家庭农场，其中刘晓明家庭农场是全旗第一个种植业家庭农场。

十六、胡占明老伴办残疾证问题。

胡占明老伴常年卧床，现在办理残疾证需要当面审核，我咨询了残联对于卧床老人的政策，残联当时没有答复，后来告知，必须到医院进行鉴定。后来子女带老人进行了鉴定，为她办理了残疾人手续。

十七、毕晓光家的危墙很危险！

我们在村子里发现毕晓光家厢房外墙有坍塌危险，对于路过的人来说非常危险，于是找到他母亲通知他，催促其及时进行修复整改。

十八、陈术丰欲变更低保等级，待动态时咨询。

陈术丰的妻子王广琴因患乳腺癌花销巨大，他申请提高低保等级，后来在低保动态调整时，我们向乡政府提出了申请，给他提高了级别。

…………

在林保森驻村宿舍办公桌前墙壁上的表格中，诸如此类的小贴士还有很多，不胜枚举。值得说明的是，以上这些楷体文字，是在我离开以后的半年内，他办好一件事，就注明上去的。我算了一下账，如果这些小贴士上的每件事需要跑乡里、旗里三趟，那就需要五十多趟，如果他每三天能办成一件事，那么他就操作五十多天，再加上常规性的调检查、回报、研究项目、接受上级考评等诸多事情，可以说他必须每天都要与时间赛跑。也可以换一种切入角度，即我们随机点击一下表格上的某一天，都会发现林保森的那一天很忙，他交给自己的任务很繁重，他的每一天都很辛苦，也很充实。

林保森说，是紧张点，但是不累，只有快乐。他在他的驻村手记《新一箩筐》中这样写道：

“张子林说他家的樱桃熟了，折了一大枝给我送来了，上面挂满了鲜红的大樱桃……

“在村部门口遇到宁善明家的大娘，她在专门等我，说她家的李子熟了，要我去摘……

“某日，下班回到宿舍，发现窗台上整齐地摆放着许多蔬菜，茄子、辣椒和豆角，不知道是哪位乡亲送来的……”

现在林保森感到自己已经成为这个村庄里的一员了，每天和这里的乡亲们看着新出土的秧苗喜悦，也和他们一起期盼着金秋的丰收。早上，一轮红日露出半边笑脸，他就起来了，看看这家的驴，看看那家的菜畦，看看五保户家的烟筒是否飘出了炊烟，然后才洗漱、吃饭。他说自己很享受早饭时光——把饭端到院子里的小桌上，不知道谁家的小狗就来了，一只、两只、三只，在他脚前等着他喂食，看着小狗们美美地吃着；他站起来收拾碗筷，一回身，见一只大野鸡正立在院墙上，看着那些散落的食物，那墨绿色的羽毛和大红的鸡冠子，在太阳下一闪一闪的，真好看。

## 富兴社区，乡愁在楼门陪你

赤峰市有易地搬迁安置点二百四十多个，我之所以选择紫城街道办事处富兴社区作为调研采访对象，最初是因为有个叫唐显武的老头儿。在视频上，他面对社区的众多围观者，身后背着一台小音箱，胸前贴着一张女明星的大彩照，兀自舞蹈。音乐铿锵而嘈杂，人们的喝彩声此起彼伏。他的舞姿率性而发，全无定法，时而铿锵顿挫，时而如风如柳，时而歪歪斜斜，倒是步步踩在点上，很有节奏感。女明星一直保持微笑，唐显武不亦乐乎。

唐显武是一个刚刚从乌丹镇新地村搬到富兴社区的贫困户。他曾经有严重的风湿性关节炎，每到冬天几乎不能走路。住上了暖气房之后，他腿不疼了，也能下地走路了，一不小心就成了社区的红人，每天乐此不疲地博人眼球。到了晚上，他要是不出来跳舞，社区的老百姓心里还空落落的，好像少吃了一顿饭。

我说我得会会这个乐天派的小老头儿。

旗委书记南振虎也建议我去老唐头儿所在的富兴社区看看，他说这个富兴社区是内蒙古自治区扶贫攻坚最大的搬迁安置点。二〇一八年年末以来，从全旗十三个乡镇苏木（内蒙古自治区牧区的行政区划单位，相当于乡），搬迁入住贫困户一千五百四十八家，共四千零四十人。农民大规模地从乡村流动到城镇，然后安家立业，一点点变成城市居民。有人和我说，富兴社区就是黄河入海口，哗啦啦，河水一个跟斗就进了碧蓝色的大海里，是大海变得更多彩了，河水变得更清澈了呢？还是河与海形成了新的生命共同体了呢？这些还需要时间来证明。南振虎说，紫城街道办的同志们最了解情况，你可以和他们聊聊。

说几句题外话。

翁牛特旗旗政府所在地是乌丹镇，原来的名字叫作紫城，清代时犯大忌，故把这个“紫”分成一黑一红，改名乌丹，赤峰人的聪明由此时可见一斑。时过境迁，在乌丹镇里建立个紫城街道区片，也是人文地理的一种记忆。脱贫攻坚开始，为解决旗内一方水土不能养一方人的问题，政府统筹在紫城街道区域内建设了富兴社区，应迁尽迁，让无法在乡村生产生活的村民集中入住。如果说这是当地“三农”史上一次划时代的脱胎换骨，也不为过。搬迁时，村民家里的柴扉土屋、锅头灶脑、镐头铁锹，也就一股脑儿地放弃了，但是农民多少年养成的春种秋收之习性，忠诚于土里刨食的生存信念，对睡火炕、吃杂粮、养小鸡、杀年猪的酷爱，却不是一朝一夕可以改变的。

上午九点，我们一行到达富兴社区。紫城街道办事处的党委书记陈宗涛和富兴社区的党支部书记王蕾陪我在社区参观采访。

老唐头儿，你在哪里？

富兴社区建筑群和城市中的其他小区似乎没有什么大区别。钢架雕花的大门，园内绿地开阔，居民广场宽敞漂亮，二十三座居民楼一律涂暖暖的赭红色打底，加灰白两色勾边提亮，显得非常整齐亮丽、时尚大气。我怎么联想也觉得无法和农村的烟火庄稼院相提并论。小区大门口两侧的门市房都已经被充分利用，社区办公室、扶贫车间、药店、超市、便民餐厅一字排开。与一般居民社区不同的是，这里所有门市的台阶上都站着人,聚堆唠嗑。

过去,赤峰市的农民在农闲的冬月里,一般爱做三件事,就是跳广场舞、打对调和晒老爷,打对调是打扑克,晒老爷就是晒太阳。如今,这是搬到城里来晒老爷了?不是。我专门走到人堆里找人问了一下。第一个人堆大都是一些老头儿,他们原本已经把农村的土地流转给了种植企业,由于自身还可以劳动,便每天在这里等活。附近很多用人的小企业经常到这里雇用他们,给他们一些力所能及的工作。我面前的这名村民七十岁了,满脸深深的皱纹,两眼却好不明亮,他脚上的鞋帮刷出了白茬,一身衣服臃肿,脖子上突兀地围着一条蓝红色格子的羊毛围巾,看上去质量还不错。我夸了一下他的围巾,他说在村里风那么大,从不戴这玩意儿,进了城,打入冬就戴上了,还离不开了呢。陈宗涛对我说,这肯定是他女儿给他买的,在富兴社区你就看吧,凡是穿得板正利索的,家里安了热水器的,大部分都是女儿给弄的。这老头儿告诉我,他正在给一个企业打更,晚上可以睡觉,有一千四百元的收入,过年过节还发月饼、米面啥的。陈宗涛问他有什么困难没有,他一连用了"中、中、中"三个字表示满意,接着他又说,白天闲着也是闲着,想再找一份不影响打更的活。我问他,用工的单位多吗?他说,你看着,连老唐头儿都能找到活。

原来,社区已经和工业园区及周边企业达成了优先用工协议,还设定了很多社会公益的岗位。起初不愿意搬迁的村民说,俺们土啦吧唧的,进城除了喝西北风,啥也干不了,现在一看,收入比在家侍弄那几亩没有水浇的旱地翻了好几倍,都乐了。

这时我又走到了几个五十岁出头的男村民旁边。一个叫徐品友的村民说,他有点技术,社区帮他找了一份电工活。我问他收入多少,他一笑,没回答。我琢磨他这一笑,有腼腆的因素,有不想让周围的村民眼馋的因素,也有自己偷着乐的想法。接着我就问,你出来干活,老伴在干啥呢?社区的书记王蕾,是个好姐姐类型的干部,她一路陪着我,几乎我问的每件事，她都了如指掌，介绍起来比村民自己说得还详细。这时她插话说，学面点呢，他们几个的老伴，都没在家待着，全在饭店里蒸包子、蒸馒头呢。徐品友这时候不知为啥突然高声说，哎呀，可比在农村强多了，在农村种地，老天爷不下雨，你就是干瞪眼，能收个啥呀……

在赤峰市，我所到的几十个村子，都有一个共同之处，就是村里的年轻人接近于零，不是出去上学，就是出去打工，守家在地的都是中老年，这个群体极容易因病致贫。富兴社区集中安置的贫困户，平均年龄偏高，街道和社工因势利导，设立了一些特殊而适用的公益岗位。例如小老人管老老人这个岗位，组织年轻一些的老人照顾比他们更老的老人，叫小老人看护老老人。小老人有钱挣，老老人有人管，真是一举两得。我觉得这个想法还真的不错，我母亲卧床好几年了，也换过几个保姆，最终留下来的都是五六十岁的小老人。小老人们有阅历、懂人生，往往更能理解老老人的困境，更容易设身处地、将心比心，只要身体条件允许，照顾老老人，比年轻人能稳住、有耐心。我想，国家的老龄化已经来临，也许这个方法应该大举推荐。

土地有人替你种，农民搬得出；进城有住房，就医上学不发愁，农民稳得住；到处需要进城务工人员，农民就有了挣钱机会，说不上能致富，但肯定有收入。脱贫已经不是问题，如何更富裕、更文明的目标已经在眼前招手了。陈宗涛算了一笔账：一个农民做工按每月两千元算，一年就是两万四千元，加上在老家的地租钱，加上政府给的兜底保障，加上易地搬迁后续产业支撑的收入，远远超过了每人三千六百元的脱贫标准。

不过我还是有点纳闷，八十岁的老唐头儿，他能找到啥工作？

我问陈宗涛，老唐头儿在哪儿，什么时候跳舞啊？陈宗涛站在台阶上四处一望，说，这么找有点费劲。艾平老师，咱们转吧，没准能遇上他。我说，也好，咱们正好边走边聊。

没想到，老远站着的一个村民一直在听着我们的谈话，这时他突然亮了一嗓子，说，老唐头儿是上午挣钱，下午跳舞，在车间呢。陈宗涛说，咱们最后也要去车间。

走进小区，最引人注目的是立在楼群正中间的一根大柱子，我一时没看清是啥东西，就听到空中传来了一个男人的声音：“各位网格员，各位楼长，各位村民，早饭都吃完了吗？身体舒坦吧？小区东边的居民自由市场已经有不少卖东西的了，没事看看去，你想买啥、卖啥都允许，不收费，街道办的陈书记说了，一开始不要管得太死，太死了就没人来了，慢慢规范着……”原来这柱子上端，安装着四个全中国都少见的古董式大喇叭，土话“村村响”，冲着东西南北四个方向，它一出声，家家户户都能听到。陈宗涛无奈地笑了，他私下布置工作时说的话，直截了当地就给捅了出来，住进了楼房的人们，不改村里的思维方式。

一开始村民搬进来的时候，整体发蒙，村委会呢？村书记呢？小组长呢？啥是社区，啥是街道？

所以富兴社区的结构设置充分考虑了农村的习惯，第一排楼叫党家庄、国家庄、法家庄……第二排楼叫张家营子、马家营子……全社区分若干个网格，每个网格一百多家，网格有网格长，楼道有楼道长，人在网中住，事在网中办。陈宗涛虽然在街道办事处办公，却是富兴老百姓人人认识的陈哥、陈叔、陈老弟。村里来的老百姓不管你是什么官，有了困难就站在大门口吵吵。陈宗涛说，人怕见面，树怕扒皮，你一定要耐心地听完，合理的马上办，不合理的耐心解释。老百姓其实很体谅人，他们见不到干部才上火，他们见到了干部，心就踏实了。

你看，老百姓终于搞明白了，他们说，单元的楼道长，就是村里的小组长，网格长就是村里的村主任，王蕾书记就是大队长，陈宗涛书记就是公社书记。

在社区里走着。只见楼前的一个个小菜园子在初冬的阳光里还是绿油油的，韭菜矮壮，羊角葱叶子带着白霜，小白菜也有半尺高了，看样子是秋天罢园后续种的。

村村响大喇叭又说了:“易地搬迁是个筐,前边挑着爹,后面挑着娘,绝对不能慢待进城的老乡。”

陈宗涛又笑了,原来这话也是他说的。那时候村民们还没有全搬来,在组建党支部和村委会时,他反复强调过,面对初来乍到的村民,要有充分的思想准备,把各项工作做在前面,让村民们找到回家的感觉。就说这个大喇叭吧,也是他们费尽心思安排的。陈宗涛本身是农村出身的基层干部,他知道上了点岁数的村民们都是啥习惯。虽然老头儿、老太太们差不多都有了手机,用上了微信,但是他们还是信大喇叭里的话。大喇叭在村口广播了好几十年,他们的心都跟大喇叭挂上钩了。

虽然千思万想,似乎做足了功课,到了村民们搬进社区之后,才知道许多事情必须等着车到山前才能办,方向盘只有和车轱辘一起使劲,才能走到车辙上。你看吧,一家家村民扶老携幼地来了,坐着半截子客货两用车,车上除了人,就是粮食袋子、咸菜缸。那些要食吃的鸡、鸭、鹅也被带来了,你就听吧,“咯咯咯、嘎嘎嘎”叫得那个欢,好像天上落下了一群雁,哩哩啦啦的屎尿瞬间把干干净净的楼道整得都是臊臭气。你让他们清出去,大叔大婶抱着一只大公鸡就冲你来了,老会说话了:“这东西是捧在手心里喂大的,把它扔到荒地里吧,那是叫俺们一步三回头,说啥舍不得。它们都是原生态的无污染的,你们城里人不是好这口嘛……再说了,你们帮俺们盖楼修房子也辛苦了,就权当见面礼,领导拿回去给孩子们吃了吧……”这可倒好,几句话把干部们整得半斤不是六两也不是,怼回去怕伤了他们,接过来也不是那么回事。

很多男村民放着冲水马桶不用,站到楼后面就小便,劝他,他说这儿是房后。他们从小到大都是在自家屋后解决这个问题的。告诉他们这里是社区,是公共空间,他们又说不会放水冲马桶,往比饭碗还白的马桶前一站,就不会使那股劲了……社区干部把他们领回家,告诉他们怎么按放水开关,他们才说了心里的实话,用水要花钱,没见过拉屎撒尿还带要钱的……

大婶大妈们没有每天上市场买菜的习惯，要做饭了，在自家院子里的菜畦顺手薅上一把小菜、摘几个辣椒豆角，一炒一炖，就是美味佳肴。她们第一舍不得花钱买菜，第二吃不惯菜市场里那些用营养液种出来的菜。有史以来，她们就没吃过根上没有土的菜，茄子、西红柿要太阳晒出色来，胡萝卜、倭瓜也要过点秋霜才好吃。

社区的三个党小组全部行动起来，街道派了一个副主任专门负责抓这个社区的物业、幼儿园和学校、超市、医疗、法庭、派出所，开展民生义务服务，帮助弱势群体，宣传文明法治。在陈宗涛看来，社区没小事，必须让文明之光把每一块砖缝都照亮。

原来菜园子就是这么来的。陈宗涛说："所以我们富兴社区和哪个城镇小区都不一样，我们的绿地就是菜地，就是群众的菜园子。老师你看，漂亮不漂亮？"

我说："漂亮又实用，给你们点个赞！"

接着我们就往单元楼里走，在一楼的楼门间里，装置在墙壁上的玻璃橱窗让我眼前一亮。

多年下乡采访，我最怕遇到按着本本说话的人，多么有趣的生活，一经他们的嘴，马上变成了死板的口号、没有血肉的塑料花。这个陈宗涛还真的不一样，你听——大雁飞出去千万里，忘不了破壳出生的地方。人又不是桌椅板凳，逮哪儿放哪儿，农民呼啦一下子迁出老窝子，做饭没有大铁锅，睡觉没有热炕头，出了家门看不到房檐上的燕子窝，听不到羊羔子、牛犊子叫，心里能不发空吗？我们必须动脑筋啊，要让老百姓走进楼房就能找到回家的感觉。

橱窗里面装满了农村的老物件。老镰刀的刀刃秃了，木把却被磨得发亮；一个粗瓷大饭碗微微有点裂缝，使人想起黏糊糊、香喷喷的芸豆大糙子粥；一个斜了边框珠子还在的木算盘，好像还噼里啪啦地响着，而那个叼着旱烟，打着算盘的大队会计好像并没有离去……还有奶奶用棉线绣的布荷包，大娘用麻绳纳的布鞋底，写着双"喜"字的铁茶缸……上楼下楼的人们,每一天都会从自己的老故事里走过。

陈宗涛说:“领导领导,就是领着大家往前跑;干部干部,能干好事的才叫干部。老师,你看我们整得还中吧?不怕老师笑话,这真不是我们自己的发明创造,是从北京郊区大北桥乡学来的,不过我们在里面放了咱翁牛特老家的物件儿,也算学以致用吧。”

说着社区没小事的话,一件小事就来了。有位大婶迎面就拦住了我们。她说:“陈书记,咋整啊?”

陈宗涛说:“啥咋整?”

大婶说:“我家停电了呗。”她的口气非常理直气壮。

对陈宗涛来说,这是司空见惯的,他答应着大婶的话,就张罗找物业,要不是陪我,肯定会把这个大婶直接送到物业办公室的。他说:“不会停电的,没准是碰了电闸,物业告诉两次,她就知道了。”

我说:“陈书记,你真是接地气,这点小事,也亲力亲为。”

陈宗涛说:“别说我了,就是我们旗委书记南振虎到了这儿也一样,上回来调研,一进老乡家,就问你们家的热水器咋不插电呢?一听老乡说他们家不洗澡,赶紧问为啥。有的老乡说使不明白这家伙,热水太烫人;有的老乡说热水器流出来的是冰凉的水,可能是假货;有的老乡说热水器费电……到了双休日,南书记就特意来了一趟,挨家走,一户一户地教老乡使用热水器,怎么开、怎么关、怎么定时、怎么调温。几个老乡学会了,体验到洗澡的好处了,便仰着红扑扑的脸,飘着浑身的浴液香味,到大门口晒老爷去了。不一会儿,社区就传开了——不会洗澡你就别瞎鼓捣热水器,旗委书记叫你咋洗你就咋洗,按照咱们领导的指示办,保证褪泥、冒汗,浑身舒坦。”

边走边聊,我发现眼前这个貌不惊人的街道书记挺逗的,满嘴都是土嗑,满肚子都是故事,和村民混得相当自然,处理村民的事情三下五除二,几分钟搞定。我一问才知,他也是农村孩子,和赤峰市的许多靠刻苦学习改变了命运的干部一样也不一样。一样的是读了大学,不一样的是他母亲原是读过初中的，不是一般的农村大娘，所以他从少年时就有些文绉绉，平日里小衬衫领子雪白，走到哪儿都带着几本书。他从旗委办公室副主任的岗位上下派到乌丹城镇城乡接合部的紫城街道办干了两年，回家他娘就问他："儿子你咋和以前不一样了呢？"

陈宗涛说："艾平老师我不变能行吗？到了老乡家，人家给你让座，怕你嫌脏，先找个椅垫给你，你能坐上去吗？不能，你得和人家一样一样的，脏乱的地方照样坐。老乡让你摘个槟子果吃，你不能洗，群众都是拿衣服襟一拧擦就吃，你也得那样吃，不然就是嫌乎人家。到过年了，老乡说家里杀猪了，请书记来吃点杀猪菜，倚在门框上眼巴巴地等着你，你说有纪律，他就说你不是我表外甥吗？回家吃饭不犯错误，你不去，我不走，那咱就得去。大老散，自家酿的，度数快七十了，老乡喝几杯，你也得整几杯，喝上了火候，老乡什么知心话都跟你说了。原来平常你给办的小小不言的事，他们都当个事在心里记着呢；你做得不周到的地方，他们虽然会一点不委婉地告诉你，但是十分理解你，说政府有困难，我们不能强求那么多，要慢慢来。那话说得可掏心窝子了。"

我顺嘴问了一句，说："那你都喜欢读什么书啊？"

陈宗涛略显腼腆地说："我爱看点治国理政和文学方面的书。白天坐不下来，我一般都是晚上读，都是同时两本书换着读，保持新鲜感。艾老师，我有点不谦虚了，我这书读得肤浅，不过，我觉得还是有好处的。"

陈宗涛接着说："例如，例如吧——我们入户调研，老是一进屋，也不坐下来，一边问群众，一边填报表，完事，拉着群众合个影，那不行。老百姓认为你是走形式，我们自己也摸不着实底。我就压着韵脚，给大家编个了顺口溜：'一看衣，全家冬夏有衣裳；二看粮，米面油加粗粮；三看水，清亮亮；四看房，暖和结实又宽敞；五看家有几个读书郎；六看炕上有否病恹恹；七看收入算好账；八看几个儿女孝高堂。'尤其是第七条，最重要，把所有的收入加起来，往高拉，然后说人家达标脱贫了，老百姓肯定不高兴，应该这样说，大爷我给你家去个零头，他们就高兴，群众的普遍心理是愿意享受贫困户的待遇。你去的次数多了，群众就知道你不是为了追求政绩，是个实干的人，见着你就说实话，那种一见干部就哭穷的风气，也慢慢没了。

“老师你看我们这个顺口溜是不是把‘两不愁三保障’给包括进去了，结合我们的实际，还有点小创造？请你给指导指正一下吧！”

我说：“我哪有你接地气，哪有你懂农民这个中国最大的群体啊，至于读书这种事情，不是让你记住多少金句，也不是一夜之间获得什么真谛，读书就像每天呼吸新鲜空气，在文化的养育里像树一样生长。书读得通了，你的心就变软了、变宽了、变得更怜悯更善良了，到那个时候，你的智慧就来了。你这个‘八看’，来自理论，不拘一格；来自生活，却不脱离生活，却可以直接为工作所用。我要是当了你的手下，凭着这‘八看’，就能和群众打成一片。”

读书带来智慧。在富兴社区里走，到处都有新的感触、新的气息、新的创造。这个地方对于一个写作者的魅力，不在大，也不在新，不在惊喜，而在于一个贯穿始终的“变”字，随着人类文明的进程，人类生存的方式时刻在变，土里刨食、脸朝黄土背朝天的乡村生活，显然已经无以为继，而农民进城，仅有收入也是不足以安身立命的。“扶贫先扶志”，一语道出了这种“变”带来的课题。也可以这样说，在脱贫攻坚的第一线干部肩负的职责，远不止于帮助一个家庭将平均收入拉高到三千六百元以上。拓展一个群体的眼界，输送给他们文明、法治和高尚，将任重而道远。

走进妇女创业车间，我看见一个五十多岁的贫困户正在用一些服装下脚料缝制小老虎玩偶，设计得还真是虎虎有生气，摆在那里看上去挺厉害，仿佛要跳起来似的。

我问她：“一天能做几只？能挣多少钱？”

“一天能做十来对这种小老虎，一对挣十元，一天一百元左右。”

她的名字叫李秀莲，有个儿子在长春读书，丈夫去世了。

我说："妹子你一个月挣三千元，不算太宽绰吧？"

李秀莲说："俺还有公益岗。"原来她是熟手，每天教社区的妇女们做布偶，一个月有七百五十元的收入。她说："加上家里流转土地的地租子，供孩子上学，自己过日子不用愁了。"

陈宗涛拿着小老虎端详一番，说话了。他告诉我，这种布偶，是外单订货。由于传统文化相近，在韩国和新加坡很受欢迎。

他转过脸去，跟王蕾书记说："明年的订单你们考虑了没有？明年是鼠年，设计个老鼠吉祥物怎么样？"没等王蕾回答，在一边的李秀莲一拍脑壳，说："哎呀书记，我咋就没往这上想呢……"

在社区东侧的一片空地上，新建的农贸集市开业了，村民带着老家的各种特产，带着自己进的蔬菜水果、油盐酱醋在这里练地摊。这就是村村响大喇叭里边广播的那个"陈书记说了不能管得太死，太死就没人来了"的市场，这个目前还没有名字的小市场，卖东西的人和买东西的人都不多，看热闹的人倒是不少。他们之间的问话很有意思，不问货怎么卖，而是问你哪个营子的、啥时搬过来的。不用说，来来往往的人都是社区的易地搬迁住户。

我问一个卖切割鸡肉的妇女，她说，生意不错，一天营业额八百元。我又去问一个卖水果的小伙子生意怎样，他说，多便宜也没人买，连问的人也没有。我看看他的货，苹果是皱巴的，橘子是带小黑点的，显然他上货的时候贪图便宜了，进了次货。我说，不怕，下次上货咱们上好的。他说，这是第一次也是最后一次，亏不起。我想继续劝劝他，一回身，看见陈宗涛已经被一群男人给包围了。我过去一看，这个陈宗涛蹲在地上，嘴上叼着一支旱烟卷，正跟卖烟叶的唠得热闹。他说，你这烟叶，冲，有劲，却不辣，是个好品种，可是这么卖不行，你得预备点卷烟纸，预备几个烟斗子，让人家尝尝再买。抽烟的人你知道，抽一口，香了，谁也挡不住，肯定买。再说了，货卖一张皮，你这么一大抱，往地上一堆不行，又是风又是土的，你以为这是你们家场院呢，你再买几个塑料袋，一斤半斤地整小包装，找个美术社印上——当铺地原生态无污染葵花烟！再卖，一准儿鲤鱼跳龙门，能涨好几倍的价。不知道大家伙儿是不是认识陈宗涛，他在那个人群里，也不显眼，抽得挺高兴。

在我都要把挂着女明星大照片跳舞的老唐头儿忘了的时候，扶贫办的张主任走过来，说找到老唐头儿了。

从小集市往东北角一拐，就到了社区产业福利车间。此时的老唐头儿就在车间里修剪中草药。张主任介绍道，这个车间是社区和一个制药企业的合作项目，有一千六百六十平方米，可以容纳三百三十个人一起工作。此时，一座座像山一样的沙参、黄芪堆边上，围坐着修剪草药的工人们大约有一百三十人，细看都是些爷爷、奶奶，找不到一个大叔、大婶。他们坐在垫了羊毛垫子的小板凳上，一把剪刀在手，干得专心致志，一丝不苟。经过他们修剪的药材，整齐地码放在袋子里，修下来的细根须，也收拢起来单放着。老人们剪好的草药根茎，用作切片，根须用来制作药丸。社区安排这些有劳动能力和工作愿望的老年人，在这里做工，每修剪一斤中草药，挣四毛钱，一个人一天不紧不慢，可以修剪一百斤，能挣四十元，还不累。社区所有的老年弱劳力，基本都来了，一边干活，一边有说有笑，都挺开心的。

老唐头儿气色不错，留着两撇山羊胡子，看上去像七十一二岁。他穿着棉袄棉裤，棉袄外面还套了件西装。不过，头发有点缭乱，西服前襟和袖口油亮。我说，您老人家挺精神啊，今天咋没去跳舞？他说，每天上午干活，下午或者晚上跳舞。我说，您是女明星的粉丝吗？他说，一开始我也不认识她是谁，那么多人看咱们表演，总得拾掇拾掇吧，就把她的照片挂胸前了，是老乡们喊，我才知道她叫啥，管她是谁呢，就是为了图个乐和。不过我呀，嘿嘿，也不能总挂大美女的照片，这个岁数了，老伴可不敢得罪……大家七嘴八舌和他开起玩笑，他却变得一本正经起来。他说，赶明儿我得换着挂，为了跳舞，我都做了八个帽子了，这两天又把刘锣鼓的帽子也做完了，赶明戴上你们看，威武。

扶贫办的张主任跟他很熟，告诉我这老头儿心态特好。

我说：“腿没事了吧？”

老唐头儿站起身，给我走了两步，雄赳赳、气昂昂。

我说：“您老人家真棒。”

老唐头儿说：“农村人吃大楂子长大，身体一般都不错，就是受累上坐的病。你看我这一进城，不放羊了，不受凉受潮，就啥事没有了。”

我说：“虽然好了，也要注重保暖，多洗热水澡……”

一听洗热水澡，他有点微词，说：“一个出力气的人，那么讲究干啥，我不洗澡，从来不洗，洗完了，浑身冒汗，冷风飕飕地往骨头缝里钻。”

我说：“大叔，那正是你有风湿的原因，你多洗几次，洗完了，披个毛巾被消消汗，再出来，慢慢就好了。”

老唐头儿抬头看看我，半信半疑地说：“赶明儿礼拜天旗里的南书记来，我也跟他学学看……”

听得大家止不住笑出了声，老唐头儿半张着嘴，感觉很蒙。

# 给丰收村的新故事起个头

中国农村叫丰收的地方应该很多很多。我说的这个丰收村，是赤峰市敖汉旗丰收乡的丰收村。至于这个丰收村为什么叫丰收村，我不知道。无疑的是，这个村名是喜兴的、饱含着殷切期望的。

王振平和所有听着这个村名进入丰收村的人一样，满脑袋里都是欣欣向荣的景象，然而当他在村口停下脚步的时候，不禁愕然地张大了嘴巴。颓房残垣，探出一棵老李子树的枯枝，柴扉之前坐着一个半身不遂的老人，显然是家人们将他放到这个位置放风透气的。在清冷的阳光中，他吃力地抬起头，看着步履迟疑的王振平走过来，脸上微微地呈现出一丝莫名的表情。离过年已经不远了，丰收村的日子却有点无精打采。喝酒、打对调、晒老爷、串门子，这些就是丰收村的农闲，真的看不出“丰收”这两个字，曾经或者即将给这个小村庄带来怎样的欢天喜地。

年富力强的人都像鸟儿一样飞走了，飞走了就决意永不回头，他们丢掉了土里刨食的日子，甚至都不愿做一只冬去春回的候鸟，任故乡兀自穷困潦倒，乃至自生自灭。有谁知道记忆是一块会长芽的石头，故乡只要有人存在，记忆就是活生生的，让人痛，还要衍生出一些难以想象的故事。当然，在无奈的贫困之中，那都是些令人心酸和疼痛的故事。

二〇一五年的初冬，王振平作为扶贫攻坚工作队的马兰村第一书记，迎着这些故事走进了丰收村。他虽然也是农村长大的孩子，但是一直是在城镇上学，大学毕业后又在中学里教书育人多年。二〇一三年他被调入敖汉旗委宣传部，任文艺宣传室主任，主抓文联工作。他对农村的全部记忆，一是小时候自己总是穿两个姐姐穿小了的花衣服，招致村里的小伙伴起哄，嘲笑他为“花丫头片子”。于是他回家找母亲，母亲将花衣服从他身上脱下来，找了件父亲的吊兜中山装给他穿上了，衣服太大，就用一条旧皮带往腰上给他一扎，虽然邋遢无比，好歹也算个男孩子的模样了。二是记得有一次放学回来，见到二姐坐在院子里哭，任凭他怎么喊二姐，二姐就是不理他，后来他才知道，因为家里穷，供不起两个孩子一起读书了，于是选择了供儿子，学习成绩非常好的二姐失学了……许多年以后，王振平眼前还经常浮现二姐当时抽泣耸动的背影。虽然有如此这般不可剥离的生命经验，对于中国农村农民这本大书，王振平还不曾真正读过。在我和他的交谈中，他说他这次入驻丰收村，无形中给自己开启了深度认识农村的大课堂。如果说这次脱贫攻坚将彻底消灭农村的绝对贫困，这是人类历史上划时代的创举，那么自己参与到时代的大潮中，是成长的幸事，也是人生的幸事。

下村的第一个任务是认门。王振平第一次入户，是村干部带领的。事先，王振平画了一张地图，把七十三个贫困户的姓名注明在每一个坐标点上。第二次再入户，他就不用人带领了，每一家啥情况也就大概摸清了。很快，哪家是贫困户，哪家是低保户，哪家在什么位置，就像在嘴边等着一样，他熟悉到一张嘴就能说出来。

全村经济基础十分薄弱，地上没有企业，地下没有矿藏，农民只有单一的种植收入。村党组织制度不健全，党员没有很好地发挥带头作用，开个党员会，就来星蹦儿几个人，一问，就说家里有活。通知开会，要先通知今天开会发毛巾、发盆，这样才有人来参加，但是必须等到大家听完课、座谈结束才可以发东西，不然人们就拿着东西提前走了。村里的青年劳动力基本走光，留守者中老弱病残占大多数，这就是当时丰收村的状况。

村里贫困户的致贫原因是各种各样的，也是苦难深重的。一些叫三十六岁的王振平无法想象的惨剧，真的就在现实中，就在丰收村的一个个家庭里。

什么叫万箭穿心，在贫困户冯喜仁的家里，在冯喜仁的女儿冯晓伟的病床前，王振平体验到了。

这是一个四口之家，只有一个上高三的儿子身体健康，其余三口全得了绝症。冯喜仁的妻子患了癌症，刚刚去世；冯喜仁本人是肺鳞癌，已经到了生命垂危的地步；他的女儿冯晓伟，年轻优秀，在上海一所财经学院学习，谁知大学毕业不到一年，在一次洗牙的时候突然牙龈出血，无论使用什么办法也止不住，失血导致这个女孩脸色苍白、浑身无力，到医院一检查，是得了恶性血液病。冯喜仁大放悲声，毫无办法，亲戚朋友的钱都借遍了，已经无法再张嘴。敖汉旗医院不久即给冯晓伟下了病危通知，他们家也实在没有挽救女儿生命的能力，只好把女儿接回家里，放在床上，默默哀求死神不要降临。

焦急之下，冯喜仁病情加重，亲戚们准备送他到赤峰治疗，他死守着奄奄一息的女儿，说什么也不肯离开。亲戚们说，还是救可能救的吧，你治好了，还可以照管你儿子。冯喜仁伸出手，在女儿的鼻前，试了又试，只感觉女儿的气息已经细若游丝，马上就要消失了，这个虚弱的父亲，连哭喊的力气都没有了。他拿出女儿的一个小包裹，里面是女儿自己挑选的一件衣服，这件衣服很鲜艳，仿佛一个少女鲜花般的生命。她说要穿着这件衣服离开父亲、离开家，走进一个没有贫寒的世界。父亲在女儿耳边喊了一声——丫头啊丫头，你穿上，安心走吧，这辈子爹没把你照看好，下辈子爹给你做牛马……

只见女儿的眼皮似乎微微一动，很快又纹丝不动了。冯喜仁一步三回头，被亲戚们送往赤峰市的医院住院。

也许是上苍可怜哀伤的冯喜仁，也许是命运怜悯那个年轻的生命。冯喜仁离开以后，亲戚们守在冯晓伟的床边，只要能撬开她的嘴，就给她灌药喂汤，几天之后，冯晓伟渐渐苏醒过来，可是她依然不能起身，只能睁一下眼睛，看着家中布满灰尘的天棚……

贫困户滕云祥家的致贫过程，应该从二十世纪五十年代就开始了，那不是尘封在岁月里的故事，而是至今依然流血的伤口。

我来到赤峰市采访，赤峰市扶贫办政策法规科科长杨明霞给我看了一张存在她手机里的照片。她用了“优雅”这个词来描述照片的主人公林群意。照片上的林群意显然不像一个常年劳作在烈日风霜中的农村奶奶，也不像个病人。她虽说已经八十五岁了，但皮肤依然有几分白皙，眼神里透出的不是呆滞，而是一种淡淡的冷漠，更引人注目的是她的打扮，一身衣服虽然带着农村的时尚，但不属于常见的那种土气花哨，而是简单又鲜亮，头上那顶米色的针织帽子使她显得相对年轻，她脖子上的围巾，不是地摊货，有些品质感。杨明霞说，你一定要见见这个老太太，她是香港人，二十世纪五十年代嫁到了敖汉。

啊？香港—敖汉，二十世纪五十年代！多么遥远的空间，多么漫长的时间，这其中有怎样的故事？说实话，来丰收村也算是临时动议，起初我是想见见这个香港来的老太太，听听她的故事，没想到在他们家，遇见了纠葛在故事中的驻村第一书记王振平。

故事是这样开始的。赤峰地区解放战争前后参加解放军的青年人很多，敖汉旗有一个姓吴的年轻人也在其列。二十世纪五十年代初，小吴随部队到广东、广西一带剿匪。当时，年轻漂亮、像春天一般明媚的林群意刚大学毕业，她从香港来到韶关工作，是名售货员。她和当时全中国的姑娘一样，崇拜英雄，喜欢解放军。当英姿勃勃的小吴出现在她的视野里时，她的世界一下子布满灿烂霞光，接下来就是一场生死不渝的恋爱，然后有情人终成眷属。小吴复员，林群意毅然决然地跟着丈夫，坐了五天五夜火车，来到了内蒙古昭乌达盟敖汉旗丰收村。

一切皆因爱情，然而纯真的爱情没有错。

命运之错？有谁能在历史的惊涛骇浪中把握自己的命运？更何况当时林群意和小吴都是少不更事的小年轻。

当我见到林群意的那个片刻，真没觉得在面对一个精神分裂症患者，反而感到一种亲近，她唤起了我身上女人对女人的惺惺相惜，我为她流血又流泪的一辈子心痛。

她坐在儿子滕云祥家的东屋炕上，那场景和照片上没有区别，还是那一身衣服，脖子上还系着那条让人看着挺得体的丝巾。

我伸手摸摸炕，炕烧得热乎乎的。我问她，身体还好吗？她点点头，我说不冷吧，她摇摇头。我坐在她跟前，她并不畏惧或者拒绝。她的态度非常友善，我很希望和她长谈，然而，她毕竟年事已高，我不能去触动一个老妈妈结痂的伤口。

故事在她和丈夫的美好爱情中延续了两年，似乎南北方的地理差异都没有成为任何障碍，和心上人在一起，喝凉水都是和蜜糖一样甜的。事出突然，小吴病故，属于心肌梗死之类的不防之症，林群意的天就这样塌了。她一个人孤零零地在他乡徘徊。她每天去小吴的坟头上默默流泪，荒野无人，她竟不知道害怕。

我见到的文字资料里说，后来林群意嫁给了当时村里的治保主任。故事在这里中断了，但我还是能从她的儿子滕云祥和乡亲们的只言片语里听出，林群意之后的生活过得非常艰难。

雪上加霜的是，林群意的第一个孩子夭折，被人们丢弃在山林里，林群意像疯子一般跑出去追她的孩子，恰恰看到了那可怕的一幕。从此人们都说她魔怔了，其实她是间歇性的精神失常，平时静静的，一言不发，突然之间就会又哭又闹。

到了滕家，她一连生了七个孩子，但是她不曾幸福过。滕云祥说，母亲一发病就往外跑……林群意的病越来越重，在外人的眼里就是一个疯子了，可是她知道喂养自己的孩子，时刻呵护着自己的孩子……

后来，滕云祥的父亲去世，母亲动了开颅手术，又从床上摔下来，摔成脑水肿……这个家，苦苦地在岁月里挣扎，滕云祥直到四十岁才说上媳妇，媳妇小王是个有智力障碍的人，至今连自己的岁数都不知道，家里原本就一贫如洗，还要给母亲治病、养活儿子，滕云祥被贫困压得愁眉不展。

因病致贫、因事致贫，村里七十二家贫困户的情况五花八门，家家都有一本难念的经。

村里的人们，并没有像秋日的落叶那样，心甘情愿地随风飘零，也曾穷则思变。五个贫困户联手组成了村里唯一的养殖合作社，但是由于缺少运作资金、缺乏科学技术指导，只能雇用一些老人照管，由于饲养不得法，很多羊身上有囊虫，掉毛、吃毛。饲养员不懂小尾寒羊的习性，往往在母羊下了一个羔子后，不知道羊肚子里还有未分娩的羊羔，导致接羔成活率很低。丰收村人的致富梦想就这样一开始就举步维艰，后来依然举步维艰。

丰收村出产小米、黄米、黄豆、高粱、荞麦等五谷杂粮，均为一季作物。由于夏日日照强烈，在种植方法上保持着传统方式，这里的杂粮品质十分优良，一直以原生态的口感和营养著称。但是卖粮难，却是丰收村多年以来无法解决的问题。手里的粮食卖不出去，卖出去了卖不上价，也是丰收村村民难以致富的一个原因。

治病难、住房没有保障、贫困户孩子就学没保障等诸多的问题，构成了丰收村人面前的一座难以翻越的山。面对这座山，年轻的第一书记惊呆了、犯难了，如此多的问题扑面而来，他真的不知道登山的那条路的第一个台阶在哪里。

教师出身的王振平，有一个良好的习惯，遇到问题，就去查资料，翻书本，求教于别人的经验。他的妻子曾经是他的同事，也是个优秀的教师，虽然家中有公婆和孩子，都需要她的关爱和照顾，但是她非常理解丈夫的心愿,深明扶贫攻坚的大义,经常和丈夫交流探讨,但凡丈夫忧虑的问题,她都会设身处地,广开思路,为丈夫提供信息和建议。

想想咱们手里有什么资源吧,妻子提示道。对呀,王振平分管的旗文联,真的是清水衙门,除了四面八方的文学艺术家朋友,还是这些文学艺术家朋友。他们并非腰缠万贯的大款,但是他们的创作影响力就是最大的财富和资源。二〇一六年,王振平面对冯喜仁一家的状况,请来一位文学艺术界的朋友,拍摄制作了视频,在某平台上为冯喜仁一家发起筹款,筹集到捐款两万三千元。虽然这点钱,对于冯喜仁一年十二万元的治疗费来说,还是杯水车薪,但是足以让王振平的眼前一亮,脑洞大开,原来在熙熙攘攘的网上森林里,鲜花盛开,阳光流淌,只要你寻觅到通路,爱心就会像奔跑的春风来到你的身边。二〇一九年,女儿冯晓伟突然病重,冯喜仁家的境遇雪上加霜,王振平再次发起网上求助,通过××头条和××平台,呼喊求助,让更多的人听到了这父女二人渴盼救治的声音。他日夜拿着手机,急切地盯着那个一点点一滴滴由小变大的数字,半个月过去了,他的呼唤得到两万六千位爱心人士的响应,筹集到捐款五十四万八千元!王振平在欣慰的同时,十分紧张。他知道自己是使用现代科技手段的新手,操作起来稍不注意,可能出错。筹集这笔钱的最终目的,是让患者得到及时治疗,一切都需要法律保驾护航。为了能合法及时地使用这笔捐款,不出纰漏,他请教专业人士,起早贪黑学习了好一阵子网上的操作过程,在别人看来已经是很快的了,对于心急如焚的王振平来说,却是犹如油煎火燎一般难熬,终于,一切理顺。冯晓伟得以到中国医学科学院血液病医院治疗,很快病情得到好转,冯喜仁也开始了又一轮的化疗,虽然他每天服用的药需要二百元的费用,但是在大病救助政策之外,有了这笔捐款,彻底解决了他的后顾之忧。

在这期间,冯喜仁的儿子冯海涛顺利通过高考。家境濒临绝地,父亲危在旦夕,姐姐重病在身,冯海涛不由得万念俱灰,每天无精打采。一个农村贫困家庭的孩子,需要付出多少超常人的努力,才能踏上大学的门槛！王振平想起当年因贫失学的二姐，想起了自己第一次走进大学校园时的心情，便安慰冯海涛说，现在有这么多的好政策，你爹会有人管，你就放心走，到了学校安心学，有困难找王哥。他和冯海涛一起坐在电脑前，琢磨了几十次，把适合冯海涛就读的学校、专业、地区和奖补情况掂量来掂量去，搞定了高考志愿，又一起申请了大学生补助、大学生贷款，直至冯海涛踏上了求学之路，王振平才放心。时代给予了他怎样的帮助，我们相信年轻的冯海涛不会忘记。

如果说对于冯喜仁一家的帮助属于一蹴而就，关键在于找到爱心通道，资金来了，问题基本解决，那么王振平对滕云祥家的帮助可就难上加难了。心地善良，憨厚老实，在重重困难面前勇于追求好日子的滕云祥，表面上看性格里有一点轴，细思一番，那不是什么轴，而是在他自己都不易察觉的内心深处，依然埋藏着岁月留下的伤痕。光阴荏苒，时代步步更新，记忆常常恍若隔世，像旧电影的镜头般飞快地闪现，在与现实的撞击中，犹如隐形的乌云遮挡住了滕云祥前行的目光。

滕云祥二十岁时，父亲病重，在家种地已经不能养家，他只好远行到锡林郭勒草原放羊打草，把挣到的钱一分不剩地捎回家，让一家人过活。我见过和他一样在草原上打草放羊的农民，夏天风沙干旱，肌肤曝露，连皱纹里都是沙子，只有一条脏兮兮的旧毛巾围在脖子上，算是劳保用品。冬天，放羊的鞭子上落一口唾沫，即刻结冰。太阳出来了，像个画饼挂在天上，空气里依然除了冷就是雪，放眼望去，天和地扣在一起，犹如没有缝的大冰柜，羊群混在雪原上，被雪吞没，感觉唯一会动的就是自己。收牧了，把羊赶进圈，回到蒙古包，点燃牛粪，喝上一口奶茶，已是夜半。所以，我想滕云祥是遭过罪的人，对于劳作，他是不怕的。但是从他的故事里，我们总是能感觉到一丝畏葸、一丝歉疚。

我来到滕云祥家的那天，王振平也在场。上半场，滕云祥给我讲家史；下半场，大家讲滕云祥。当初滕云祥一贫如洗，母亲每个月要花几百元治病，儿子上学每月也要花几百元。那状况大家可以想象。

现在，老滕满脸笑容、言辞质朴，只有“感谢”二字不绝于口，还特地告诉我，他听王书记的听对了。

王振平说：“我也曾被他们两口子的孝顺感动……”

这样一个贫病交加的家里，每每会出现这样的情景——老母亲生病了，需要静脉点滴，一扎针，老人便十分紧张，于是犯病，不管不顾地拼命往外跑，那失控的力气一般人拦不住。这时候，滕云祥两口子就一人抱住母亲的上身，另一个人抱住母亲的双腿，一抱就是几天几夜，直到治疗结束，把医护人员都感动得落泪。

跑，已经成了林群意的本能，甚至在刚刚做完开颅手术之后，也会从病床上起身跑出去。

人们说是怜悯之心人皆有之，然而久病床前无孝子，身边有一个这样疯疯癫癫的人，一般人很难做到初心不改，只有深深地理解她的人，才能始终如一地照顾她、保护她。在滕云祥一家人的心里，这个老人，不是拖累，而是心尖上的宝贝。

小滕云祥十三岁的妻子王铃梅，虽然永远说不清自己的年龄多大，见到生人从不敢说话，眼神空洞，看似失魂落魄，好像对这个世界一无所知。但是她在老人面前却是个好儿媳，老太太每天吃好穿暖，收拾得干干净净，有她的一份功劳。难怪，当我们一行人到她家的时候，她直愣愣地坐在我们面前，滕云祥看看她，眼光却是那么疼爱。

滕云祥的儿子健康懂事，正在上高中。杨明霞告诉我，奶奶的小帽子、小丝巾，都是他给奶奶买的，他知道奶奶一辈子都爱美，即使是犯病的时候，也知道穿戴整齐。人们说奶奶是魔怔了，可是奶奶只要见到她的大孙子，立刻就笑容满面。我看到一张照片，是这祖孙俩的合影，孙子搂着奶奶自拍，奶奶戴着过生日的王冠，沉醉在幸福之中。无疑，没有爱，老太太不可能活到现在。归根结底，是有孝心的滕云祥营造了家里的氛围，给全家人做了一个好榜样。

滕云祥在村里人缘极好，哪家有活，他都带着媳妇去帮忙，还总是抢着最脏最累的活干。乡亲们纷纷夸奖滕云祥人好厚道。一些高龄老人,还记得浩劫年代的一些往事,说滕云祥随他的病妈妈,他妈妈没有病的时候,见人不笑不说话,不管见到谁家的孩子,都要把自己孩子手里的食物分出来一些给人家吃,可惜了……

滕云祥这个好人,是在母亲的苦难里懂得了一定要做个好人。

滕云祥一家的故事,整日在王振平的心里翻腾,如何把这个故事终结,帮助他们一家创造一个幸福的新故事呢?想来想去,王振平想到了养羊这个项目。滕云祥以前放过羊,虽然当年的草原游牧和如今的棚圈养殖有很大区别,但是对他来说,没有隔行如隔山的难题。他和滕云祥一商量,滕云祥同意了。经过审核,滕云祥得到了扶贫专项款的支持。

滕云祥乐了。白雪团儿似的基础母羊进家了,咩咩的叫声让院子里立马有了生气,数数,一只、两只……一共二十五只,还有一只又高又壮的种公羊。王振平给滕云祥算了一笔账,一只羔子卖八百元,这个品种的小尾寒羊,一胎可以下两只羔子,一年下来收入两三万元,应该是没有问题的,正常情况下,滕云祥家脱贫指日可待。

同时,王振平给滕云祥一家三口申请了低保,为滕云祥的儿子申请了三千元的助学金。恰好旗政府在丰收村创办了一个脱贫攻坚讲习所,对全旗村民进行思想文化和农业技术培训,王振平让滕云祥参加养羊的技术培训班。滕云祥说,那时候在草地放羊,夏天往有水有草的地方一撒,看着别让狼进群就得了,雪天赶着羊群找马蹄子踏过的地方就有草吃了,剩下的我啥也不懂。科技指导员来讲课,那就是天上下了及时雨,万万不能错过。滕云祥便穿戴得整整齐齐,去了。

这边王振平正忙得团团转。一方面要把村里的党建工作抓到实处,成立联合党支部后,推行固定党日党员集中学习,营造心往一处想、劲往一处使的氛围,自己带头讲党课,倡导开展以"振兴乡村,支部引领,党员带头"的活动,让中央脱贫攻坚重大举措,在全村上下每一名村民心里落地生根。另一方面要按照上级的安排,承担农民讲习所的管理和教务工作。为了不断调动农民积极性，让他们参与到文明乡村的建设中来，王振平还学习外地经验，在旗委宣传部的支持下，创办了丰收村爱心超市……

工作千千万，就看干不干。王振平从陌生到熟悉，从不知道怎么下手到一件事一件事落实到位，体会了有条件上、没有条件创造条件也要上的不易，也收获了成功的喜悦。总之，忙起来了，动起来了，就没有闲下来的空了，说的是驻村干部五天四宿在村里，双休日回家休息，对王振平来说，一个月四周，只回家一次，已经是常态了。每当双休日，上头没有督查考核，他总是在村民的家里地里转，哪个村民家有什么事，他总是比这户村民的亲戚知道得还早。他给村民办的好事越多，村民便越信任他，每天找他的人一个接一个，他们向他求助的事，也是五花八门、各式各样，有的甚至让他哭笑不得。什么小公鸡见面掐架，掐得满鸡圈都是鸡毛和鸡血；什么热水器放不出水来怎么办，放出来的洗澡水冰凉怎么办；什么和婆婆打仗，赌气回了娘家，现在一想不对了，想回去，婆家不来人接怎么办……

这不，半夜三更地，电话又响了。他拿起手机一看，是滕云祥，有一阵子没去滕云祥家了，莫不是老太太有啥不好？

滕云祥在那头都带哭腔了。他说："王书记啊，不好了，我得报个案。"

"什么？什么事？"

滕云祥语无伦次，看来是太着急了。他说："我家羊……我家羊死了一地，个个都是大母羊，说话就揣羔子了……"

王振平一听也急了，忙说："咋死的，受伤了？羊圈进狼了？"

"不是，不是，是有人投毒了。"

"怎么可能？"

王振平一个翻身起来，一边穿衣服，一边深一脚浅一脚地往滕云祥家跑。

果然，六只大母羊倒在圈里，体温还有，眼睛还水汪汪的，但是的确已经死了。说话间，又有两只母羊在抽搐蹬腿，很快也停止了呼吸。

王振平按按羊肚子，发现都是膨胀的。

滕云祥急得原地打转，接着像要晕倒了似的，一屁股坐在了草堆里。

半晌，滕云祥才冒出一句话："都怪我爹当年伤人太狠了……"

滕云祥非要去报案，看着一地死羊，找不到什么原因。他的直觉里，这就是一种报复，村里当年的老人还在，他们还记着当时受到的伤害，怎么会愿意看着他家过上好日子呢？童年的记忆已经造成了深深的负罪感，成了滕云祥心中治不好的伤。

王振平年轻，他的头脑里没有那不可饶恕的岁月，一时有点发蒙。他不知道说什么才好。但是他觉得投毒的说法太荒唐，抬头看看，羊圈里还真安装着摄像头。于是他说，老滕大哥，天亮了，咱们先找兽医，保住活着的羊。

找来了兽医，解剖了死羊，滕云祥傻了。原来是他用喂猪的方法喂羊铸成的大错。羊的胃适合吃草反刍，可以加一些玉米秸和粮食合成的精饲料，但不能用其替代饲草。滕云祥的羊，全部吃精饲料，导致胃酸过多。兽医剖开羊肚子一看，胃黏膜全部脱落，羊就是这个原因死的。

俗话说，吃一堑长一智，滕云祥懂得了科技的重要性，每天精心照看他的羊，三天两头就给村里的技术指导员打个电话，请教一下。他的手机是广东的亲戚淘汰的老款机，装手机的皮套，是他在垃圾堆里捡来的，他把手机放在皮套里，系在腰上，非常自信地说，管它新的旧的，只要能找到王书记，找到技术指导员，就是最好的手机！他养羊有了收益，后来一想，反正也是不出院门的活计，索性又抓了一只母猪养起来，果然是猪肥羊壮，猪崽羊羔满圈。到了二〇一七年年底，一算账，收入了一万多元。滕云祥拿了几张百元大钞给母亲看，神志不清的母亲恍若梦醒，一把抓过了钞票，要儿子藏起来，苦难的记忆像挥之不去的病毒，时刻让她处于恐惧和戒备之中。

这一来，滕云祥家的院子就显小了，恰好房子后面还有一块空地，王振平建议他盖个带棚的大羊圈。滕云祥现在是彻底服了，王振平说什么他都接受。他说，凡是王振平给他指的道，都是亮堂堂的好道。他仰起满是皱纹和汗珠子的脸，像孩子依赖大人似的问王振平："书记，没钱咋办？"

是啊，没钱咋办。王振平帮助滕云祥撰写好清晰客观的信息，在中国社会扶贫网上发起社会众筹，一夜之间，就得到了广泛的关注，内蒙古"互联网+"社会扶贫信息中心的负责人第一时间联系了王振平和滕云祥，并联系腾讯新闻摄影团队，到敖汉旗丰收村，现场拍摄了滕云祥一家的生活生产状况。在他们的联手推动下，两万元迅速到位，羊圈盖起来了，宽敞暖和，羊不用踩着自己的屎尿走来走去了。滕云祥说，这样养的羊，肉不膻。

王振平放心了，转身投入紧张的工作之中。

自从二〇一六年驻村以来，他就帮助村里的建宇农民种植合作社流转土地一千余亩，种植有机小米，带动一百五十三户农民增收，令贫困户四十三人直接受益。他又开始筹划将贫困户种的有机杂粮大黄米交由合作社统一包装销售，让建宇牌小米登堂入室，通过淘宝、天猫、拼多多等平台走到全国消费者的生活中。

敖汉旗脱贫攻坚讲习所成立以来，一直由王振平具体负责，两年多的时间里，已经培训来自全旗的四千多名贫困户。"扶贫先扶志"，王振平安排的课程总是使用接地气的方式，让贫困户改变了因循守旧的观念，看到社会主义新农村的光明前景，同时学会了新的农业生产技能。

对于村里的贫困户各式各样的困难，他带领工作队的同志们不遗余力，想方设法，一一解决。先后通过赤峰市和敖汉旗残联，帮助丰收村的残疾人落实了培训项目，将三十台轮椅、二十台坐便器、二十个助听器，一一发放到需要者的手里。还特别为残疾人刘瑞亮安装了价值九万余元的义肢，为残疾的张楚晗小朋友落实了就学问题。

丰收村的每天都有喜人的变化，每一户贫困家庭都体验到了天天都是好日子的滋味。王振平的心里无比欣慰，每天忙得不亦乐乎。

“两不愁三保障”，危房改造是一项硬指标。半农半牧地区的农民，骨子里是不大注重建房子的。我在赤峰所见，历史上除了王爷府，几乎见不到一般人家留下来的像样的老屋祖屋。移民而来的农民，一来就是弄个小窝棚委身其中，把心思都用在开荒种地上。民以食为天，而后才是住与行。这里农民的吃饱饭问题，是在改革开放之后才有所改善，所以他们特别能将就，有个破烂不堪的土房茅舍遮风挡雨，便心安理得了。他们还有一个小心眼，不愿意动用手里好不容易存下的那几个钱。我在很多村子都听说了这种情况，有的农民直接就说了：“如果国家把钱包了，我们痛快就扒（旧房）。”

拆房子的事阻力重重。有的人家说，重建的房子不如原来的大，儿女过年过节回来，没地方住；有的人家说，老两口活不了多少年了，没必要改善住房了。王振平没想到的是，最大的一个难题竟然会出现在滕云祥家。

村干部和工作队一进院，滕云祥就一个不拆、两个不拆地打断了干部们的话。他媳妇王铃梅不知道啥时候，把家里一些看着值钱的东西死死抱在怀里，好像干部们会把她家的东西给扔出门外，强拆他们家的房子似的。正说着话，神志不清的老奶奶手执一把水果刀，猛然就冲了出来，她的劲头没人拦得住。大家无功而返。

问题还是在滕云祥身上，可能是他的思想没有转过弯来。这两年卖羊，他手里有个一两万元是没问题的，但是他不想花，死攥着，就怕有个为难遭灾的时候两手空空。对生活没有安全感，他的精神世界依然处于几十年间留下的阴影里。

王振平特意请滕云祥吃饭，席间有几盅小酒相佐。

王振平说：“老滕哥你不是说，我给你指的都是亮堂道吗？”

滕云祥说：“可不是，没有你的帮助，哪有今天的好日子。”

王振平说:“那我让你改建房子,你为啥不听?”

滕云祥说:“还不是舍不得手里那一脚踢不倒的两个钱。”

王振平说:“你留着钱干啥?你看你院子里的羊多好,以后卖的钱会翻几番。”

滕云祥说:“用钱的时候在后面呢,看病的事虽然在你们的帮助下不愁了,可儿子还得上学,还得娶媳妇吧?”

一听滕云祥说娶儿媳妇,王振平不由得扑哧一笑,说:“老滕哥,就你家现在的破房子,谁家女儿愿意嫁进你们家?咱家儿子好小伙子一个,要是在大学里领个对象回来,敢进咱家的破房子吗?政府给你机会你不把握,有你后悔的那一天!”

滕云祥不吱声,脸通红。

“你难道也想让你儿子跟你当年一样?”

王振平知道这句话戳滕云祥的心,想了想还是说了,说完了又有点后悔。

说到底滕云祥是个明白人,他眼泪在眼眶里转,说:“我知道书记为我好。”他把手里的酒杯端起来,还是心心念念那点钱,说:“王书记啊,我可就听你的啦,要是把钱花光了,遇到难处,我还得指望你拯救我……”

“那你就放心吧,有政策在,有这么多共产党员在,哪能让你回到脱贫攻坚前呢。”

两人一饮而尽,事就定下来了。

滕云祥事先把老母亲哄到门口的厢房里,安顿好,让她看不到院子里发生的事情。人和机器一起上,那座不堪一击的旧土房很快被夷为平地,新房的地基随即开槽。这下滕云祥家可热闹了,村里人感念滕云祥两口子为人敦厚,几十年来,谁家有事,他们都跑在前头,如今终于有了回报的机会,一家伙来了一百多人帮忙。上房梁那天,按习惯主家是要请大家酒宴的,乡亲替滕云祥着想,一个个带着酒、带着肉、带着蔬菜和年糕,喜气洋洋地在滕云祥的新房子框子里痛饮了一顿。

两间新房子国家补助四万五千元，滕云祥拿出七千多元接了对面屋中间的大厨房。新家宽敞、暖和、干干净净。老太太好像也明白了，当人们把她从厢房里扶出来，她面对着新房子愣愣地站了一会儿，便乐乐呵呵地进了屋。

过年的时候，滕云祥贴着王振平的耳朵悄悄地说："从盖房这事看，乡亲们没记我们家的过，你看都来帮忙了。"

王振平明白，折磨滕云祥几十年的阴影消失了。

疫情来了，滕云祥没二话，立马掏出了二百元捐款，放下家里的活计，参加环境整治的劳动。

作为第一书记，王振平好不高兴。从二〇一五年到二〇二〇年，他驻村已经五年，他的计划还有好多没有实现，他觉得在振兴社会主义新农村的道路上，丰收村已经走出了旧故事，而五年来自己做的这些事，正是给丰收村的新故事开了个头。

## 在老书记留下足迹的沙地上……

老书记叫根登，一九五一年至一九八三年间任乌兰敖都嘎查的党支部书记。

乌兰敖都在哪里？

乌兰敖都是阿什罕的一个嘎查，阿什罕是翁牛特旗的一个苏木。看内蒙古地图，有一块横跨通辽市和赤峰市地域、面积四万余平方公里的沙地，这就是科尔沁沙地。翁牛特旗就在科尔沁沙地的西侧，阿什罕位于其中沙化最严重的一隅。嘎查第一任党支部书记根登，二十世纪五十年代初在这里带领牧民创建了中国第一个畜牧合作社，开启了治沙伟业。老书记于二十世纪八十年代退休，在一九九三年去世了，但是好像从来都没有离开这片土地一样，在乌兰敖都的田野牧场，在整个阿什罕的绿洲林地里，你随时可以感觉到他的存在。

老书记的名字叫根登，是一个贫苦蒙古族牧民的儿子。从二十世纪五十年代起，根登受党组织的指派，只身一人从五十里开外的故乡海拉苏来到乌兰敖都。那时候乌兰敖都还不是一个村庄，也没有“乌兰敖都”这个闪光的名字，只是一片牧草稀疏的原始沙地，有十多户牧民在周围放牧。正是老书记的到来，让这片土地有了党和国家的声音，当老书记终于把周边的十八家牧民召集起来聚居的时候，这里就成了乌兰敖都。乌兰敖都，汉译为红星，意味着新中国的明天与希望。

当我来到乌兰敖都，阿什罕苏木苏木达（相当于乡长、镇长）僧格，正在乌兰敖都畜牧合作社纪念馆门前等我。一九七六年出生的僧格，年初由苏木达转为党政职责一肩挑，同行的旗委宣传部副部长杨彦冬介绍，僧格是翁牛特旗最年轻的乡镇一把手，十分扎实能干。僧格如数家珍一般地介绍老书记的事迹，介绍当年乌兰敖都畜牧合作社的情况。从他的言谈之中，听得出来，这个面对脱贫攻坚决胜之战考验的乡镇一把手，这个承接着一代代治沙人未竟事业的蒙古族之子，对这块土地完全熟知，对老书记根登怀有无比的敬佩之情。

曾经，科尔沁沙地不是沙地，是一片美丽的大草原。这片草原美如翡翠，一碧千里。西拉木伦河、老哈河等无数条银链般的河流从西北方向的大兴安岭山系发源，一路留下星罗棋布的湖泊和支流，缭绕滋润着这片草原。蓝天白云，牛羊点点，游牧民族逐水草而居，安然生息。然而，清代开始的放垦开荒，将绿丝毯般的草原划开了第一道伤口，暴露出了草原脆弱的土壤。从此，各种对草原生态的损害接踵而来。

草原的腐殖层实际上只有不足二十厘米的厚度，再往下就是沙土了。记得二十世纪八十年代初，我陪歌唱家胡松华老师和他的夫人张曼茹老师在呼伦贝尔草原的一条自然路上行走，那时候草原上交通还是很落后的，基本都是这种车轮子生生轧出来的路。记得汽车底盘中间下面的位置，草照样生长，唰唰地摩擦着汽车底盘，而汽车轮下，草原已经被碾轧出了两条一尺深的沙沟。过了三十余年，我和包虎、乌琼两位好友去草原体验生活，无意中聊起了这条路，寻找时却发现这条路人间蒸发了似的不见了。牧马人出身的包虎指着不远处的一条沙带告诉我，那就是我们要找的路。跟踪那条沙带，只见它时而是一条无法跨越的沙沟，时而又变成沙尘暄腾四溢的土堆，看起来仍在向两侧弥漫。这长长的、蜿蜒的、曾经被我们诗意地解释为通向天边的路，已经成了草原沙化的引擎，不停地带动着草原的裂口，引来无休止的扩张。附近可能是有人在草原上挖过草药，还有个狐狸洞。包虎说，如果明年再来看这些痕迹，就是一片沙地，最少是原来的几倍。

科尔沁草原，经历了多年的农耕介入、人口密集化，便如此这般地变成了大沙地。牧草稀疏，河流萎缩或者干涸，只有沙尘肆无忌惮，成了这片土地上无处不在的“暴君”。有几句顺口溜，这样描绘乌兰敖都一带的生活场景：“一年一场风，从春刮到冬，羊儿上房，白天黑天都点灯。”沙土把房子全覆盖成了土丘，羊顺势上了房看不见草，便咩咩地叫；一天到晚风沙遮天蔽日，白天不点灯屋里和黑夜一样。人们说，头年的坟墓，第二年清明扫墓时不一定能找到。

因此，科尔沁沙地的脱贫攻坚，永远不能离开保护恢复自然生态这个主题，没有好的生态，牛羊吃什么喝什么？地里能长出来什么？何谈富裕？换句话说，只有在生态良好的背景下的脱贫致富才是值得宣传弘扬的。

仿佛已经十分遥远，也似就在眼前——一匹快马的剪影从远处的沙丘冈上慢慢飘来，马背上的人英姿挺拔、精神饱满。他穿过沙海，去寻找游牧在外的每一户牧民。那时候一场沙尘袭来，往往吞噬掉地表所有的人居标志，牧人所居住的蹦蹦房，低矮，呈半圆形，是用稀牛粪糊在柳条框架上搭建的，人住在里面，寒冷、怕雨，还很容易被风沙埋住。根登来到乌兰敖都，第一个任务是召集牧民，团结起来和风沙做斗争，他走遍了方圆上百里，寻找到流散于岌岌可危之中的十八户牧民，组成了乌兰敖都嘎查畜牧业生产合作社。而修复沙化的草原，首先要让人有一个可以抵御风沙的房子，再不能让牧民风餐露宿，住蹦蹦房了。于是他提议盖房子，要建结实、保暖、风雨无惧的居所，要让牧民安居而乐业。

乌兰敖都附近有一座石头山，只有那里可取盖房子打地基的石材。

但根登老书记组织大家上山采石的时候，居然无一人响应。这时候老书记听到大家在传说一件事，说是这座石山上有许多狐狸洞，野生狐狸成群，其中有一只白色的大狐狸，长毛飘飘，仙姿妙曼，被人们传说得神乎其神。说是谁要动了白狐狸的毫毛，就会遭到天谴，以致人们放牧的时候，都不敢靠近那座石山。这个传说，提醒了根登老书记，他告诉牧民们，真的遭天谴，就让我一人承担，大家放心吧。他便只身一人，横枪跃马，上了山，山上果然是狐狸的大本营，他没有费什么周折，就猎杀了一只白狐狸。他把白狐狸的皮张挂在村里的树杈上，任其随风飘扬，慢慢风干，而自己如常工作劳动。时间慢慢过去，乡亲们一看，并没有什么天谴的迹象，明白了从前的传言并不真实。根登老书记趁热打铁，反复做乡亲们的工作，让他们放下思想负担，随即带领党员和积极分子率先上山动土采石，慢慢得到乡亲们的响应。大半年过去，牧民们笑逐颜开地住进了新房子。一个崭新的嘎查，中流砥柱一般坐落在茫茫的沙海上。

冬天来了，气温在一点点地下降，家家户户把牛羊圈起来，用牛粪烧热了火炕，围坐在小炕桌旁，嚼着奶干、奶豆腐、肉干，躲避着窗外的严寒和飞雪。可是老书记说，冷一点，再冷一点，冷得还是不太够……这是为什么呢?原来，黄沙的侵入，不仅吞没了萋萋芳草，也导致草原上的很多河流断流，地下水下沉。乌兰敖都的房子建起来了，可是吃水的问题还没有解决。平日牧民吃水、饮牛羊，需要到很远的地方去拉水，途中风沙弥漫、烈日严寒，非常艰难。所以，老书记就动了在村里打井的心思。这之前，没有谁见过怎样在沙地里打井，大家毫无经验。天气暖和的季节他们便开工了，那时候打井不比现在有机器施工，而是全靠人工挖深坑，直到见到地下水，结果由于沙子不停流动，坑没挖多深，就被流沙埋住了，好不容易挡住了流沙，井口又塌方了，人在下面挖土很是危险，随时有被埋住的危险，弄得人们只好长叹一声，放下了手里的工具。

根登老书记知道，水的问题不解决，即使有再好的房子，总有一天，人也不得不带着畜群离开这里，沙地很快会退化为原样，拼着性命创建的一切必将转瞬而逝。老书记就是这么个咬定青山不放松的人,他并没有被困难吓倒,开始组织大家实施冬季打井。别看沙坨子表面松软,两锹铲除浮沙,下面冻得梆硬。没有机器,全靠镐头刨,一镐头下去也就一个白茬,大家的手掌虎口都震裂了,打了半个月,也没打到两米深,人们不是失望而是绝望了,甚至流下眼泪。没有水,意味着什么,大家心里都非常清楚。老书记的法宝,就是毛主席的教导。他给大家讲起了愚公移山的故事。

大伙说,老书记,你这讲的是个瞎话。老书记说,不是瞎话,是毛主席著作里面写的。不信,我给你们念一念。

一听这是毛主席著作里面说的,大家说,毛主席的话,字字是真理、句句是明灯,我们听!顿时士气大振。大家烧火化冻,编柳条墙挡沙,夜以继日,连续奋战,挖出的沙土越积越高,坑越挖越深,渐渐地,上面看不到井底下的挖井人了。两个月过去了,眼看要过年了,挖下去的坑深达十几米,还是没有见到地下水。人心乱了,人性当中的某些不善开始显现。有人说,根登你这是得罪了长生天了,拐搭着全嘎查人跟着你没水吃。个别人甚至扬言,再不出水,就把根登埋在井底。看到牧民们情绪波动,根登老书记就把人们召集到一起,对大家说,从现在开始我一人下去挖,如果再不出水,你们就把我埋在井底下。正是数九寒天,大雪铺天盖地,吐口唾沫都成冰。我们的老书记根登,系紧了蒙古袍的腰带,把大襟掖到腰带上,手持火把,钻进了黑洞洞的井下。牧民感动了,叹服了,他们死守在井口,眼睛紧盯着系在老书记身上的绳子,绳子只要稍微有一刻不动了,他们就吓得汗一把泪一把……突然,那根上面牵着人们的心、下面牵着老书记性命的绳子开始剧烈抖动起来,人们慌了,有人喊起来,不好了出事了!也有人喊,快使劲,把根登拽上来,可能是见水了……大家齐心协力,把一个浑身湿漉漉的根登老书记拽了上来。根登老书记说进去挖了好久,才见到湿土,最后一镐下去,地下水就像开锅了似的涌了上来。第一眼井就这样打成功了,乌兰敖都人再也不用犯愁了，好日子开始了！

讲到这里，僧格非常激动。他带着我们来到老书记当年打下的这口井前。

如今虽然自来水早已通到了家家户户，但是这口井依然被乌兰敖都人精心保护着。我俯身往下一看，井深处一泓碧水，倒映着宁静的天空。僧格说，我们的老书记，就是这样一位可敬可爱的人，就是这样一位一心为民的共产党员，他老人家虽然已经故去多年，但是他的精神从来都没有离开这片土地。老师您在嘎查里随便走走，每一个乌兰敖都人都会告诉您老书记的故事。

僧格接着说，有这样的老书记在前面做榜样，老百姓时常是要在心里比一比的，他们手里的标尺就是老书记。所以，在阿什罕这个地方干工作，我们必须不忘初心，牢记使命，扎扎实实，拿真章，出新招，让广大群众不仅经济上脱贫致富，还要他们扩视野、开脑洞，就像当年跟着老书记治沙一样，让大家紧紧地围绕在党和政府周围，落实政策，获得收益。

他告诉我，阿什罕苏木总土地面积为一百四十五万亩，其中沙地一百一十七万亩。三十多年以来，苏木历届党政班子，面对严峻的现实，都是以老书记为榜样，将生态建设作为刻不容缓的工作来抓。老书记就像一颗红星，闪耀在阿什罕人的小康之路的前方。人进沙退，阿什罕人在沙地上的征战，一刻都没有停止。

随着僧格的引导，我走进了展馆，也走进了那些在历史中依然熠熠闪光的故事。每一件展品、每一张图片，都在为我讲述着当年那个手捧红星、甘洒热血书写草原新篇的老书记，讲述着那些在风沙中顽强地睁着眼睛、在故乡的土地上流血流汗的乌兰敖都人。

一九五一年九月九日，毛主席在北京主持召开了全国第一次农业互助合作会议，讨论并通过了《中共中央关于农业生产互助的决议（草案）》，要求各级党委根据生产发展的需要和可能的条件，按照积极发展、稳步前进的方针和自愿互利的原则，逐步引导农民走集体化道路。这个“决议（草案）”，是党的第一个关于农业合作化的纲领性文件，在一九五三年三月修改后，正式公开发表。映入我眼帘的第一张图片，就是这个文件的放大版。

老书记根登正是以党中央这个决议为指路明灯，带领十八户贫苦牧民于一九五二年四月一日办起了中国第一个畜牧业合作社——乌兰敖都牧业社。他带领全体党员，通过认真细致的群众思想工作，先后发动五十余户、三百余人参加到合作社中来，把牧户土地、草牧场等整合划归到一起，将各家的牛、羊、车、马、农具等作价入股，共同经营，年终按股金分红；并根据社员劳动质量实行评工记分制，到年末，合作社除去生产费、农业税和提取的公益金、公积金后，按工分来分红。据记载，合作社集体收益最多时能够达二十万元。在根登老书记的引领带动下，以这个合作社为模范样板，翁牛特旗陆续办起了十二个这样的畜牧业生产合作社。一九五五年，毛主席就《翁牛特旗建立了十二个畜牧业生产合作社，使牲畜大为发展起来》这篇报道做了批示：“这一篇写得好，可供一切畜牧业合作社参考。”一九五六年这篇文章载入了《中国农村的社会主义高潮》一书。一九五八年，国务院授予乌兰敖都畜牧业合作社“农业社会主义建设先进单位”荣誉称号。

我看到了毛主席在这篇文章上的亲笔批示影印件，一种久久埋藏在心底的深情升腾而起，我不由得眼里满含热泪。全心全意为人民服务，人民群众的幸福生活，是中国共产党人为之浴血奋战的伟大理想！战争年代结束了，新的国家诞生了，在毛主席那流畅遒劲的书法中，一笔一画无不让我感受到，我们党的伟大领袖，这个将自己一切都无私奉献给了中国老百姓的人，当他看到中国的农牧民终于走上了社会主义光明大道的时候，那种喜悦与豪情。

根登老书记带领乌兰敖都人创造了很多第一。为了保障冬季牲畜的饲草料，他首创了夏秋围封牧场的做法，把繁茂的牧草留到冬季，解决了由来已久的牲畜过冬难的问题。一九五六年春，根登老书记开始带领牧民进行治沙大会战，全靠手工挖地播种，种下抗沙植物八百亩，在沙漠造林一千亩，将三千亩流动沙丘改造成为优良草牧场，并在沙地上栽植了枣树、葡萄、苹果等经济林，使乌兰敖都成为大沙地上第一个绿色的亮点，也通过绿化后的沙地为牧民们赢得了可喜的收入。

沙地变绿了，集体经济开始壮大，为了改善牧民的生活水平，在根登老书记的带领下，合作社先后办起了缝纫厂、乳粉厂、酿酒厂、修配厂，还建起了沼气池。在遥远闭塞的草原深处，在落后贫困的条件下，他们创造了崭新的好生活。我看见了，照片上旧日的蹦蹦房、茅草房，也看见了牧民在沙地工厂里劳动的情景；我看见了整体搬到馆内的当初老书记的故居，真的是简朴到现在的人们无法想象，报纸糊墙，唯一的家具就是那张油漆脱落的小炕桌，僧格告诉我，老书记直到去世，一直在乌兰敖都嘎查过着一个普通农民的生活。我还看到，合作社的工厂却是另一番气派——酿酒的蒸馏器、加工面粉的电磨、十数台脚踏缝纫机、院子里的东方红拖拉机、马拉收割机，都是当时最先进、最高档的。

僧格徐徐道来——日子越过越红火，乌兰敖都社员的集体主义精神越发高涨，大家干劲倍增，每一个人都把希望和幸福与合作社连在一起，他们自力更生、艰苦奋斗，用辛勤的汗水浇灌着社会主义新牧区的田园。那时候，乌兰敖都合作社社员们的平均工资很可观，已经高过当地普通干部的收入，家家户户都住进了有玻璃窗和电灯的新房，许多社员家里买了收音机、缝纫机、钟表、挂钟，乌兰敖都的小伙子成了周边草原姑娘们心中的金鞍骏马。

二〇一六年，阿什罕苏木政府为弘扬乌兰敖都畜牧合作社的光荣传统，在原乌兰敖都嘎查老村部院落基础上复原建立了这个纪念馆，真实地再现了乌兰敖都畜牧业合作社从酝酿建立到发展壮大的全过程。这个陈列馆所保留的既是历史的记忆，也是老书记留下的宝贵精神财富，激励着草原上的人们继续前行。

我站在根登老书记的照片下，久久仰望。

根登同志，一九五〇年加入中国共产党，一九五二年带领十八户贫苦牧民办起牧区第一个牧业合作社，先后担任合作社主任、大队党支部副书记、书记，多次被评为旗、盟、热河省、内蒙古自治区劳动模范，两次被评为全国劳动模范，十次出席省、自治区、全国农牧业先进集体代表会议。一九五七年二月，根登参加了全国七千人劳模大会，并在中南海受到了毛泽东、周恩来、邓小平、彭德怀等党和国家领导人的接见。此后，又在一九五八年、一九五九年、一九六七年三次受到毛泽东等中央领导的接见；一九七八年二月，根登受到华国锋、叶剑英、邓小平等中央领导的接见；一九八一年十一月，受到邓小平等中央领导的接见。一九七八年根登担任第五届全国政协委员。

僧格说，到阿什罕，还必须要到沙地里走一走、看一看，才能理解根登老书记当年的苦心，才能感受到新一代阿什罕人誓将黄沙变绿野的雄心壮志。阿什罕苏木党委和政府带领广大农牧民群众，通过治沙让百万亩沙丘旧貌变新颜，使得一大批贫困户脱贫摘帽，阿什罕苏木所辖的乌兰敖都嘎查，重现昔日辉煌，尽显今日新貌。听了僧格的介绍，我不由得心向往之。

车沿穿沙公路慢行，窗外是碧蓝的天、洁白的云，布满草木的沙原呈现无边的金色。虽然正值初冬，我看不见绿野繁花的景象，但是我凭借对草原的熟知，慢慢地从一片金黄中辨识出了不同的草木。最多的应该是白柠条、黄柳、沙打旺等，看来固沙治沙，还得依靠这些草原本土的耐寒、耐旱植物。从草木植被的密度看，科尔沁沙地虽然流动性大，但是有机质含量较高，只要把沙子固定住，植物的成活率还是很高的。真可谓：治理前，白沙茫茫，草原千疮百孔，一片荒芜；治理后，绿海无垠，草木茂盛，到处生机盎然。

阿什罕苏木因治沙成果显著，先后荣获全国防沙治沙先进集体荣誉称号、内蒙古自治区民族团结进步模范集体称号，乌兰敖都嘎查被评为全国民族团结进步模范集体。阿什罕的治沙成果还引起联合国的注意，有的国家慕名派人到这里参观学习，把阿什罕的经验带到了四面八方。

僧格介绍，阿什罕苏木总土地面积的百分之八十都是沙地，当地曾流传这样一句顺口溜，“人迷眼，马失蹄，白天点灯不稀奇”，道出了当时恶劣的沙化环境。从二〇〇九年起，阿什罕人以老书记为榜样，使用“一路治沙”模式，打响了治沙攻坚战，先后修通了三条总长一百余公里的穿沙公路。经过几年建设，植被覆盖率由过去的百分之二十一点九增加到百分之六十。全苏木一百一十七万亩沙化土地均得到了有效的控制和综合治理。为了这片绿洲，一代代治沙人贡献了最宝贵的青春年华，奉献了全部的力量和智慧。几年来，苏木采取超常规举措，打造现代生态产业集群，在生态扶贫方式等方面进行了大胆创新，创造了一个符合苏木实际的特色扶贫致富模式。

目前全苏木沙地上的公益林达到十八万亩，其中十二万亩归贫困户所有，年公益林补助资金二百余万元，苏木的一千一百多贫困人口，人均获利一千余元；全苏木共招聘护林员八十四名，其中包括四十六名贫困户，他们每人的年收入达一万元；苏木投资近百万元，从吉林引进加工设备，在苏木六个嘎查各安装一条生产线，把含高蛋白的白柠条等沙生植物加工成饲草料。全苏木有白柠条面积六十余万亩，通过隔年倒茬生态良性循环方式，分三批平茬，一年二十万亩，一亩可获利二百元，这样一年可创产值四千余万元，让群众获利；苏木投入资金二百多万元，高标准地建设了乌兰敖都嘎查宝门银沙海生态旅游景区，带动一百多贫困户发展肉食、奶食、民族刺绣等产业，户均年增收一万余元，实现了旅游精准扶贫，达到了共同富裕的目标。

僧格随手从地下捡起一些他们种下的植物残枝落叶，一一告诉我哪一种可以做牛羊饲料，是如何原生态又富于营养；哪一种可以编织柳条手工艺，在国际市场上广受青睐；哪一种可以加工成建筑材料……这片绿洲已经给予了深爱故乡、治沙不止的阿什罕人丰厚的回报。

在陪同我参观的过程中，僧格的电话铃声多次响起，他太忙了，总有处理不完的事情、解决不完的问题。自从开始脱贫攻坚决胜之战，他不仅一天都没有休息过，还要把一天二十四个小时当成四十八个小时使用，已经数不清开了多少个会，多少次踏入贫苦户的家门。干工作，他主张"民"字为本、"实"字为先、"干"字当头，自己首先身体力行，为了提高工作效率，他要求苏木食堂每天早晨提前一个小时开饭，吃饭时部署当天任务；晚上听取各工作队工作情况汇报，为第二天工作如何开展及早谋划。为了重点解决"两不愁三保障"方面存在的问题，他统领全体干部，对苏木一千九百五十六户常住户开展了四次一户不落的全面摸排调查工作，共发现危房改造、安全饮水、健康扶贫、道路交通、电力保障等影响高质量脱贫方面的问题三十六个，他一方面及时召开班子会研究解决办法，一方面积极与上级有关部门联系沟通，促使问题全部得到解决。

僧格深知，贫困群众自身创业门路不多、市场风险大等问题严重，于是实施了"党支部+合作社+基地+贫困户"的运作模式，以六十二家产业园、专业合作组织、家庭牧场和养殖大户为抓手，推动整个苏木舍饲高效畜牧业迅速发展。牧业年度牲畜存栏达到十五万零七百九十万头(只)，同时拉动地区民族手工艺品、绿色肉奶产品走向外埠市场；还通过政府补贴形式在那林高勒嘎查新建两千亩高标准绿色有机水稻基地，通过深加工精包装、打造品牌出售，使牧民人均增收一千五百元以上。针对苏木地广人稀、居住分散的情况，他积极想办法，多方协调，为全苏木六个嘎查、二十二个自然村全部修通了硬化路，为八十五户沙漠深处的牧民安装上风光互补发电设备，解决了他们的用电问题。他带领全苏木七千多名党员干部和牧民群众，为打赢脱贫攻坚战奋力拼搏。二〇一八年达到四个重点贫困嘎查全部出列。二〇一九年年底，阿什罕高日苏嘎查代表苏木接受了市级初审，以零问题的成绩得到肯定。高日苏、珠日干格日两个嘎查接受了自治区第三方评估验收和国家成效考核，均取得较好成绩。全苏木共有四百八十户、一千一百六十名贫困群众如期脱贫，贫困发生率下降至百分之零点零九。

“脚下沾有多少泥沙，心中就有多少真情。”初冬的夕阳映照着僧格黝黑的脸庞，草屑沾满了他的裤腿，泥沙覆盖了他的双脚。战斗正未有穷期，路漫漫其修远兮，他的眼睛里充满憧憬和豪情。按照党中央和国务院的要求，脱贫不摘帮扶。脱贫攻坚决胜之年，新农村振兴的蓝图已经展现在阿什罕的大地上。在中国走向辉煌的历史进程中，老书记根登的足迹历历在目，新书记僧格任重而道远。

当我们蹚过灌木草丛，离开阿什罕治沙现场的时候，天地无垠、万籁俱寂，这里的草原静悄悄。但是我知道这里的每一个生命都没有沉睡，都在冬天里无声地成长。我闭上眼睛，眼前浮现出一片萋萋沃野，玫紫色的羊柴，被我们草原孩子称为鸡蛋花的白柠条花，像小米般一粒粒鹅黄淡紫的草苜蓿花，还有那隐于草丛中的山兔、狐狸、野鸡，顷刻间都在呼唤着我，阵阵芬芳将我包围。我真的激动了，为这片失而复得的福地，为这片起死回生的草原，为阿什罕人亲手缔造的日月新天。

# 咬钢嚼铁的女支书

## 一

赤峰人能说会道，词儿硬，他们的语言带着大兴安岭山地的鲜活以及农耕文明的机智，风格极其鲜明。在赤峰行走采访，他们嘴里的两个当地常用语给我留下深刻印象，一个是咬钢嚼铁，另一个是快马急枪。

快马急枪的事咱们后说，先说咬钢嚼铁。一个敢于用尽生命之力，去攻克不可想象的困难，犹如用牙齿去嚼铁，终于把铁给嚼碎的人，你想他的主意得多正，耳朵根子得多硬，意志得多坚强！

这个人是位女性，今年快五十岁了，不知道哪个记者给开的头，网上都叫她萌婶。

她就是赤峰市松山区大庙乡党委副书记兼小庙子村党总支书记赵会杰。

赵会杰胖乎乎的，大脸盘，大眼睛，见面就带笑，笑得眉毛弯弯的，眼睛装着一个闪光的“水葡萄”。她和你握一下手，那手上的力量会告诉你，她在实心实意地对待你。“萌婶”这个称呼，亲切又可爱，不过，要是想讲好赵会杰的故事,绝不是“萌婶”一个称呼所能概括得了的。

贫困山村的农家媳妇、中国最基层的农村干部、让一个贫穷小山村走上幸福之路的致富带头人、金牌法律调解人、当面向总书记汇报扶贫工作的全国人大代表……赵会杰的后面,是一条色彩斑斓的河。

赵会杰本不是小庙子村的人，她出生在五十公里之外的初头朗镇福山庄。福山庄附近有个国营金矿,赵会杰高中毕业就在金矿上当了工人,属于最一线的工种,每天在矿石里寻找宝贵的金子,方法是挺原始的,用手工水洗淘金,对于一个女孩子,当然是很苦的。没想到还真淘到了金子,这“金子”就是相伴她一路走下去的丈夫吕福永。

吕福永在矿里生产科搞测绘,是小庙子村人。小庙子村的贫困远近闻名,不过面对有技术、肯努力、踏踏实实的这么一个好青年,赵会杰和所有恋爱中的女孩一样,心里唯有那双真诚的眼睛和温情的臂弯,不会考虑穷富之类的事情。后来,国营金矿解体,赵会杰和吕福永可以选择到另外一个国营煤矿工作,那样的话,吕福永可以留在福山村和赵会杰结婚生子,过着每天可以吃上大米饭的好日子。可是吕福永想回小庙子村,毕竟是父母在不远游,他想得更多的是整个家。这时候赵会杰心里开始乱了,一个农村长大的孩子,最懂得吃饱穿暖的重要意义,她见过每天处于饥寒交迫的同龄人,她知道对于他们来说,青春就是沦入垄沟的花瓣,爱情就是顷刻间从花瓣上掉下来摔碎的露珠,最不可知的就是未来。她还没有足够的勇气去面对这一切,她经常会半夜醒来,发现自己的脚正踏在一个悬空的门槛之上。

这时,姥姥说话了。姥姥说:“你看中的不是那个人吗?人忠厚有心,比地里的庄稼可靠。庄稼有大年小年,日子有三十年河东三十年河西,你嫁的是人。”

一直到现在，用自己的智慧和双手将小庙子村的日月换了新天的赵会杰,依然还会这样说:“我这辈子敬的信的人有多位,其中我姥姥是排在第一位的,我姥姥对我的人生影响最大。”

姥姥是个普通的农家母亲，也是一位非凡的女性。姥姥原是一个农村大户人家的女儿，家境优渥，得益于家教，略可识文断字，当年可谓凤毛麟角。姥姥嫁给了门当户对、英俊有才的姥爷，过上了衣食无忧的日子，用她老人家的话说，年轻时手皮脸皮都是薄薄的，手没拿过锄头，肩没扛过柴木。不料世事无常，姥爷某一次离家后便再无音信。姥姥这时有一个三岁的女儿，就是赵会杰的大姨，而肚子里正怀着赵会杰的母亲。

姥姥也曾以泪洗面，但最终做出了决定——委屈一点自己无妨，要让自己的孩子活下去。她嫁给了村中一位憨厚贫穷的农民。她告诉赵会杰，生了你妈妈，又生了你三个舅舅，我啥活都能干了，种地，放羊，进林子打柴火，上山采榛子、蘑菇，啥也不比别人家的媳妇差，还练就了一手好针线活。

赵会杰打小就是在姥姥家长大的，她每天都在姥姥家的厨房里转，因为厨房的梁上吊着一个筐，筐里总是装着玉米面白面混合的饽饽，大大的，暄腾腾的，一入口，那香甜味立马让人忘掉全世界。姥姥家过得好，仓里有余粮，手里有余钱，房子是瓦盖的，圈里有猪有羊。姥爷总是笑呵呵地说，咱家是老婆主事，你姥姥劳苦功高。姥姥说，吃不穷穿不穷，算计不到才受穷。三个舅舅被姥姥培养成了有文化、有孝心的人，姥姥的晚年很是幸福。

一九九一年，赵会杰出嫁，她是坐着乡间班车去的小庙子村。车上有送亲的娘家人，也有接亲的婆家人。班车一路向西，在大山沟里穿行。看不到一马平川的庄稼，也看不到郁郁葱葱的植被，昏黄色的山沟里，只有一条清澈的河在流淌，那就是小庙子村赖以生存的母亲河——阴河。不知道是谁那么不会唠嗑，竟然和新娘子说，等看到那个最秃的山头，你就可以下车了。赵会杰心里一紧，鼻子一酸，泪水直往外涌。她后来说，我也不知为啥，立时就忍住了。

小庙子村穷到啥程度呢，那时候没有留下具体数字，到二十年之后的二〇一〇年，人均年收入才达到四千五百元，五千多亩耕地有近四分之一浇不上水，产量很低，全村没有特色产业，没有村集体经济收入。这么说吧，一般人家偶尔能吃上一顿面食，大多数人家一年到头见不着大米。阴河南边的自然村里，孩子念书念到初中毕业就是相当了不起了。家人有病，一般靠忍和挺，去看病的路费都出不起。难难难，小庙子村像一只流浪在沙地里的羊，过着吃了这片草不知道下片草在哪里的日子。

村里的人都在夸老吕家老四，说他有本事，竟把一个富裕村的姑娘娶回家了，那新媳妇俊得很，银盆大脸，杨柳细腰，两个眼睛跟玛瑙似的黑亮黑亮的。他们不知道，新媳妇已经行动起来了。赵会杰记着姥姥的话，日子在自己的手里攥着呢，用不着东张西望，从眼皮底下开始干吧。由于吕福永当初在外面工作，村里没有分给他土地，家里也没有他们的住房。所以他们两口子等于没有基本生产生活资料。听说村里有人家的地没人手种，赵会杰和吕福永挽起裤脚，穿上农田鞋，开始在田里山里观察，终于租到了一块可心的地。他们开始起早贪黑，精耕细作，又买了毛驴和羊在家养着，再加上吕福永经常出去打工，也小有收获。他们的日子很快就有了起色。

姥姥说得没错，夫妻过日子，男人忠厚有心，比什么都重要。

赵会杰说："我们家吕福永啊，不善表达，更别说什么来点甜言蜜语，过生日给你买点东西，整点浪漫的事了，那都不会。但是内秀，人可靠，不论挣回来多少钱，他一分不剩全交给你，用当地话说，那是兜掏得比脸还干净。可能是我太强势了，不知道从啥时候开始，人家借坡下驴，自然而然成了甩手掌柜，我们自己小家里的事，老吕家家族的事，都以我为中心了。"

吕福永说："你这人快马急枪，话到手到，又能拿出主意，耳朵根子硬，咬定青山不放松，是当领导的料，理当能者多劳。"

到了一九九五年，村办小学需要老师，村委会上一商量，说，吕福永媳妇适合。为啥呢，讲话透亮，用语斯文，性格也好。于是赵会杰便当上了民办教师，一个人教幼儿园到三年级的几十个孩子。

那六年，赵会杰过得开心，虽然工资不高，只有一百五十元，但是有假期，不耽误家里种地。最重要的是她喜欢孩子，他们纯洁明朗，总是使人充满希望——小庙子村的明天在哪里，就在你们身上。你们今天认识几个字，明天学会演算一道题，慢慢地你们手里的课本就会带领你们的理想飞起来，飞到凤凰山的上空，飞到阴河的起点。到那时候你们就会明白了，爱故乡、做故乡的主人，是多么幸福的事情。将来你们或许会走得很远，但是故乡是你们夜晚里的梦，让你会日夜牵挂着不忘记。所以等你们将来有能力了，第一件事就是要为故乡做好事，不论大的好事，还是小的好事，只要做了，就会有一种快乐美满的感觉。赵会杰面对不同年龄段的学生，细语呢喃地启蒙孩子们的心灵，她也是不知不觉地在讲述着自己的心事。她在小庙子村生育了一儿一女，有了自己的房子和庄稼，有了好几百位花蕾一般的学生，她不再觉得自己是个外乡人了。自己就是这片土地的女儿，她像眷恋着父母一般，依偎着这片土地，向这片土地付出着真情。如今回过头来一看，赵会杰教过的学生现在长大了，干啥工作的都有，大都分布在赤峰市的各行各业，无形中成了赵会杰造福小庙子村的人力资源，他们没有忘记赵老师当初的教诲。

还有一件值得赵会杰受用一辈子的事，就是她为了提高自己的教学水平，边工作边学习，经过函授和面授，虽然考试的时候没有一次性成功，到底还是几经冲刺，通过了成人高考，取得了大专文凭。拿到毕业证书那一天，姥姥正在她家小住，她老人家放下手里正在给重外孙女缝制的棉裤，慢条斯理地说，管它是不是大学本科，自己一场一场地考下来的就是最好的。一场一场地考下来，这话让赵会杰领悟到，为了理想，别无选择，只有一场一场地考下去。

二〇〇〇年，村委会需要一名计划生育委员，大家的意见又是完全一致，推举赵会杰担此重任。十年之间，赵会杰劳心劳力，奔走在小庙子村六个自然村的计生对象家之间，山道崎岖，寒冬酷暑，骑坏了自行车，换上小摩托车，使得小庙子村在计划生育方面的考核指标年年如期完成,从未掉过链子。

二〇〇九年年底,乡党委书记找赵会杰谈话,通知她作为村党支部书记候选人参加换届选举。

赵会杰说:“哎呀书记,我怎么有点忐忑不安呢?”以她对小庙子村现状的了解,以她对自己性格的了解,她感到有压力。

原来的村党组织，可以说是涣散的，因此多年遗留的问题积重难返,要想让这个村子起死回生,开始进入良性循环,需要从诸多方面入手,绝不可能凭一股热情就能一蹴而就。在中国乡村当一名基层干部,或许比在某些机关当个处长科长什么的要难很多。你的头脑要装满各种政策法规;你的手要触摸大地,要知道一亩地谷子该施多少农家肥,要知道母羊生产的时候蹄子先出来该怎么办，要知道一棵山杏树能打下多少杏仁……你的心胸要像草原一样开阔,容得下万马奔腾;你还要善解人意——苦巴苦力的庄稼把式,精明的牲畜贩子,躺在病床上叫天天不应、叫地地不灵的贫困户,他们为人做事的方法你都要懂……赵会杰觉得又一场考试来了,考得好,需要好几年才能证明;考不好,一个选举就落荒。

她跟乡党委书记说:“……我不行吧?”

乡党委书记说:“你还没干呢,怎么知道不行。”

赵会杰说:“有点不自信。还是……找个更强的人来干吧。”

乡党委书记说:“你是共产党员吗?”

赵会杰眼睛睁得好大,说:“瞧您这话说的,我当然是一名共产党员了。”

乡党委书记说:“党的组织原则你知道吧,个人服从组织,下级服从上级,全党服从中央。组织上的人事安排都是经过认真考虑的。”

## 二

二〇〇九年，赵会杰三十九岁，在村党支部的换届选举中高票当选党支部书记。

人民对美好生活的向往，就是我们的奋斗目标。小庙子村的村民盼穿双眼的事情就是四个字——“摆脱贫困”。在第一次亮相的村委会上，赵会杰给自己立了个军令状：“我的第一责任，就是办好群众盼望的事情！”

从前的生产和工作，再难再累，只需要一个人动手动脑，干起工作来，自己快马急枪的性子好使。如今，这是把小庙子村两千七百口人的温饱康乐、生老病死全接到自己手里了，果真是万事开头难啊！

二〇一〇年接到上级通知，赵会杰去自治区参加培训，这是自治区专门针对落后乡村负责人举办的培训，通过学习了解了其他地区由后进起步，一步步改变面貌的经验和思路。赵会杰心里清楚，自己这个小庙子村的当家人肯定是不好当的，但是只要努力，办法总比困难多，别人行，小庙子村没有不行的道理！她想，汽车驰骋需要性能良好的发动机，大雁高飞需要英勇无畏的领头雁，党组织就是村上脱贫致富的发动机和领头雁。赵会杰带领支部成员，重温党章，重振精神，建立和完善了村党支部“三会一课”、民主评议党员等二十五项制度，实施党员岗星化管理、全村党员挂牌示范等措施，规范党员的行为。她说，把制度贴在墙上看看，拿到会上说说是方式，落实到每一名党员的行动中才是目的。她可是咬钢嚼铁、一口唾沫一个钉的风格，哪名党员行动不到位，她是要全体党员都坐下来说道说道的。

一直以来，村里连个固定的村委会办公室都没有，既然决定把这个书记干出个样来，那么就要先在人前打个样儿。赵会杰不想要什么高端大气上档次，只想有个简单实用的办公场所兼会议室。她去乡里争取资金，争取到的资金还有很大缺口。吕福永说，设计费你不用愁了，我免费设计，建筑材料你也不用愁，从家里搬，资金若还不够，咱家的存款不是由你经管吗？该用就用。就这样，小庙子村终于有了一个可以召集全村人、凝聚全村人的行政中心。

从当选之日开始，赵会杰每天都是打着车灯下班回家，顾不上给丈夫做一顿可口的饭菜，儿子闺女顾不上照顾，开始像草原上的羊一样散养，自己从来没有时间睡到自然醒，更不可能悠一会儿闲，追个剧、逛个淘宝什么的。赵会杰觉得自己已经变成每一条垄上刚出头的苗，变成每一棵树上花后面坐下的果，变成了大棚里咔咔拔节的胡萝卜，变成了林子里湿漉漉的蘑菇。她把自己生命的每一秒都给了自己的村庄，小庙子村的一草一木都长在她的身上，走到哪里都带在身上，日日夜夜都挂记在心里。

赤峰市松山区的地理位置处于燕山山脉和大兴安岭的接连带，沟壑纵横、山峦起伏、林地交错。在蒙语里有一个古老的单词叫“杭盖”，意思是有着蓝天、白云、草原、河流、山和树林的世界，历史上清、明、元乃至更遥远的鲜卑、契丹、女真时代，这里就是杭盖，是古代少数民族游牧和狩猎的地方。小庙子村坐落在山根沟边，守望一条发源于西侧燕山山地的阴河。从清代农耕戍边之后，经过多年的开垦演变，至今在这块本不适合农耕的土地上，贴补丁似的，仅仅积累下五千三百七十亩耕地，村人均耕地不足两亩。小庙子村背面有个凤凰山，赵会杰常常站在山头上一览全村概貌，总是不由得感慨万千，沉思良久。

她看的不只是这五千三百七十亩土地，也不是这五千三百七十亩土地可以收到多少斤粮食，或者种什么作物可以事半功倍，获得更多的收益。她看的是桥和路。

一条阴河穿村而过，由于没有桥，河南自然村的老百姓每天站在河边，想象着对岸的景象——那车水马龙，从来处来，到去处去，为何而来，为何而去？那些没有观察过世界的眼睛，每天充满迷茫和梦幻般的猜想，也满含着悲苦和忧伤——开学时节，正值河面上的冰层开始融化，一对母子从河面上走过，结果一失足就落入水底。当人们发现的时候，他们已经在夜里降温的时候，和冰冻在了一起。孩子们要上学，地里的物产要出售，有多少人从来就没出过村？村里有多少人曾经冒险蹚河，只为卖几斤从山林打来的榛子？

要想过得好，阴河上面有座桥。这是老百姓的心里话。

村里只有一条砂石路，弯弯曲曲，凹凸不平，一到下雨和开化时节，别说走车，人行都难。因为没有一条像样的公路，改革开放这么多年了，小庙子村依然被埋没在大山的深处，远离世界的脉动，也感觉不到世界的火热，更不能踏着时代的节拍前行。

即使满地都是人参灵芝草，也是货到地头死。

桥和路至关重要，赵会杰要为自己的村子修一条路、架一座桥。

当时政府有个一事一议项目，赵会杰打了申请报告，获得批准，不过只给你百分之五十的经费，其余部分自行解决。没钱犯愁，有了钱还犯愁。赵会杰把前前后后自己认识的富人都捋了好几遍，眼睛落在了"武悦栋"这个名字上。

从小庙子村出去到锡林郭勒盟发展的武悦栋是名成功的建筑商，恰好还是吕福永的朋友。他说，这么多年我常常想着能为老家做点什么呢，这事好办。他接下了建桥这件事，圆圆满满地完成了任务，从此结束了小庙子村老百姓过河难的日子。

更多的故事发生在二〇一〇年。可以说，二〇一〇年是赵会杰面对挑战最多的一年，是赵会杰胜读十年书的一年，是这个年轻的党支部书记快速成长的一年。

春天，赵会杰几经上下奔走，终于使得"村村通"修路工程项目延伸到了小庙子村中。项目要求按照通城公路标准施工，不打任何折扣，该拆房子拆房子，改拆墙拆墙。这条路总长二十七公里，在小庙子村境内六公里，涉及村里不少人家的房屋、场院和庄稼，由于是临时添加项目，没有任何拆迁占用土地的补偿资金。从另一个角度看，等于为了村民的粮仓，挪了村民的饭桌，而粮仓的事毕竟属于明天。有的村民们怀疑上级给了补偿金，是村里给拦截了。赵会杰咬钢嚼铁，一天到晚挨家劝劝劝、说说说，嗓子彻底哑到再也说不出话来，一吐唾沫全是黑红色的血，也没有解决问题。医生说，你的咽炎已经非常严重，不能再说话了，必须马上手术，不然后果严重。赵会杰只得听从医嘱，赶紧做了手术。后来她给大家发放了一点补偿金，村民便主动配合村“两委”和施工方，拆墙拆房让出田地，施工得以顺利开始。只有很少的人知道，赵会杰也不想让更多的人知道，原本通城路延伸进小庙子村，就不在计划内，上头给的施工钱都不足，哪有什么补偿金，是她再一次掏腰包，把家里仅有的十几万元存款全部奉献了出来。

五月的末尾，万山春花已过，只剩下迟来的草乌头、蒙古枣在静静摇曳，天空朗朗，犹如碧透的大海倒扣在山村的头顶，小庙子村的人知道，施工队知道，赵会杰也知道，这个季节没有大雨。修路工程已经全线铺开，每天快速推进，村里的老少爷们、婆婆嫂子，站在一边看景似的看着工人干活，恨不得明天一觉醒来，他们就可以开着小四轮车，在光光溜溜的大道上“突突突”地进城卖鸡蛋、榛子了。

突然间，几个闷雷从头顶上滚过，晴着天，雨就来了，雨点挺大，重重地敲打着人们的脑壳，人们却一点没在意，因为此时不是雨季，老天落几个雨点，就像拿个胶皮弹弓子胡乱往树荫里打一下，逗逗鸟拉倒。没想到的是，话音未落，天上的云就聚集成了密不透风的黑幕，雨水像倒塌的屋顶一样砸下来，山洪随即冲下山，简直如无数醒来的猛虎一般，越过一个个农家院的山墙，涌到村庄和庄稼地之间的泄洪沟边。这里正是修路的现场，人们发现，修路用的砂石水泥和许多工程机械恰恰放在泄洪沟里，阻碍了洪水的去路。只见洪水一步掠过泄洪沟，直接就奔向了庄稼地。一千多亩的谷子和玉米，正舒展青嫩的身姿蓬勃地生长着，顿时被泥和水连根拔起，那些洁白的根须倒置着，在洪水中漂沦成团。

这对于一心扑在修路上的赵会杰是猝不及防的灾难。村民们没有别的什么了，他们一个春天搅着汗水埋在地里的财产，每天在睡梦里都回放几遍的指望，不复存在了。他们来了，站在村部的门里门外，开始只有一两个人，后来变成了一小群人，这些村民是来要赔偿的。

施工队也不是什么腰缠万贯的主儿，他们算的账是，修你这六公里的路，我们能挣多少钱，能不能保证给工人开支，还说不定呢。因此不愿意赔偿。

“你是干什么吃的？”

“当官不为民做主，不如回家卖白薯。”

这还是好听的。

泪水和雨水一起覆盖了赵会杰。哭归哭，问题还得解决。雨大，把田都泡软了，一迈步，脚拽出来了，靴子还在泥里，稍没站稳，光脚就插进了泥里，人便随着脚跌入泥水中。赵会杰摔成个泥人，领着相关机构的人员给受损失的农民丈量地。然后，跟施工方百般央求。她说，农民太不容易了，地冲了，没有赔偿款，到秋天他们吃啥呀，你们做工程，怎么也比农民强，尽量多替他们考虑考虑吧！回过头来，她进一户出一门，一家家地解释。她说，回头施工队不是还得给咱们修路吗？有了路，咱们富裕的日子就来了，能让点就让点吧……

由于说话过多，赵会杰嗓子的手术效果彻底被摧毁，她又成了一个哑嗓子，到现在也没有完全恢复。好在功夫不负有心人，在乡政府的支持下，事情基本得到圆满解决。

终于，路通了，桥也有了。老百姓敲锣打鼓地庆祝，家家户户摩拳擦掌、跃跃欲试。房前屋后，一堆一堆晒太阳的村民，有了聊也聊不完的新话题，就连在家里蒸粘豆包、喂小鸡的女人也出来逛了。小庙子村，这是要变了，无疑，要变得富裕、变得幸福。

赵会杰躲过了热闹场面，一个人来到安静的办公室坐下，没出息的眼泪到底还是流出来了，索性就让它尽情地流吧。流点眼泪，心里透亮。

平静下来后，她洗了一把脸，走出房门。她还有很多事要做。

一名村民堵在门口，见了赵会杰不由分说，破口大骂。原来，他家的地也是在大雨中被冲的，他认为给自己的赔偿太少，不够抵他的损失，便把抱怨都记在了村书记的账上。赵会杰说，大哥，你进屋坐，喝口水，消消气，咱们慢慢唠。

愚昧就是脏话的土壤，空空如也的大脑从不设防，一任垃圾落地生根。这村民，竟然蹦高跳骂，绝祖宗三代，语言脏不可言，仿佛上演一场单出头闹剧，一会儿就引来一群吃瓜群众。

“你们当干部的就是拿老百姓当猴耍……你他妈的就是……”

赵会杰再也忍不住了，她一拍桌子站起来，大喊道：“把你的臭嘴到阴河里边给我洗干净再来说话，当村干部的为大家服务不假，但也不是谁想踢就踢、想踹就踹的出气筒……你再骂一句试试？你再骂一句试试？”

这是赵会杰有生以来第一次和别人吵架。她一肚子的火瞬间喷射出来，向着骂人的村民一头冲过去。没想到，对方突然间蔫了，他开始是得寸进尺，看赵会杰不还嘴，还以为怕他呢。

老虎不是猫，这次发威还真有用了。这名村民退了，一些平常惯于火上浇油生怕事不大的主，作为观众，也明白在赵书记面前肆无忌惮，后果可能很严重。

过了一段时间，正赶上骂人村民的儿子预备党员转正，经过考核，在村支部顺利通过。骂人的村民私下说，我还以为儿子指定要吃我的挂落儿呢，没想到这女干部还有点度量，不记群众的仇……不久，这名村民家的孙辈孩子急病，赵会杰快马急枪地开车给送到市里的医院，跑前跑后地联系医生。那名村民说，我恨不得自己给自己两个耳刮子，想起当初对人家赵书记那个熊态度，真是臊死人了！这些事让老百姓竖起大拇指，也让赵会杰有了坚实的群众基础。

二〇一〇年，如此连云叠嶂、酸甜苦辣，赵会杰体重掉了二十二斤，也真正地进入了角色。

作为一个村子的党支部书记，不挣工资，没有对于生产资料的支配权。可是做好一个村的党支部书记，从某种意义上说，却是极具难度的考试。你的面前有一份厚厚的试卷，试题涉及乡村社会的方方面面，这些题你想回答也得回答，不想回答也得回答。所以你只有一个选择，遇到这些考题的时候，去翻试卷的后半部分，那里是为你准备的法律和政策，除此之外，试题以外还有时刻弥漫在民俗乡风之中的人情世故。可以说，在中国农村当下的历史巨变中，每一件看似琐碎的小事都和社会进步的大主题糅杂在一起。你要刻苦钻研、深度思考，也要有具体问题具体对待的能力。什么是一个村书记的基本素质，那就是心里能放牧一千匹马的马群，眼睛能穿过一粒米那么大的针眼，双手能把控每家的拖拉机方向盘。赵会杰这些年来，就是在这种错综复杂的环境中，一点点地成长、一步步地成熟、一年年地稳健。

二〇一二年，多年遗留下来的隐患死灰复燃，起了事端。原来前两届村委会工作出纰漏，一个姑娘许两个婆家，把一块土地同时包给了两家人。老王家说，这块土地是包给我栽树的，老冯家说是包给他家种粮食的，两家打官司，于是把村委会作为第三方一并告了。两家都骂村里，村"两委"显得十分被动。赵会杰想，政府工作有连续性，不能说新官不理旧政，于是赶紧接手，研究案情，查阅各种法律条文，询问当事人，请法院帮助调节，自己也在双方之间做工作。最后她发现其中一方，其实土地使用合同已经快到期了，自己却并不知晓，便做了双方工作，劝原告撤诉，一件复杂的案子就这样解决了。这件事让赵会杰陷入深思，作为基层组织给老百姓办事，事无巨细，一定要严把法律政策关，把工作做到细致入微，不留隐患，对未来负责。

为了早日改变小庙子村的贫穷与落后，赵会杰心里很是焦急。

她每天骑着一辆小摩托车，从合作社，到村委会，到镇里，到一个个贫困户的家中，面对许多从未遇到的问题，总是觉得自己的学识储备和阅历经验都不够用，总觉得时间过得太快，眼前堆积的事情太多，在快马急枪的同时，她无意中冒出几句感慨，被村干部们传来传去，就成了小庙子村的金句。有一天她和同志们在办公室填写贫困户识别统计表，上级要求第二天上午上报，可是熬到大半夜还没有完工，她困得上下眼皮快要粘在一起了，赶紧用湿凉的毛巾擦了把脸，脱口而出—— 一天应该有四十八个小时才对劲。还有一天，她骑着摩托车下乡，侧面来了一头毛驴崽，正好撞在她的摩托车上，旁边有个壕沟，她人和车全都栽了下去。她爬出沟，到医院一看，一条腿膝盖摔碎。可是第二天村里要召开会议，讨论通过修桥方案，她照常出现在会场上，大伙儿劝她休息，她又脱口而出——腿折了，脑子不是还能转吗？

理想是美好的，然而，仅有一腔的奋不顾身却是不够用的。中国的乡村，就像一棵扎根在石头缝的植物，扭扭曲曲地长了几千年，其间留下的任何一个痼疾，都不是一夜之间可以剔除的。乡村文明绝不是唱唱歌、跳跳广场舞、搞一场公益活动就可以建立起来的。新农村的文明必须有普遍的法律观念做基础。有一件事，又给赵会杰敲起了警钟。夏天浇地的时候，有两家动了拳脚。老王家的男人没有老冯家的女人生猛，让老冯家的女人用铁锨把大拇指给劈碎了。等赵会杰紧赶慢赶到了现场的时候，满地血迹，一片凌乱。老冯家的女人被派出所带走了，受伤的老王家男人也被送医院去了。当时赵会杰正在为引进建设项目而四处求援，忙得不可开交，如果她对此事不加臧否，转身离去，一切听凭司法部门处理，并无不对之处。但是她想，如果这个案件判下来，极大的可能性是打人者要坐牢，这虽然是公正的，但是对于这两家来说，结果或许就是两败俱伤。于是，赵会杰先去老王家劝解。她说，对你来说最重要的是医药费和赔偿金，把手指治好，她伤人坐牢，罪有应得，但家里少了一个干活主力，到时候还不上你的钱，你的问题依然解决不了；然后又来到老冯家，动员打人妇女的丈夫主动到老王家赔礼道歉，先拿出一部分医疗费以示诚意。一来二去，受伤者也渐渐消了气，主动到法院提出请求从轻处理。最后，伤人者被判缓刑，两家妥善地处理了理赔事宜，从此相安无事。

诸如此类的事情，赵会杰不知道处理了多少起，相关政策法律已经植入了她的大脑，变成了自然而然的经验。二〇一七年，赤峰市开始评选金牌法律调解人，赵会杰得票第一，光荣当选。

## 三

从二〇一〇年到二〇一七年，赵会杰与党员干部集思广益，通过协调资金、引进项目，让之前浇不上水的耕地都浇上了水，使庄稼作物有了生长保证。

小庙子村有种植胡萝卜的历史，但是规模不够大，由于比较封闭，村民使用的种子质量一般，田间作业技术也相对落后，所以产量和质量在市场上没有竞争力。二〇一二年赵会杰大力动员村民，上网寻找好种子，了解了市场需求，让家家户户看到了商机。她又带领村民到河北围场学习当地种胡萝卜的经验，探索机械化作业，鼓励村民种胡萝卜。当年全村种胡萝卜的土地面积达到了三千七百亩，到了秋后一算账，家家户户喜上眉梢，全村仅此一项总共收入就达到一千多万元。

人勤春早。到了第二年，地里的泥土还冻得硬邦邦的，人们的眼睛里仿佛看见了满垄沟红红绿绿的胡萝卜，早早地就开始了耙地膜、翻地，准备再创一个丰收年。万万没想到的是，东南亚市场突然动荡，赤峰胡萝卜供大于求，小庙子村赶在风口上，基本血本无归。几千亩地的胡萝卜卖不出去，堆在场院里做了饲料。年轻人扔下一院子胡萝卜，走了，加入打工大军，到城市里扛水泥、修地铁去了。他们觉得，打工最起码可以吃上大米饭和肉包子。

赵会杰带领村"两委"成员，痛定思痛，开始寻找能够让小庙子村焕发生机的可行性项目。深秋已至，在空荡荡的胡萝卜地边上，他们看见还有几个村民在田里干活。他们的地块不大，绿色的秧苗已经熟透，呈现出一片麦秸色的光彩。原来这是刘家营子自然组的村民，他们这一年没有种胡萝卜，而是利用有限空地，种了一些沙参、桔梗、牛膝之类的中草药，现下到了收获的时候。

赤峰地区干旱少雨，夏季阳光强烈，无霜期不长，村民用传统方法种植这些一年或两年生的中草药，虽说产量不高，但基本可以旱涝保收，还不像种胡萝卜那样过于消耗土地养分，可以多年连种，不用通过换种其他作物让土地休息。

或许种中草药可以成为小庙子村的一个产业方向。

这时候村里回来一位能人。他的名字叫李永波，此人在北京打拼十几年了，有了自己的公司和工厂，手里也有了一定的资金积累。他回故乡的原因主要是想多陪陪父母，同时也有在农村搞个项目的想法，据说他也开始研究上了中草药种植。

作为党支部书记，赵会杰了解每一位党员。李永波年富力强，三十多岁，虽然是个有钱人了，但是在村里敬老爱幼，每次回家都会去看看村里的老人，不管和自己有没有亲戚关系，他都像对待自己家的长辈一样尊敬，见了谁家有困难，绝对不会绕着走，借出去的钱有一百多万元了，人家不主动还，他从不要债。赵会杰最看重的是他的党员身份，他在村里过组织生活，只要没有特殊情况，他从不缺席。赵会杰认为李永波是一个有情怀、重承诺、守纪律的人。

正值村委会换届，赵会杰作为党支部书记要主持这项工作。她闭上眼睛，把已经提出参选的人在脑子里一遍遍过电影，虽然这些人选也有一些优势，但是综合起来，谁也不如李永波合适。

于是赵会杰主动上门，开始一顾茅庐。

“永波大兄弟，回来了？”

“书记大姐，你怎么来了？”

“怎么，不赶着回北京吧？”

“经营的事情交给了我弟弟、妹妹临时管着，我想在村里多陪陪父母。”

“咱村的蒙古族老人爱说一句话——雄鹰飞在天上，影子留在草原上。你到底是咱小庙子村的男儿，还是离不开老家吧？”

“那是呀，大姐。”

“既然是咱村人，就请老弟多多为咱们村发展尽力吧。”

“大姐尽管说，咱村现在缺点啥？我也正想着为家乡搞一点公益或者扶贫的项目呢。”

“那我就说了，咱村现下最缺的就是一位优秀的村主任。”

没想到李永波一个“不行”两个“不行”，退得老远。

赵会杰心里空落落地回来了，但是并没有放弃。她想，就是这个金不换的李永波了！我头拱地也要把他挖到村委会当主任。

赵会杰知道李永波是个孝子，从来都不会违拗老母亲的意愿，便去找赵老太太做工作。老太太也是不同意，她说北京那一大摊子怎么也不能完全交出去，当了村主任又要添一大摊子，儿子怕是忙不过来。

还有一个星期就要初选了，李永波仍然没有报名的意思。

这期间赵会杰找过他好几次，都没有成功。不过李永波向赵会杰吐露了一个自己的想法，那就是想搞一个种植中草药的产业，这和赵会杰的想法不谋而合。赵会杰立即热情地给予鼓励，建议他成立一个中草药产业合作社，带动全村一起走中草药生产加工一条龙的路子。赵会杰以往的为人，现在的这份真心和热情，一步步地打动着李永波。

正巧，赤峰市的政协副主席王晓峰到小庙子村调研，李永波是市政协委员，他们自然要见个面。赵会杰灵机一动，就来了个责任绑架。她说：“王主席我跟你反映个情况。”

“你们的政协委员也不支持我们村党建引领大发展啊，这不就是让我这个书记不合格吗……

“政协委员不担当，政协主席得替我们说话啊……”

王晓峰说：“会杰书记，你的意思是我这个副主席工作不到位吧？”

到了李永波家一唠，王晓峰再三鼓励，赵会杰把她考虑成熟的合作社思路一介绍，李永波说：“那要是老百姓不选我怎么办，还有不少人正在准备拉票选举呢。”原来李永波还是了解一些情况的。

赵会杰说：“那是在你没有参选的前提下，他们才有参选的想法。根据我掌握的情况，虽然你没有报名，但还有百分之二十的村民在推举你呢。”

李永波睁大了眼睛，半晌，他才说出了心里话：“只要老百姓选我，我就干。”

事情果然不出赵会杰所料，候选人名单一经公布，那情形正如赤峰当地话所说—— 一鸟入林，百鸟哑音。其他候选人纷纷主动退出，李永波最后以一边倒的多数票当选村主任。

松山区区长表扬赵会杰，说：“你这招可真是高明！”

全村党员群众士气大振，跃跃欲试，因为领导和老百姓都看到了这样的一种前景——李永波的加入，不仅给小庙子村带来一个合作社的蓝图，还给小庙子村带来了企业化的思维，而他对市场的敏感，在经营方面的机智，正好和赵会杰带动全村老百姓脱贫致富，走合作化、集约化宽广大道的思路相得益彰。

李永波做事情，带着一种强迫症般的惯性，一定要做得非常好，九十分绝对不行，一百分了，还要回头看，最终不达一百零五分不下马。赵会杰是快马急枪，说干就干，绝不拖拖拉拉。两个人雷厉风行，同心互补。“宏都种植专业合作社”很快组建成立了，根据小庙子村的土地禀赋，决定种植桔梗、牛膝、防风等中药材，方式是统一为农户提供种子、技术、市场信息，统一销售产品。

李永波在前方挂帅，赵会杰根据脱贫攻坚的相关政策，为合作社保驾护航，争取来扶贫、国家奖补等专项资金。二〇一七年，合作社以每亩八百元的价格集中流转村民土地一千五百亩。二〇一八年达到两千二百亩，种植药材品种增加到二十个，辐射带动全镇种植药材一万余亩。最初合作社只有九名成员，在我到小庙子村参观的时候，已经吸纳三百二十三户农户入社。在宽敞整洁的厂房里，洗药机器正在运行，一些清理去皮的桔梗像白玉似的堆积成小山，来自各个自然村的弱体力村民正在修剪着刚出土的药材，他们坐在厚厚的羊毛坐垫上，陷入桔梗的包围，像给孩子们打理食物一样，双手轻松娴熟，十分专注。他们看见我，脸上呈现出温和的笑容。

二〇一八年七月，合作社投资了三百五十万元，新建厂房两千二百平方米，建设蔬菜及药材清洗、加工、脱水生产线，热火朝天的合作社已经成为小庙子村脱贫致富的依托。

用李永波的话来说，带动贫困户脱贫致富是合作社义不容辞的责任。合作社成立以来，已经以每亩一千元的价格流转贫困户土地二百二十五亩，并优先雇用有劳动能力的贫困户到合作社务工，让他们的人均年务工收入达到八千元至一万二千元。二〇一八年带动村内二十八名贫困户脱贫。

随即，赵会杰申请注册了“小庙子村”商标，并以合作社和村委会名义申请了蔬菜和中药材深加工国家项目，继续纵深延伸产业链条，提高产品附加值，不仅要大力发展药材种植，还要进行清洗、包装等深加工。让村民在土地集约利用、产业多元发展中享受更多实惠。

赵会杰并没有因此而放松下来。赵会杰心心念念的是那些没有能力到合作社务工的特困户。

说起贫困户脱贫的情况，赵会杰犹如给我端出来一大筐苹果，她信手拈来，就是一个芳香四溢的故事。看她对村里五十几户贫困户的了解程度，就知道这些年来，她在扶贫工作上下了多少功夫。在讲述的过程中，她几次掉下眼泪。她有一句话，说得与众不同，值得在这里记录下来。她说扶贫要动真感情，要在心与心之间修路建桥。

小庙子村有一个个子最矮的妇女，只有一百三十五厘米高，她叫刘汉芝，从外村嫁到小庙子村以后，生了三个孩子，两个女儿、一个儿子。不幸的是，她的儿子在很小的时候被庸医扎针致残。不久她的丈夫患脑溢血去世，她家的生活每况愈下，到了十分艰难的程度。刘汉芝是个刚强的明白人，她对两个女儿说，别惦记着我和你弟弟，你们的路还长，该奔着好日子走，嫁得远一点没关系，只要能嫁得好一点就行。她没有哭，乐呵呵地把两个闺女送出门，看着她们上了婚车。

虽然是体力不济，又带着个残疾儿子，但是刘汉芝并没有失去生活的信心。为了生活，她贷款买了两头母猪，搞起了庭院经济。没想到的是，那年猪崽掉价，母猪又得了病，结果致富不成，反而欠了债。她家的生活雪上加霜，已经到了无以为继的程度。

赵会杰第一次来到她家。刘汉芝给赵会杰让了座，端来水。她自己却不坐，站在赵会杰面前，轻轻地一笑。那矮小的身子使她看上去特别像个孩子，然而她脸上那份出奇的平静，说话时那种得体、那种敞亮和坚毅，又显出她的成熟和理性。赵会杰的心里一阵酸楚，眼泪不由得溢满了眼眶。赵会杰见过各种各样的贫困户，其中见到干部就叫苦连天，为了多要点补助，一把鼻涕一把泪的大有人在。

赵会杰说："老姐姐，家里现在困难吧？仓房里还有粮食吗？手里还有现钱使吗？"

刘汉芝说："坚持坚持，还能过得去。"

赵会杰说："你现在是建档立卡贫困户，政府会帮助你家的。"

刘汉芝说："我还是想干点啥，靠自己的手站起来。"

也许她的手已经没有了扶自己站起来的力气，但是她的心里还有这种力气。赵会杰特别喜欢刘汉芝身上的这股劲。

她们的身后，传来窸窸窣窣的响声，原来是刘汉芝的儿子一直在炕上趴着。他的病十分严重，不能说话，全身除了脑袋思维还正常，右手可以动，其他部位都残疾了。只见他用胸脯蹭着炕慢慢挪动身体，使劲地直起头颅，仰着脸，盯着赵会杰。一望可知，那是他心里蕴积好久的块垒，此时都要通过这双眼睛来诉说。

这一刻，赵会杰心里好像浇了一杯滚烫的酒，瞬间全身的血液都燃烧起来，当她伸出手去抚摸这孩子的头时，她感觉到自己的手在颤抖。她说，好孩子，我明白，我知道，我一定尽所有的力量，帮助你治病，帮助你们家过上好日子。这孩子可能眼泪早就哭干了，他的一双眼睛突然变得通红，但是没有流泪。他那强立起来的头，无力地倒下。他歇了片刻，又奋力把头直立起来，他的眼睛转向自己的母亲，头微微动，“啊——啊——啊——”地发出混浊的喊声。那声音，来自他的胸腔，拼尽了气力，却是断断续续的，非常虚弱。赵会杰懂了，她赶紧说：“孩子，孩子，大姨明白，大姨明白，你妈妈不容易，我一定帮她、照顾她。”

如果没有病，这孩子也是个大小伙子了。如今他日日夜夜看得清楚，日日夜夜在绝望中苦苦期望，疼痛地挣扎着……同为母亲，赵会杰此时心如刀割，为眼前这位母亲和她的孩子疼痛。作为一名党员干部，她的心里更是万分焦急，脱贫道路上一个都不能少，自己责无旁贷！

赵会杰马不停蹄地给刘汉芝家申请到五千元的民政救助金，又申请了扶贫项目资金和扶贫项目贷款，给刘汉芝的病儿子申办了五保，根据政策将他的五保转为待遇更好一些的低保，总共为他们家注入三万元的支持。

矮小的刘汉芝，个头低于常人，但是她内心的能量却不能低估。赵会杰一有时间就会到她家走走。刘汉芝吸取上一年养猪的经验教训，利用扶贫资金重新开始养猪，她每天起早贪黑，熬猪食、打扫猪圈、给猪洗澡，精心到一丝不苟。别人用大盆端猪食，她端不动，就用小盆一趟趟多跑；打扫猪圈，她用小号的铁锹，干一个上午，也不肯休息。看着她满头的汗水和裤腿上的猪粪，赵会杰觉得自己有了一位可亲可敬又让人心疼的姐姐。

刘汉芝的猪出栏了，既有小猪崽，又有肉猪，她乐颠颠地告诉赵会杰，除了给儿子买了点药，她没舍得花一分钱，一次性把外债全都还上了。现在，她要再增加一个养鹅项目，她说都是庭院产业，在养猪的同时就顺便打理了。她托人给赵会杰捎来了两只小笨鸡，说是自家养的，别的东西啥也没喂，是吃玉米脐子和谷糠长大的。赵会杰捧着这两只小笨鸡，脑海里浮现的是刘汉芝矮矮的个子，在院子里跑来跑去地喂鸡的情景。她收下了这份沉甸甸的礼物，按照市场的价格，把钱给刘汉芝捎了回去。她知道，一百元在刘汉芝的生活里，不知道要掰成多少瓣儿来花。

年底了，刘汉芝又托人捎来了鹅蛋。那满满一大筐鹅蛋，各个饱满硕大，泛着淡淡的光泽，看着就诱人。刘汉芝来了电话，她说："书记妹子，这是我家病儿子让我捎给他大姨的，让你腌着慢慢吃。要是没有你和村里的帮助，我们娘俩指不定什么样呢，哪有今天的日子……"

赵会杰说："大姐啊，我收下了，我收下了，是我该感谢你，你能让我吃上真正的小时候那种味的大鹅蛋，太好了，不过钱你一定收下，给咱家儿子买点需要的东西……"

现在，刘汉芝一家已经高标准脱贫，据保守估计，人均收入是一万一千多元。当赵会杰再去她家时，刘汉芝满面春风，带着赵会杰在院子里参观，只见猪肥、鹅壮，院里有充足的饲料，一幅红红火火过日子的画面。当赵会杰走进里屋，就见刘汉芝的儿子已经挪动到炕边上，仰着头等着自己了。见到赵会杰，那病孩子扬起右手，吃力地拍着炕沿。刘汉芝说，这是让大姨坐下呢……

## 四

二〇一八年全国两会，习近平总书记参加内蒙古自治区代表团讨论。赵会杰作为发言代表，向总书记汇报了小庙子村党支部带领群众实现富民强村的工作。在赵会杰整个汇报过程中，总书记面带微笑、频频点头。

在审议结束时，总书记握着赵会杰的手夸她说得很好。

赵会杰说："一开始特别紧张，但是总书记连问几个小问题，像拉家常一样—— 一下子就不紧张了，感觉特别亲近，于是我发自内心地说，总书记，村民们的共同心愿，是让我捎句话给您，日子越来越好、风气越来越正、干活越来越有劲！我们由衷感激党、感激国家、感激这个时代。我代表我们小庙子村的全体村民向您发出邀请，请总书记到我们小庙子村看看。"

这一幕，由于媒体的轮番报道，让赵会杰成了家喻户晓的人物。两会上来自内蒙古自治区和全国各地的代表们，都向她投来关注的目光，她知道这是值得小庙子村人感到无比自豪的事情，更是令自己放开眼界、学习新观念新思路的大好机会。

赵会杰回到村里，按照总书记的指示，以新思路运作。到了二〇一九年春天，她又怀揣新的成绩单，来到两会——新建一百五十亩设施农业冷棚、两千七百亩膜下滴灌设施；新修五公里半环村路，给村校操场铺上了塑胶跑道；村里建起防渗防漏的垃圾填埋场、民俗博物馆和乡村旅游接待中心；村内公路上一百盏路灯安装完成……

赵会杰在会上和代表们说起小庙子村第一次被路灯照亮时的情景。她说，那天晚上，自己在政府加班做扶贫档案，回来得特别晚，进村的时候看见老百姓们都来到公路旁，坐在路灯下面的城墙垛子上，冲着路灯有说有笑，久久不愿离开。自己老远就看到了密密匝匝的人群，就像落在屋顶上的小家雀一样，这个情景，那么温暖、那么美好，自己一辈子都不会忘记。

二〇一九年七月十五日，赵会杰终于盼到了这一天，习近平总书记到内蒙古自治区赤峰市调研。赵会杰拿出六张小庙子村的照片，向总书记汇报一年半以来小庙子村的新变化、新发展。照片上，中草药种植基地一碧千里，村容村貌崭新整齐，一座新桥将阴河两岸连通，农民热火朝天地在田野里劳动，总书记在两会上关心的垃圾分类和厕所革命项目也有了新的进步。

二〇一九年年底，赵会杰被提拔为大庙子镇党委副书记，继续兼任小庙子村的党总支书记。经过十年村党支部书记到全国人大代表的历练，她的舞台在扩大，内心的格局也在扩大。她从小庙子村的崭新天地，展望中国农村的前景，她说“绿水青山就是金山银山”，也是我们脱贫致富的靠山，新时代的农民必须思考人类如何与自然和谐共存的大问题，才能走向更高层次的文明。

请看《关于启用民间资本助力乡村振兴的建议》《关于在北方地区推广免水冲式生物发酵技术厕所的建议》，从赵会杰向两会提出的这两个代表建议中，我们发现，这个立于时代潮头的村党支部书记正在以现代的科学理念、超前的未来眼光，带领自己的村庄走向理想中的新世界。

咬钢嚼铁、快马急枪，一个永不服输的女共产党员依然在冲锋——我们的赵会杰永不言败！

# 赵光明主任的这三年

在去林西县的路上，杨明霞反复向我介绍林西县扶贫办主任赵光明，见到赵光明，果然和她的描述对上了号，个子不高、身材精悍、气色红润，说话中气十足，走路精神抖擞。他带领我们在林西县大地上穿行，介绍林西县的扶贫工作；带我们参观设施农业、梯田果园；陪我入户采访，与乡镇、村干部交流，使我充实地度过了两天。他思维敏捷、滔滔不绝，对工作有些痴狂，对土地一往情深，这是他给我的第一印象。

二〇一七年十一月二十九日的深夜十一点，寒冷的北方大地气温零下二十摄氏度不止，风飕飕的，像小刀片割着人们的脸，间或有几片零星的雪花急促地掠过。在林西县入口的公路一边，一行人在等待一个车队的到来，为首的就是赵光明。严寒里，赵光明的眼镜一会儿一层霜，不知道已经放在衣襟里暖过了多少次、擦了多少遍。实在太冷了，他们一边跺着脚、搓着手，一边不停地向远方眺望。远方的客人你是谁，风雪夜归的人你是谁，让赵光明和他的部下们如此翘首以盼。

终于，黑暗的远方，呈现了一串萤火虫般的光亮，继而越来越亮，直至照到了他们的身边，车队没停。赵光明随即走近，大喊道："怎么样，有没有异常？”

驾驶室里传来回音，“中”。

赵光明一身的寒冷瞬间被驱散了，一颗在风中晃荡许久的心稳当了。他高高地一挥手，按捺不住的兴奋都体现在那振臂一呼中。他说：“走，让宝贝们进家！”

在场的人们无疑很理解赵光明此时的心情——他真是高兴，非常高兴，大家也同样高兴。

咱们长话短说。

赵光明本是学医出身，主攻计划生育临床技术，毕业后就被分配到县计划生育服务站工作，主刀做计生范畴内的手术。他的理想就是钻研下去，做一名在业务上有成就的专家。没想到，某天组织上一个命令，就把他提拔成了办公室主任。领导们认为赵光明这个同志除了善于钻研业务，还善于带领大家做事情，应该让他练练，把潜质变成实绩。于是将赵光明放到了机关的枢纽位置上，由静到动，赵光明在很短的时间内就适应了。由此，赵光明完全转行，而后被认可为优秀后备干部，不断地换岗——从计生局办公室主任到乡镇政府副乡长，再回计生局当副局长，然后又到乡镇当人大主任，不久又被调回县里任政务服务中心主任。谈论起干部，人们常常使用“万金油”这个词，与众不同的是，在林西县委田向存书记的字典里，“万金油”是个褒义词，就是放到哪里就在哪里闪闪发光、放到哪里都给力加油的意思。赵光明就是干一行爱一行的那种到处闪光的“万金油”干部。县政务服务中心主任是个什么活，多么劳累，多么闹心烧脑，这里不必细说。赵光明果然又干得不错，广受好评。可是，他突然生病了，由于忙，赵光明发现自己身体不适的时候，肝部腺瘤影像显示已经非常明显。学医出身的赵光明面对这种情况，心里有两个预估。第一个是认为自己在四十多岁的年纪长这个东西，恶性的可能性很大；另一个预估是，他感觉自己的病不是什么大不了的事情。出于对自己身体状况的全面了解，对医学的信任，对自我把握身体的信心，他毫无惧色，做完手术之后，很快重返工作岗位。

人们没有发现他的异常，只是有点奇怪，赵主任为啥十几天不见，出差了？进修去了？

赵光明说：“也算是进修了两周吧。”

“七〇后”的赵光明，得了这样一场大病，的确好好地品读了一次人生。他凝视了死亡，体验到了无奈，最终找到了光明。生命是脆弱的，一个人的内心却可以让生命变得坚强。

赵光明的自我调整开始了。手术后，医生给他开了很多药，赵光明服用后，发现身体无力，嘴里出现溃疡，他想了想，就果断把药停了。继而，他开始每天快速走路锻炼，不论飞雨飘雪，每天坚持五公里，从未间断。渐渐地，他的身体强壮起来了，心里便把有病的事给忘了，每年复查，结果甚好。

二〇一六年，领导说：“让你出来做点事怎么样？”

“啥事？”

“目前脱贫攻坚到了关键时刻，按计划林西县要在二〇一八年摘掉国家级贫困县的帽子，需要有人担起扶贫办主任这个重担。”

赵光明觉得自己做这个工作有一定基础。计划生育工作当初也是全党动员、全民参与、规范化建设，现下的扶贫工作更是如此；不同之处是扶贫办的工作面更宽了，要在党和政府的领导下，去联合协调全社会诸多方面，这一点，自己在政务中心的工作中也积累了一些经验，应该能干。

领导关心地问：“身体能吃得消吗？”说句后话，也就是田向存这样有魄力的县委书记敢于提出这样的人选。

赵光明起身一站，让领导看到了自己坚持锻炼的成果。

领导放心了，赵光明的妻子可担心得够呛。她说：“赵光明同志，人们都说身体是革命的本钱，咱可不敢逞强好胜，不然……”

赵光明递过来一摞医学书籍，说：“我对自己的身体研究得明明白白，本钱没有丢，备不住还增多了点。”

妻子说：“我有一个条件，你得答应。”

“啥条件？”

“每天按时下班，按时回家吃饭，我知道你爱吃啥，啥对你身体有利。”

“这不可能，答应了也办不到。”

妻子无语，便退一步说：“那你保证双休日在家休息，不可熬夜。”

赵光明的回答很实在，他说：“第一条还是答应了也做不到，第二条答应你。”

赵光明就这样走马上任了。“扶贫开发工作是党组织赋予的一项光荣而艰巨的政治任务，作为一名党员干部，要不负组织重托和群众期盼。要扑下身子、放下架子，自觉与群众打成一片，在精准扶贫工作上不等不靠，务求实效。”赵光明上任之后，始终没有忘记县委书记田向存对他的一番叮嘱。

他首先改变自己的观念。扶贫办不是具体的办事机构，更多的是要动员全社会都来参与扶贫攻坚这项伟大的工程。

因而，赵光明把宣传党和政府的扶贫政策、宣传本地扶贫攻坚的实际成果作为开局第一要务。他要让全县老百姓都了解和理解这次扶贫攻坚对于他们意味着什么，让他们知道这次人类历史上开天辟地的壮举就在自己的生活中，每个人都有权利和机会参与，并因此获得幸福。同时他要让老百姓知道，幸福的生活是奋斗出来的。通过一系列的努力，报纸、电视、手机、宣传栏以及发送到每个家庭里的通知告示，扶贫干部走门串户地口头宣传，林西县的大地仿佛被春雨荡涤了一遍，一个全社会大扶贫、家家谋致富的氛围形成了，在林西县农村，哪个村富裕了，周边的老百姓就开着车到那个村去看，看来看去，自己就行动起来了。

然后，赵光明大刀阔斧，开始了扶贫办机构的大调整，将职责笼统模糊的部门，化整为零，变成十个组，清晰明确了每一个人的职责，人人身上背负了指标，工作任务日清日结，机关内部很快呈现出人人全力以赴的局面。

为了实实在在做点事，也为了彻底研究一下扶贫政策怎样精准实施，赵光明自己主动承包了全县最贫穷的樱桃沟村。这个村没有水浇地，全是坡地，种植条件非常不好，过去以人工种玉米、散养肉羊为主导，没有任何产业。赵光明首先带领这个村的“两委”班子到全市的脱贫先进村参观，看人家是什么思路，然后让他们带领村民去干，自己负责出点子，协调实施易地搬迁并联系相关部门和企业。很快，樱桃沟村修成两千五百亩梯田，梯田上了滴灌，栽种上了“一二三”野果，每亩四十八棵到五十二棵，每棵树可以产生效益一百元；又在山坡地上改种甜菜，甜菜抗旱保收，经济效益令人欣喜；接着完成了贫困户低保全覆盖；还通过成立养羊合作社，盖棚圈，引进畜牧生产科技指导员等方式，既改变了散养羊群破坏生态的弊端，又使村民的养殖业得到发展，收益大增。

所有的星期五晚上和周六、周日，都成了赵光明的工作时间。他对自己说，焦裕禄不是说过吗，吃别人嚼过的馍没有味道。作为扶贫办主任，第一手资料比什么都重要。做了多年计划生育工作，他还有一个优势，那就是熟悉林西县的每一寸土地。现在，他又来了，自己开着车，带着一暖壶水，累了就在车里眯一会儿，饿了走到哪里都有小店……全县一百零三个行政村、六百四十五个自然村，他走了不止一遍。一些情况特殊的村子，一些重点贫困户家，他去过四次。赵光明为了在调研中更好更准地掌握第一手资料，他采用深入浅出的方式，通过走村入户发放征求意见表、个别访谈、召开座谈会等方式，在谈笑风生中和群众打成一片，与群众零距离交流，准确把握贫困群众的贫困现状和当地潜在的资源优势。在充分了解掌握县情民意的基础上，召开各层次人员会议，集思广益，针对贫困群众反映强烈的问题，制订工作规划和年度发展计划，厘清工作思路，确立工作目标。杨明霞告诉我，林西县的干部们就是能够做到这一点——哪个贫困户家房上掉了一块瓦，他们马上就知道。

林西县面积三千九百平方公里，地处内蒙古高原东部边缘，境内河谷、中低山、丘陵相间出现，地形复杂。这里旱灾频发，有“三年两头旱，五年有三旱，十年九春旱”之说，属于典型的“老、少、边、穷”地区。

赵光明说，林西县最大的劣势就是水浇地少，人均不足两亩，二十世纪八十年代林西就是全国计划生育红旗县，现在看，双女结扎户有四千五百二十三户，独生子家庭一万五千户（由于孙子进城带走了父母，留下的爷爷奶奶就成了事实上的孤寡老人）。他统计了一下，林西县现有六十岁以上老龄人口五万以上，占总人口的百分之二十一点七，大部分的贫困特困户出自这个群体。很快，赵光明向县委县政府提交了自己关于进一步开拓脱贫攻坚工程的整体模式：党建引领，园区带动，以企带村，以社带户，金融全覆盖。经过认真研究，这个思路得以实施。

赵光明说，这个思路的核心，说一千道一万就是产业，扶贫没有产业等于龙无头、鹰无翅。赵光明夜以继日地研究的就是搞什么产业能够更有力度地带动贫困村民的问题。妻子从睡梦中爬起来，又是焦急又是心疼，只好化谴责为幽默，她说，赵主任，现在已经是新一天的早晨了，能不能闭上眼睛歇一歇？你累垮了，地球照样转。

你猜赵光明说什么？他连头都没有抬，眼睛依然盯在摊开的一堆资料上，回了一句：“转是转，慢三圈。”

在机关，他是一位运筹帷幄的领导；在田间地头，他是一位出谋划策、无微不至的贴心人；面对脱贫攻坚的一个个新课题，他更是一位锲而不舍的学者……到扶贫办工作三年，他战胜了病魔，但两鬓日渐斑白，老乡们亲切地叫他老赵头，赵光明也乐呵呵地答应着，后来老乡们和他相处久了，不知道是谁在这个称呼前面加了一句定语——身上有股用不完的劲的老赵头。赵光明说：“为俸禄而工作，那是辛苦的；为工作而工作，那是无味的；为享受而工作，那才是幸福的。我把扶贫当作一门艺术，我在享受它，所以就有使不完的劲。”

赵光明与县领导多次外出考察、查阅大量资料，经过多方可行性调研，将德青源二百五十万只金鸡、正邦二百万头生猪全产业链、15.6兆瓦光伏农场等产业扶贫项目引入林西县，依托这些重点项目和农牧业龙头企业的支持，通过“企业+基地+农户”的方式，创造了符合地域实际的甜菜、金鸡、生猪、中草药、野果五种产业脱贫模式，建立了企业与贫困户之间的利益联结机制，全县所有具备劳动能力的贫困人口获得产业扶贫全覆盖，获得来自生产性、财产性、劳务性和资产性四个方面收入。二〇一七年，这五种产业发展模式共带动建档立卡贫困人口八千八百六十三户、一万六千五百七十三口人，占贫困人口总数的百分之八十二点六，人均增收一千六百五十元。同时，通过整合财政涉农资金，撬动金融资本和社会资本参与，推行“园区+企业+农户+贫困户”的经营模式。全县投资四十三亿元，开工建设脱贫产业园区两处，带动建档立卡贫困人口两千零三十五户、四千六百七十九口人，人均增收一千五百元。

遍地开花的扶贫产业，给贫困群众带来了信心，赢得了群众对精准脱贫工作的支持，呈现出巨大的带动力量和令人欣喜的前景。

采访中，我们谈起中草药和饲料种植，赵光明信手拈来，谈到这个中草药产业链延续，他还真是有好思路。他告诉我，黄芪特别适合在旱地种植，一般两年可收，若不收，来年继续生长，年头越长，药用价值越高，一般药厂用主干做切片，用毛须做药丸，一些梗叶等可以直接粉碎，加入牛羊鸡饲料，其药用价值在牛羊身上可以继续发挥作用。另外，例如牧草紫花苜蓿，可以种在水果林间，一旦种下，永远不用重复种，年年收益……说起这些，赵光明的眼睛直发亮，仿佛看见了大片的绿水青山、金山银山。

要做就做最好的、最强的，这是赵光明的口头禅。德清源集团是全国最大的蛋鸡企业，德清源在林西县租地建厂，贫困户年收租金百分之十，德清源吸收贫困户做工，每月工资三千余元，同时，拉动周边农民种植饲料，将周边农民合作社和个体养鸡生产纳入他们的渠道进行统一管理销售，还接纳大批农村大学生回乡就业。目前，德清源已经成为林西县扶贫的支柱产业，也成了当地农民心中自己的企业，百姓富裕了，企业也因此越做越好。大伙说，扶贫办真是给自己的家乡做了件一举多得的大好事。

站在高速路边上接车队的事，发生在二〇一七年十一月二十九日，德清源企业从河北房山往林西县运送第一批鸡苗，总计六十万只。从早上到深夜，赵光明时刻惦记着路上的鸡苗，用他自己的话说，我呀，从来没有过如此这般地坐立不安，当初得知自己生了病都是淡定自若，今天是实在坐不住了，恨不能一眼见到那些小鸡苗。赵光明说，我就是不去接，待在家里能睡着吗？这六十万只鸡苗，一路行程十个小时，天气寒冷，它们会不会受凉，会不会没有水喝，会不会生病，一路乘车，会不会出现颠簸拥挤？一旦出现点什么问题，企业受损失不说，当地农民的信心也会受挫。

当赵光明跟着浩浩荡荡的运输车，进入了车间，在温暖明亮的车间里，双手捧起一只小鸡崽，抚摸着它柔软的绒毛，看着它滴溜溜转的小眼珠，被周围小雨滴一般的鸡叫声包围着，赵光明心里的喜悦溢于言表，他的部下和企业人员看到了他噙在眼睛里的一片湿润。

二〇一八年，林西县提前一年通过严格的第三方验收，成功脱贫摘帽，二〇一八年荣获“全国扶贫攻坚组织创新奖”。赵光明说，摘帽并不等于工作的结束，脱贫不脱帮扶，对于贫困户，我们必须扶上马、送一程，脱贫和下一步的乡村振兴之间没有空隙，必须连在一起。

我到林西县采访赵光明的时候，他正和从前一样在去十二吐村入户调查的途中。

当我写完这段文字时，赵光明通过微信给我发来了好几个奖状——二〇一八年内蒙古自治区脱贫攻坚扶贫系统先进个人、林西县改革开放四十周年脱贫攻坚先进工作者、赤峰市二〇一八年脱贫攻坚先进个人、赤峰市优秀党务工作者……看得出,虽然他已经被提拔到了赤峰市社科联副主席的新岗位上，但是他仍然为自己曾经投身扶贫攻坚这一伟大的历史壮举,感到无比的光荣和自豪。

# 赛拜诺书记

此前，“阿什罕苏木那林高勒嘎查”这十一个字，对于姚远来说，就像原本熟悉的一堆宝石此时突然被连缀成了一条异样又斑斓的项链。其汉字的内涵不翼而飞，变得像天外来客的诗句一样难以破解，这深邃的组合意味着怎样的隐秘，她很想知道。

姚远，“八〇后”，女，汉族。大学毕业之后，在翁牛特旗司法局工作。二〇一八年被组织部门选调到那林高勒任驻村第一书记，她属于初出茅庐，此前只有短期的机关工作经历。

阿什罕苏木那林高勒嘎查，阿什罕苏木那林高勒嘎查……姚远开始用舌头一遍遍盘这个名字。阿什罕——平坦的草原上崛起的山包，苏木——乡镇，那林高勒——细长的河，嘎查——村。她终于念顺嘴了，弄明白了。

姚远没有更多的准备，带着匆匆学会的一句蒙语“赛拜诺”就出发了。

春天里，周边的沙地草原上绿意复苏，正在一寸寸地覆盖黄沙，太阳露脸的时间长了，泥土里孕育了一冬的霜雪徐徐升腾成潮湿的空气。

羊群、牛群如梦初醒，四处觅食。杏花嫩嫩的少女脸，从每一家的院子里探出头来，欢迎姚远的到来。

相对于赤峰市境内更多的半农半牧村庄，这里是纯牧区。这个“纯”字，主要体现在语言上，嘎查的乡亲们都讲蒙语。这里的年轻人，出去上过学的，蒙汉语兼通，他们一般对客人使用汉语。不过一旦使用汉语和你交流，与你就有了无形的距离，等于告诉你，你不属于这里，你是客人。

姚远开始入户摸底。她面带真诚的笑容，一心想摸清情况，以便因人施策，尽快让这里的贫困户从困境中摆脱出来。她以为使用蒙语问候一下，距离就会拉近。见到大姐，她不说“你好”，而是说“赛拜诺”；见到大爷她也先问一声“赛拜诺”。村民一听蒙语，感到挺亲切，高高兴兴回答她“赛拜诺，赛拜诺”，接着就用蒙语和她对话，问她是谁。她立马听不懂了，人家一看她愣愣的表情，就转身忙自己手里的活计去了。时间一长，老乡们就知道了，这个新来的年轻女书记，就会一句蒙语，牧区的事知道得不多。传来传去，姚远就有了一个外号——“赛拜诺书记”。姚远知道了，不仅尴尬，更是着急。

驻村工作队一共五个人，除了姚远自己以外，其余四位同志全是使用蒙语交流的蒙古族干部。在工作中，他们为了照顾姚远，硬扭着自己使用汉语，说着说着却往往不由自主地回到了母语中。到了工作之余，同志们难免要放松一下，聊聊生活、开个玩笑，这时候姚远只能在一旁看着，看到人家笑，她也跟着傻笑。

姚远下决心学蒙语，每天不管多忙，都要强迫自己记住几个蒙语单词，记住了，虽然说得磕磕绊绊，也要硬着头皮用一用。她知道不说，就永远张不开嘴，虽然学会蒙语，不是一朝一夕的事，但必须争分夺秒，学了就用。她每一天都在和时间赛跑，因为村党支部和村委会，加上驻村工作队全体成员平均年龄五十多岁，只有她一个人会使用电脑。她这个第一书记，白天要入户帮扶、张罗给贫困户解决各种困难，晚上还要点灯熬油，汇总各种数字、填报各种表格、撰写各种材料……所以，她只能利用在食堂吃饭的时间，到贫困户家办事的时间，见缝插针地试着说几句蒙语。

登记羊的时候，她不说一只羊，说“讷个好尼”；看牛的时候，她不说五头牛，说“塔布五斯”。见了大姐，她改口叫“额格齐”，见了大哥她改口叫“阿哈”。每当她安排蒙汉语兼通的同志给牧民讲政策，她自己先当学生，坐在一边细细地听，慢慢琢磨蒙语的表达逻辑和汉语的表达逻辑有什么不同之处。她渐渐地发现，蒙语是一种非常智慧、非常优美的语言。

有一天，村民开会，男男女女来了一屋子人。姚远提前就准备好了，她在主持会的时候，似乎无意地点起了村民的名字。先叫女人的名字“乌兰琪琪格”，然后再用汉语翻译一遍：“红色的花”，以此类推：“娜仁琪琪格，太阳花”“乌仁琪琪格，有灵性的花”“曹布敦琪琪格，像珍珠一样的花”“曹布敦其木格，圆润的珍珠”；再点男人的名字：“赛音图，好男子汉”“新吉乐图，有财富的男子汉”“巴雅尔图，聪明的男人”“青格勒图，辽阔明朗的男人”“曹克图，精神抖擞、英姿飒爽的男子汉”。没想到会场一下子热闹起来了，这个给她纠正瑕疵，那个向她介绍还有哪一位“琪琪格”今天没来，告诉她还有哪一位“图”是个小青年，在外边做买卖。姚远想起了一本书上的话——文化就是一条通道，可以使人们从四面八方走到一起，没有一个民族不喜欢敬重自己文化的人。果然，姚远感觉到，从那天开始，村民再见到她明显不一样了。她再说“赛拜诺”，牧民便会接过话来，用蒙语告诉她，专项扶贫资金买的小羊羔拉回来了，然后再用汉语重复一遍。要是遇到了她听不懂的蒙语，村民又不会用汉语表达的时候，村民就会折断柳条在地上画图，配上汉语单词和肢体比画，最终让她弄明白啥意思。

第一书记的工作就这样进入了轨道。

一天，姚远带领工作队的同志们进门调研贫困户情况，突然接到了一个电话。在电话里，有人说："姚书记呀，我要和你谈谈。"

"谈什么呢？"

"谈的问题多了去了。"

"那您是哪位？"

"我叫李柏寿。"

"好的，好的。现在不方便，回头去你家，咱们见面谈好不好？"

这时候有人从背后轻轻地拽了一下姚远。姚远回头一看，是个知情人。

他告诉姚远，李柏寿可是个人物，他的特点就是爱上访，赤峰去过，呼和浩特去过，北京也去过。如果问起他上访的原因，能回到二十世纪八十年代，你就听吧，那记性跟录音机似的，那嘴跟鹰嘴似的，词硬，得理不让人。姚书记，这人不是贫困户，要我看，可听可不听，再说咱们够忙的啦。

"那他为啥上访啊？"

"陈芝麻烂谷糠吧，都是咱们解决不了的事。"

姚远自从驻村以后，每天都在边工作边思考，她意识到自己缺少的不仅是语言沟通能力，还缺少对这片土地历史文化的了解，有的时候她感觉自己就是一棵易地搬迁的树。你来的时候，根被原来的那坨泥土包裹着，如果你始终在那坨土里盘绕，最后肯定因为缺失营养而枯干，所以你的当务之急就是继续深扎，呼吸这里的空气、吸吮这里的山水，直至成为真正属于这片土地的植物。

这个李柏寿能够告诉自己什么呢？他是一名在这片土地上生活了一辈子的老年人，记性像录音机，又有语言表述能力，不正是自己求之不得的吗？再说，作为党员干部不能失信于民，已经答应去他家谈，那就必须去。

姚远所见过的村民大都朴实拘谨，见到干部搓着两只手腼腆地笑，问他点事情，总是用简短的语言回答你，很少遇到滔滔不绝地跟你唠起来没完没了的主。

到了李柏寿家，姚远考虑了一下，为了能够更深入地和李柏寿沟通，她决定一个人和他谈，便让同来的工作队队员暂时离开。这个李柏寿和他的老伴可真让姚远开了眼，人家那叫不慌不忙，娓娓道来。他们的回忆从二十世纪八十年代的土地包产到户，到近期的村小组内的利益冲突；从整个嘎查在土地、沙漠、林地、水库的产权变更过程的每一次纠纷，到这个纠纷对当今的影响。他们全都一股脑儿倒了出来，还不时穿插引用一些法律条文，加以分析佐证，说得那叫头头是道。随着他们的讲述，姚远开始在自己的大脑里放电影，嘎查周围的草场、水库、山林一一浮现，这些地方她大致看过，现在想想，如果再去看时，自己或许就能在一定程度上，可以用老百姓的视角从自然禀赋、生产资料所有权、土地流转过程中的矛盾等方面了解村情民情，今后扶贫施策，如果涉及这一切，心里又有了一些参考。“没有调查，就没有发言权”，说得真对。

姚远一直没有插话，静静地听着，时间在李柏寿一会儿慷慨陈词、一会儿絮絮叨叨的节奏中，不知不觉地过了两个多小时。突然，李柏寿像是被谁从梦中叫醒了似的，闭上了嘴巴。

姚远说：“大叔你怎么不讲了？我还没听够呢。”

李柏寿说：“逗你大叔呢？从前的多少个上级，没有一个不嫌我磨叽的，总是说你到底有啥要求，快说，我们还有事，就走人了。你今天是让我把话都说完了。”

姚远说：“大叔你还没说完，你说的这些事都是过去的，过去的事和现在有啥关系啊？”

李柏寿一拍脑袋，可不是，他话题走得太远，居然忘了目的地。

原来李柏寿说这些，是为证明他家在当初分草场时曾经遇到了不公平。他说，现在也知道这是很难翻回去的旧账本，但是我不说又有谁知道到底是怎么回事呢。姚远细问后明白了，老两口的最终诉求就是请政府不要把他的低保户取消。

他家原有一万余亩草牧场，当时他们家两个儿子没结婚、两个闺女没出嫁，这是按六口人分给他们家的草场，现在国家每年按照这个面积给他们家发放草牧场补贴，届时一并打到李柏寿的卡上，李柏寿再将儿女的那部分转分给儿女。可是在审定低保户资格的时候，工作人员发现了这个问题，一算账，两口人有这么多草场收入，怎么能当低保户呢?就核销了他家的低保户待遇。

姚远告诉李柏寿和他老伴，我从一个法律工作者的角度分析，过去的问题时间太长了不是那么容易就能解决的，你到处上访也不是解决问题的最好办法。建议你们进行人民调解，实在不行也可以提起诉讼，但是，无论用什么样的办法，都得有充足的证据，仅仅依靠简单的村民证言是没有法律效力的。另外，你们老两口年龄大了，当下最重要的是把身体养好，日子过好，最好不要多劳心动气。老两口听了姚远的话，若有所思，眉头渐渐地舒展开了。

刻不容缓，姚远立即着手调查，认定李柏寿老两口的财务清晰，草牧场补贴中的确包括其儿女的部分。更正厘清这件事需要联系乡政府民政、畜牧、财政等部门。姚远特事特办，专门抽出时间，跑这几个部门，有时候一天跑两三趟，最终再次征得他们老两口同意，将当年的草牧场补贴中他的子女的部分如数打到他们各自的一卡通上。这样，按照低保的纳入标准，他们老两口被纳入了低保范围，可以享受相关的国家政策。

这低保还真是救急。一个月后，李柏寿的老伴因为腹部长了一个肿瘤住进了医院，李柏寿给姚远打电话的时候声音很低，明显没有了往日的慷慨激昂。姚远有点担心老人，利用周末休息的时间，带着孩子到医院去看望了他们，临走的时候给他们留下了二百元，让他们买点水果。他们看到姚远的儿子跟妈妈一起来了，由衷地对孩子说:“你妈妈真是好干部。”

老两口的脸上，昔日的怨气和忧愁一点点消失了，工作队又按照一系列扶贫政策，将他家列入全村统一工程，盖了三十平方米的新房，拉了电、打了井。老两口感激地说："七十多岁了，新生活才刚刚开始，多亏有了党的好政策和你们这些好干部。"

姚远乘公交车回家，遇到他们老两口去旗里复查，看见姚远上了车，李柏寿急忙从兜里掏出二十元给了司机，说是这个闺女的车费。姚远赶紧说："这怎么能行？"李柏寿说："兴你处处关照我们，就不兴让我们表表心意，有个礼尚往来？书记，我们心里啥都明白，明白你真是不容易，平时驻村，周末还经常开会办事，跟孩子在一起的时间太少了，为啥带着孩子去看我们，那不就是舍不得离开孩子，又放不下我们吗？"

理解就是鼓励。李柏寿的话让姚远眼睛里一下子涌出了泪水。

嘎查有一名患直肠癌的贫困户村民，每个月都需要到赤峰市医院进行化疗，按照旗里的健康扶贫政策，他每次化疗完需要准备好收据、诊断书、药品清单等材料提交到苏木医保所，审核通过后由旗社保局进行医疗费兜底。因为他本身生病，妻子每天忙着照顾他，还要种地喂养牲畜，导致有两次没能按时提交出院材料，未能尽快报销，为他下一次住院增加了经济压力，也使工作队的健康扶贫任务不能很好地完成。

姚远去看他，说："大哥把这件事交给我跑吧。"

这位村民说："可不敢，可不敢，哪能劳烦领导呢。"

姚远说："大哥，啥领导啦，叫妹子，我有私家车，一脚油门就去了，别客气。"

这位正在为此发愁的村民，一看姚远说得这么实在，每次出院后，就把各种材料原件一并交给姚远，姚远帮他复印后，上报到苏木医保所，审核无误再将原件给他送回去，保证了每次报销的医药费准时到账。

有位工作队队员说："我们书记够忙的了，这跑来跑去的活，不应该是她干的。"

姚远赶紧示意他打住，乐呵呵地说："一脚油门的事，一脚油门的事……”

在姚远的眼睛里，只要利于扶贫的，无论大事小事，都是她最愿意干的事，都是最值得去做的事。

嘎查还有一名贫困户的情况特殊。他叫青格勒图，平时老实巴交，喝点酒，胆子和脾气就不一样了。四年前他想买几头牛，发展家庭畜牧业。手里没钱，赶上有个搞民间借贷的来了，他也是心急吞了热鸡蛋，没多想，借了一万元的高利贷，结果就陷入了麻烦。到日期了，对方来要账，他竭尽所能，到自动取款机取了款，就交给了对方，什么凭据也没留，也不知道向对方索回借条。对方拿走了钱，过一段时间又来要，他说还了，对方说没还，冲突就开始了。对方强硬，他心里窝火，又不敢惹人家。他想打官司又不知道怎么打，找嘎查，嘎查也没有办法帮他。工作队队员到他家了解情况，他喝了闷酒，把工作队队员给撵了出来。

他是贫困户，为了让他振作精神，尽快致富，姚远去做他的思想工作。姚远说：“我不是来帮助你打官司的，你的官司啊，我看打不赢，法律是讲究证据的，咱们没有证据，空口无凭，得不到法律的支持，打到哪里也赢不了。我是来和你商量商量怎么能把家里的日子过得好起来。咱家基础好，你有养殖这方面的经验，抓上几头母猪，很快就能见到小猪崽，要是咱们富起来了，一万元还是事吗?用得着愁得天天喝闷酒，气得一宿一宿地睡不着觉吗？”

最后，青格勒图将姚远的话听进去了，在国家产业扶贫政策支持下，种地、养猪，很快进入良性发展轨道，现在不仅已经脱贫，还过上了越来越富裕的日子，一切忧愁都烟消云散了。

姚远来到那林高勒嘎查的时候，嘎查有一百三十个贫困户，现在已经全部脱贫。姚远高兴之余，会在下班人静的时候，一个人躲在宿舍里和远在六十公里之外的儿子来一个视频通话。作为一名母亲，无论工作多么忙，儿子都在她心里最柔软的地方，一分钟都不会离开。儿子刚上小学，他经常问妈妈，别人的妈妈都能参加学校的家长会，你为啥总是好多天让我找不到你，你的家不在咱们家吗？一想到儿子的话，在外人面前女汉子一般的姚远，就会偷偷抹眼泪。后来，姚远和爱人商量，一定要让儿子知道妈妈为啥很少有时间陪他，知道还有人过着住旧房子、穿旧衣服、得了病治不起的生活，明白妈妈就是为了让他们也和自己家一样有新房子、有面包、有香肠、有汽车，正在辛苦地工作着。姚远不断把嘎查里的生产生活场景拍成视频发给儿子看，在她不加班的双休日、节假日，就带儿子到嘎查来，一家人一起到贫困户家慰问，聊天、喝香甜的蒙古奶茶……儿子终于知道了酸奶是用牛奶做的，牛奶是从牛的身体里挤出来的，为了获得多的牛奶，要给牛吃草，要把牛放到草原上去觅食……玉米原来是在泥土里长出来的，肯德基的大烤箱里的奶油玉米，是用地里长出来的玉米烹饪的……那些放牛的人、种玉米的人，不应该是贫困户。

驻村第一年，在年末的考核中，嘎查“两委”成员、驻村工作队队员、村民代表投票，经上级考核，姚远被评为优秀第一书记，得到三万元驻村补贴。姚远将这些钱拿出一大部分用到集体伙食和工作支出上。到了二〇二〇年，赶上疫情，嘎查有两家贫困户没来得及卖牛羊，没有钱缴纳合作医疗费，眼看着到了最后的缴费期限，姚远又默默地自掏腰包给他们解决了困难。

二〇一九年下半年，姚远被提拔为苏木的组织委员，这就意味着在第一书记的重担上又加了一副担子。姚远告诫自己，基层工作任重而道远，不是谁都有机会可以投身到这场历史性的攻坚之战的，能够用自己的奋斗给别人带来幸福的人，是最幸福的人。想成为中华民族伟大复兴的有用之人，无捷径可走，经风雨、见世面才能壮筋骨、长才干。要做起而行之的行动者，不做坐而论道的清谈客；要当攻坚克难的奋斗者，不当怕见风雨的泥菩萨；要在摸爬滚打中增长才干，在基层历练中积累经验。

嘎查的乡亲在传说姚书记被提拔了，不给咱们当书记了。没想到，姚远和往常一样又出现在嘎查的村委会里、贫困户的炕头上、集体的牧场上。在一个工地上，她看见几名年轻人，上午十点就停了工作，坐在一起喝酒。姚远觉得挺奇怪。

“你们怎么回事，不好好干活，大上午地喝什么酒？”

“……”几名年轻人有点羞愧难言。

“你们是本嘎查的吗？拿来户口本或身份证给我看看。”

几名年轻人，二话没说，就掏出了身份证或户口本给姚远看。

姚远不由得问这几个毫无顾忌的年轻人道：“你们知道我是谁吗，就把证件给我看？”

没想到这几名年轻人异口同声地说：“认识认识，早就认识。”

其中一名小青年有点调皮，他嬉皮笑脸地说：“你不就是那个赛……姚书记吗？”

姚远一听扑哧就笑了，她知道他想说的是——你不就是那个“赛拜诺书记”吗？

小青年们接下来的话让姚远深深感动。他们说：“姚书记，你给咱嘎查人办了那么多好事，我们怎能不信服你。咱嘎查的人都说，你要走了真舍不得，想留你，又怕耽误你前程……”

姚远说：“那你们听我的，把酒收了，抓紧干活。”

小青年们果真听话，收了酒，拿起了手中的工具。

这一幕，姚远的儿子全都看在了眼睛里，因为当时他和父亲一直站在母亲身后。

# 在乌兰布统草原上

说起赤峰市西南部的乌兰布统草原，你即使没有去过，也一定听说过。乌兰布统草原是内蒙古自治区的著名风景区，也是一个有故事的地方。清代这里是皇家木兰围场，也是康熙皇帝以二十万大军歼灭准格尔大汗噶尔丹的古战场。看吧，在起伏辽远的草原上，湖泊、沙地、湿地、林地、河流星罗棋布，回环缭绕。夏季，绿野如翠，净水如玉，百花璀璨，丛林幽幽；冬日，大雪无垠，原驰蜡象，冰清玉洁。有人说这里是整个蒙古高原的缩影，有人说这里是北欧的精粹版。乌兰布统总是让摄影家和游客们流连忘返、赞不绝口，没有谁会把眼前的美丽和“贫困”两个字连在一起。的确，借助身边的风景，靠经营旅游致富，有人成就了自己几辈子的梦想，过上了好日子。然而，许多年来，美丽并不是万能的神话，贫困无处不在，乌兰布统苏木最核心的风景地段黄芩塔拉嘎查，就是一个贫困村。

二〇一六年，年轻的代小飞从旗政法委被调到乌兰布统苏木任副苏木达，分管全苏木的扶贫工作，兼任黄芩塔拉嘎查驻村第一书记。2015 年 11 月，中共中央、国务院印发《关于打赢脱贫攻坚战的决定》对

“十三五”期间脱贫攻坚做出全面部署，要求全党动员，全民参与，在全国范围内，各省市自治区按照精准扶贫、精准脱贫的基本方略，因地制宜，分类施策，打赢脱贫攻坚战。乌兰布统离克什克腾旗首府经棚镇一百二十公里，代小飞知道自己这一去，不可能每个双休日都能回家，事实上等于把两个孩子和一个家都扔给了妻子照管。妻子是旗司法局的办公室主任，工作很忙，身体状况不太好，在单位也承担着两个贫困户的扶贫任务。关于自己家的诸多事情，代小飞不放心，但是也实在不能多想，到了乌兰布统苏木和黄芩塔拉嘎查，迎面而来的工作就像一千匹骆驼似的把他包围了。

乌兰布统苏木有六个嘎查、二十七个自然村，共计三千七百五十八口人，如果按平均值计算，人均年收入一万六千元，生活水平是相对富裕的。全苏木还有因老弱病残造成的贫困户二百六十八户、五百九十二口人，其中的黄芩塔拉嘎查为二〇一四年建档立卡贫困村，贫困人口比较集中。代小飞接手扶贫工作后，他沉下心来，带领嘎查“两委”班子、驻村工作队队员开始了摸底走访，在深入全苏木所有贫困户家的过程中，一边详细了解贫困户的生产生活情况、致贫原因、收入来源和发展意愿等基本情况；一边每天读书思考，研究乌兰布统的历史背景、地理环境、如何解决旅游产业和生态保护的矛盾。不停地给自己的大脑充电，成了他的必修课。

乌兰布统草原地广人稀，中华人民共和国成立后除了部队的军马场在此驻扎，从事牧业生产的人口并不多。后来当地出台土政策，交一千元就可以迁入，可享受当地牧民待遇，因此外来人口陆续拥入。这些人口的背景很多样，大多数是从贫困地区来的，他们到乌兰布统，一开始放羊放牛放马，后来跟着市场潮流做起了旅游，一般都是养几匹马，为游客提供骑行牵马服务。旅游业发展起来之后，很多外地的个体经营者来到这里建立宾馆酒店，建立娱乐设施，经营旅游，使人口组成更加多元。因此这里虽然是牧区，很多人会说蒙语，但是人们的思维习惯还是以农耕文化和商品意识为基础的，比一般牧区的问题复杂一些。

刚到不久，代小飞就遇上一件令人生气的事。有一名叫李生宝的牧民，为了占便宜，在政府给牧民投放建立牲畜舍饲棚圈专项扶贫款的时候，和一家不想建棚圈的贫困户私下交易，冒名顶替使用这个贫困户的扶贫款，在自己家院子里盖了一个棚圈。代小飞入户调研的时候，已核对过材料，却发现贫困户的院子里并没有建起来棚圈，于是追问起来。贫困户便支支吾吾地说不清了，代小飞说这是政府给的扶贫补助款，你不发展生产，就不能拨款了。贫困户只好说实话，原来他的建棚圈补贴项目转手给李生宝了。代小飞说，你领我去，我要见到实物，国家的补贴一分钱也不能乱用。结果到了李生宝家一看，他家院里果然建起来了一个新棚圈。代小飞说，咋回事，你们要说实话。李生宝就是不说，代小飞便一语戳穿——你们这是冒名顶替，是犯法的事，我是绝对不能把扶贫款批给你们的。

代小飞这句话还没落地，李生宝噌一下冲到了代小飞面前，一副地痞的架势，开口就骂人，用的全是不能入耳的低级词汇。代小飞完全没有思想准备，愣在那里半天才缓过神来。他说，你不要骂人，我是文明人，不能和你对骂，但是我要告诉你，不论你怎么闹，我就是要扣发这笔钱。李生宝一听，撸胳膊挽袖子，一边在身边踅摸打人的东西，一边就冲过来了，嘴里嚷着，你不发钱，我就上告……代小飞也火了，他用胳膊一顶拦住了这个发疯的人，可是转身的时候却发现，院子里已经围了很多村民，他们不吱声，干看着，不知道揣的是什么心思。后来一调查，原来嘎查里，还有十几户使用这种冒名顶替的办法低价转出了扶贫专项款指标，让别人家盖了棚圈。代小飞的话令嘎查里弥漫起一种剑拔弩张的气氛，十几户擅自低价转手棚圈专项扶贫款的人家，加上十几户擅自接受的人家，在嘎查也是一股不小的力量。一时间，代小飞行动起居时，都能感觉到背后有冷冷的目光。

草原上的人们饮酒放歌，本是一种于冰天雪地孤独寂寞中生产生活留下的习俗。长期以来，酒就是一把涂上了麻药的双刃剑，给人的东西看上去是快乐，实际上是混沌和鲁莽。牧民们每天骑着马赶着羊群翻山过河，辛苦之余，便沉迷在酒杯里，吃一顿饭，喝半天酒，那是常态。代小飞初来乍到，最犯愁的就是组织牧民们开会，特别是在下午，每次连三分之一的人也来不了，来了也带着醉意，你在上边讲，他在底下唱，不高兴了就骂人。酒还是贫困的孪生兄弟，贪酒之人，往往就变得懒惰，变得冲动愚鲁。记得有一次，开会认定贫困户，有位牧民就歪斜地站出来了，说，那×××能当贫困户，我为什么不能当？代小飞说，对贫困户的认定是有具体条件的，你没困难，争这点待遇干什么，当贫困户光荣吗？当上贫困户是为了摘掉贫困户的帽子，不是一天到晚晒太阳，等着政府送小康，你懂不懂？结果，那个牧民就要上了酒疯，会被搅乱了，自己还生了一肚子气。怎么办？老村干部老党员们说，酒这个事一时是治不了了，等到下一代人的生活不苦了，酒鬼就会少了。代小飞半夜睡不着觉，苦苦琢磨，终于想了一招，从那以后把会都安排在上午开，上午人是清醒的。

现在，面对着擅自转卖棚圈扶贫指标的事情，代小飞又陷入了沉默。一个声音在他的耳边敲小鼓——你抛家舍业出来扶贫，辛辛苦苦不容易，还没有干出大成绩，让人背后一马鞭抽你脑袋上，最快也得半年才能治好，若是这些人浑不懔，集体往上给你写封检举信，最起码你得澄清一阵子，反正这些人也有其他收入，最终脱贫也没大问题，退一步地阔天宽，随他们去得了；另一个强有力的声音在他的耳边敲大鼓——一名党员干部的使命、担当大于一切，捍卫国家的法律和党的政策就应该无私无畏。经过反复研究，代小飞坚决果断拍板，扣发了这些人家的棚圈专项补助金。又因人而异、重新施策，给贫困户兑现了其他脱贫项目。

一个绿草如茵、清风送爽的乌兰布统景区重新绽放出无限魅力。后来，嘎查举办了第一届牧民运动会，李生宝两口子都得了冠军，发奖的时候代小飞和他们说，你们两口子这是要把金牌包揽回家呀，给你们点个赞。李生宝十分不好意思地说，对不起了代苏木达，那天喝了点，你别往心里去。这事就算是过去了。

这件事确立了代小飞在老百姓眼中公平端正、坚持原则的形象，也让代小飞觉得自己被动地上了一课。基层的工作看似没有大事，其实件件都是大事，必须办好办实，稍一放松，就有可能让以后的工作陷入难以拔腿的泥沼。为什么那么多贫困户不愿意在家院子里修棚圈?无疑是缺乏生态环保的观念。他想起来了，来到黄芩塔拉嘎查，随便和村民聊天，都会有人告诉他——我们见过钱，老天爷给过我们好日子，那时候我们卖羊卖牛的钱多得很。其实他们并不知道，从另一个角度看，那是超载放牧的结果，六亩草场只能放一只羊，六十亩草场只能放一头牛，你非要在六亩草场里放六只羊，在六十亩草场里放六头牛，你前脚抱着钱回家，后脚草场就沙化了，风刮过来，黄沙就起来了，你发个两三年财，你看家的财富之源就消失了。这么一个苦恼的悖论，村民们一时是想不明白的。现在你让他们把牛羊赶回圈里养着，每年一头牛花很多的饲料钱，他们当然不愿意干。他们就愿意赶着一大群羊像白云那样在草原上游动，走到哪里吃到哪里，省钱又省力。岂不知，这种貌似与过去一样的逐水草而游牧看上去很美，却可以放纵人们趋利的欲望，任其发展下去，草原的每一寸土地上都会站满牲畜，所有的小草将不复存在。每到春草发绿的时候，苏木和村“两委”的干部须到进入草原的路口站岗，拦截四面八方任意进入草原的畜群。政府好心好意地给当地牧民盖棚圈，他们从心里并不领受，宁可收取一点现金，转手他人。再也不能让这种风气继续下去了，否则，乌兰布统完全有可能成为另一个科尔沁沙地。

作为一名在内蒙古自治区长大的青年人，代小飞自幼就知道，游牧文明就是珍惜草原的文明，知道传统的游牧生产不超载过牧，牲畜移动着吃草、不践踏草场，既可以保护一方水土，又可以养活一方人，是天人合一的大境界。而现实中，乌兰布统为什么会出现如此逆天而行的现象？关键的症结就是人们还没有找到一个好的致富产业。总书记说过，“绿水青山就是金山银山”。一定要守住乌兰布统草原的好生态，绝不可以把脱贫攻坚和生态保护对立起来，那么，使这两者统一起来的致富之路在哪里？在赤峰市的其他旗县，为了脱贫攻坚，政府可以给贫困户提供诸多产业项目，任由人们根据自家情况进行选择，你说是入股种杂粮、种中草药还是经营大棚蔬菜种植，或者到各种企业打工，都可以取得较好的收益。而在黄芩塔拉嘎查呢？黄芩是一种中药，塔拉就是草原，这里曾是长满中药材的地域，但是一旦在草原挖掘中草药，那后果就像在大地上割开无数口子，后果是十分可怕的，而种地就意味着开荒，显然也是不行的。草原唯一可以利用的就是美景资源，而开发旅游在乌兰布统也有将近二十年的历史了，其中有许多经验和教训，是一个值得思考的问题。

黄芩塔拉嘎查离乌兰布统苏木所在地七十公里，道路是自然路。早上七点从乌兰布统出发，上午九点才能到村里，赶上阴天下雨，刮风下雪，路就不能走了，所以代小飞到黄芩塔拉嘎查当了驻村第一书记后，一直住在村里。村委会没有房子，他就带着工作队的同志住进了一户村民的家里，按规定交了伙食费，每天吃这家主妇做的家常饭。说老实话，自己生活上再多的不适应也顾不上多想了，他每天听到最多的，一是嘎查的饮用水不达标，出井就是黄汤子，好像兑了一半酱油，苦涩难咽；另一个就是村民的住房几乎无一可以说得过去，全部是多年的旧土房，冷暖不保，还有倒塌的危险。

大自然非常奇异，在黄芩塔拉嘎查两公里之外的东窝棚自然村，地下水完全是另一种样子，清澈、甘甜，黄芩塔拉嘎查人盼了几十年，这最后两公里的问题始终没有解决，饮水入村，更待何时？代小飞急了，立刻向苏木党委做了汇报，通过苏木向旗水利局申请，向对口单位求助，一听说给老百姓接水，所到之处都伸出了援助之手，很快水就引到了老百姓的厨房里。

二〇一六年，自治区要求解决牧区农村居住环境的改造问题，三个月内完成施工任务。当时作为副苏木达，代小飞还承担着这项工作任务。由于道路不好走，施工用料运入十分困难，代小飞每天起早贪黑，和施工方一起在工地上现场办公，出现问题立即解决，他整个人晒得黢黑，也消瘦了很多。有一次他回旗里开会，妻子第一眼都没认出他来。别人看不见的是，他的脚疾很严重，指甲往肉里长，痛得钻心，他总是等大家都睡了，一个人悄悄上药治疗，白天依然大步流星地在工地上奔走。

洁净甘甜的水引来了，新村建起来了，老乡们高兴得心气也起来了，纷纷想辙致富。他们说代苏木达是真心为了咱们办实事，把代小飞当作亲人，也当作了依靠。这时候，代小飞被组织上提拔为苏木人大主任，回苏木去了，黄芩塔拉嘎查的老乡们看着他的汽车背影，立刻没了精神。时隔几天，代小飞突然出现在村委会的办公室里，他告诉大家，自己还继续任黄芩塔拉嘎查第一书记，完成脱贫攻坚的决胜之战。刹那间，人群里爆发出热烈的掌声，不知道何时会聚到村委会的乡亲们流出了真情的眼泪。他们说，代书记这个老百姓的贴心人又回来了，我们真高兴！

代小飞作为主管扶贫的副苏木达时，他经常在各个嘎查调研，到各个跑马场与旅游经营者、服务人员交流，甚至跟在羊群的后面进入草原上。他终于搞清楚了，貌似红红火火的旅游经营事实上还存在着许多漏洞。第一，跑马场太多了，恶性竞争的风险潜在多时。跑马场里马太多，已经过度践踏了草场，导致局部沙化。各种违建旅游设施鳞次栉比，严重影响了当地生态环境。从村民角度看，有劳动力的牧民可以到旅游马场做骑行牵马服务，获得一些收入，有财力的牧民可以买几匹马到跑马场入股分红，可是最贫困的人家，尤其是那些老弱病残的家庭，并没有从当地日渐火热的旅游业中获得任何利益，他们的“两不愁三保障”的问题仍然没有得到解决。

小红山子嘎查的贫困户张凤英就是一个典型的例子。她丈夫四十五岁因患肝硬化去世，大女儿脊柱侧歪，两名病人让这个家庭陷入了贫困的深渊。谁知手术后的大女儿一家，又突遇车祸，还需要张凤英帮助。她家里有二百四十亩草场，每年可以获得一千三百五十元的草场补贴，又在国家扶贫项目款的支持下，买了一匹马，入到旅游点经营分红，但是由于自己的身体和家境情况，她再不能通过劳动方式获得收益，因此脱贫问题仍然没有解决。

为此，代小飞领着苏木干部和工作队队员在旅游区走了四天，挨家挨户向旅游宾馆的老板们化缘。正如他们事前所预料的，进行得不顺利。你一提赞助贫困户，有的老板就说了，出钱可以，但我们的钱来得也不容易，领导给点政策吧。一问要什么政策，他便狮子大开口，给我们减免景区门票吧。代小飞知道，如果减免了，他们家的旅游点会拥来很多客人，但集体的收益就要受损失。还有的老板要求乡政府给修污水处理设施，解决经营性难题。代小飞说，我目前能给你解决的就是在旗里的媒体上和我们的公众号上帮你做做广告、招揽一下生意。结果老板们不干，谈话只得到此终止。

就在即将空手而归的时候，他们走进了郭宏明的宾馆，一进去感觉就不一样，敞亮大气，各种设施优质精细，每一个细节都像长远做事的样子。郭宏明没有二话，说，要多少吧，应该的。后来，郭宏明一口气签下了三份扶助合同，直接帮助三个贫困户三年，每户三千元，从二〇一六年到现在，只要扶贫方面有什么需求，他总是第一个慷慨解囊。二〇一九年世界减贫学习班在赤峰市举办，来自非洲贫困地区的学员到乌兰布统参观，又是郭宏明免费为这个团队提供了丰盛的午餐。郭宏明说，这是广告，让朋友们尝尝我们草原上的美食，通过舌尖的记忆把我们中国的乌兰布统草原的美和好传播出去。有郭宏明带头，通过苏木反复做工作，终于将十七家旅游企业组织起来，成立了乌兰布统旅游协会，互相协调，直接帮助贫困户十八家，为苏木脱贫攻坚贡献了力量。

黄芩塔拉嘎查的村民纷纷摘掉了贫困户的帽子，代小飞代表镇政府把一面锦旗送到了郭宏明的宾馆。郭宏明上台讲话，他说我于一九九一年入党，是名老党员，就应该全心全意为人民做事。再说了，我在当地经营，没有大家的共同富裕，哪有我的富裕……这话把代小飞听得心热，眼泪止不住地流了出来。

经过扶贫攻坚这一历史性的决战，乌兰布统苏木已是美丽与发展双赢，生活和生态和谐，黄芩塔拉嘎查更是旧貌变新颜。“我们的生活比以前好很多，多亏代苏木达为大家找出路”，“为人民办实事”，“老百姓的贴心人”，“代苏木达人真不错”，这些是常从百姓口中听到的对他的评价。

# 铁打的女人魏淑利

男人们回到家，呼哧呼哧吞进去两大碗饭，便一心无挂地倒头睡去。是的，他们真的太累了。其实，营子里还有比他们更累的人，那就是铁打的女人们。

脱贫攻坚开始了，在致富的道路上，女人们心怀世上最朴素的真理——幸福的生活靠劳动创造。她们挺起了柔弱的肩膀，咬定青山不放松，不断地给自己加重量、加勇气，主内也主外，生活和创业两不误，一步步拉住了梦想的手。

在赤峰草原山地那些贫困的营子里，我看到了这样一种生活。

“种黄瓜茄子时，大棚的温度要高一些，最低十九摄氏度，最高可以到三十摄氏度，而种西红柿时，大棚的温度要低一至二摄氏度。尖椒棚能种豆角，西红柿棚不能种豆角，容易得白粉病。一个白粉虱一夜能产几千只卵，能毁掉一垄菜……”宁城县哈尔脑村的建档立卡贫困户毕迎立家，女主人魏淑利通过从事阳光温室种植，于二〇一九年摘掉了贫困户的帽子，也成了阳光温室种植蔬菜的高手。面对我的采访，她说得头头是道。

在宁城县，日光温室大棚一座连着一座，把每一个村子、每一个乡镇都连了起来。发展设施农业是宁城县脱贫攻坚的成功之路。正值初冬，外面的世界已经是枯黄色的了，风冷飕飕的，夹杂着一点小雪。我们推开种植大棚的门，一股暖风和满眼绿色扑面而来。魏淑利从枝壮叶盛的西红柿秧子丛中走出来，手上沾着泥土。她正在浇灌这些成长中的秧苗。

说起脱贫以前的生活，泪水浸满了魏淑利的眼睛。

魏淑利和她的丈夫都是农村青年，当初结婚，真的是身无分文，只靠着每年种十二亩旱地为生。二〇一四年他们还没有自己的住房，每年花四千元，租住在一间商场的间壁房里。间壁墙是木板的，一到冬天，风呼呼地吹进屋，大人孩子半夜常常被冻醒。

在赤峰市农村，一般是一对夫妻两个孩子，人们最理想的是一儿一女。如此这般，一个家庭里便有了知道疼父母的小棉袄，也有了支撑门户的顶梁柱。毕迎立和魏淑利的第一个孩子是个女儿，当魏淑利第二次怀孕的时候，他们期盼着生个儿子，这也是人之常情。没想到魏淑利的第二胎是一对可爱的双胞胎女儿。魏淑利跟我讲，这两个孩子小时候身体不好，三天两头生病，有点流感什么的，这对双胞胎一准摊上，镇医院的门槛都要被她们娘儿个给踏破了。可想而知他们这个家庭的压力有多大。

当魏淑利发现自己第二次怀上了双胞胎的时候，她和丈夫并没有喜出望外的感觉，相反变得愁眉不展。上一对双胞胎从生出来到养大，全靠亲戚朋友帮忙，东借西凑，再来一对双胞胎可怎么是好啊？医生严肃地告诉他们，魏淑利已经做过阑尾炎等三次手术，加上年龄偏大，只能顺其自然了。结果，这一对双胞胎只保住了一个男孩。

四个孩子的吃穿用度，加上出生时的医疗费，把这个家彻底压垮了。

在中国农村，虽然还有相当多的贫困人口，但是吃不上饭的人家基本没有了。魏淑利告诉我，当时他们家真是到了吃了上顿愁下顿的程度。

屋漏偏逢连夜雨。二〇〇五年，毕迎立到天津打工，上班第一天，就出了事故。他从在建的十四层楼上摔了下来，还算幸运，落在了钢筋的空隙里，保住了性命，不幸的是造成了两根肋骨骨折，不能再工作养家了。

由于多次手术和长期的超负荷劳动，这个六口之家唯一的劳动力魏淑利，也患上了腰椎间盘突出症和高血压症，由于长期服用激素，在一定程度上消损了她原本年轻健康的体质。她看上去挺胖，实际上很虚，动不动就一头汗水。

这一对夫妻看看身边四个没有长大的孩子，满心都是忧愁。怎么办？能帮助他们的亲戚已经竭尽所能了，该想的办法都想过了，家里就要过不下去了。“那时候真是想死都死不起啊。”魏淑利流着眼泪说。

都说再苦不能苦孩子，再穷不能不让孩子上学。可是到了这个份上，一切自己都无法说了算，你拿什么去实现这个“不能”？就是在这种“不能”的生活中，大女儿不知道什么时候长大了，每天给她的饭钱，原本很少，她宁可饿着也不肯花，省下来到晚上放学时给急需营养的小弟弟买一根小香肠。为了分担母亲的压力，她决定去考职业学校，这样就可以早一点参加工作，挣到钱。十七岁的她，正值爱美爱玩的花季年龄。别的女同学放了学，就扎堆在小超市里，买各种喜欢吃的零食，选个好玩又漂亮的小饰品，而魏淑利的大女儿放学总是立即回到家，因为事情多得做不完，她要辅导两个妹妹的功课，还要洗全家的衣服，帮助妈妈做饭。而那一对双胞胎姐妹，也显得比同龄的孩子懂事很多，她们从不向爸爸妈妈要零食吃，家里吃饭的时候，她们说不爱吃肉，其实是想把那一点点肉，留给受伤的爸爸。就连家里最小的弟弟，在外面看着别人家孩子吃零食的时候，嘴里的口水都要流出来了，但也知道赶紧扭过头去。

魏淑利告诉我："那时候我们两口子整天都在绝望中，也就是不能死，不能让四个孩子没有爹娘，于是靠着这个想法一天天支撑着活着。要不是脱贫攻坚的各项政策来了，我们还不知道会过成什么样。

"村里来人了，乡里也来人了，第一书记来了，扶贫办的领导也来了。每一个人都不是来嘘寒问暖的，他们实实在在地把我们家的困难问题一项一项地厘清分类，与国家的扶贫政策逐一对接起来。你看看，就数我们家享受的国家政策多了——健康扶贫，建档立卡的贫困户，有医保，还有大病兜底，有钱治病，孩子他爸爸的伤也治好了，孩子们有点毛病，也不用去赊账借钱了，我的身体也到旗医院和市医院治过了，你看这不也能每天骑着电动车出去照看大棚、学技术了；现在孩子上学学费全免，还有好几项补助，也不用一到开学的日子，就害怕看孩子们伸出小手要钱了。对了，是异地搬迁的好政策，把我们一家从连阴天里送到了温暖的日头地里来了——二〇一八年，我们做梦都不敢想的事情真的发生了，我们自己仅掏了一万元，就得到了九十五平方米的易地搬迁楼房。你看，有不断流的上下水，有比火墙子还热乎的暖气，还安装上了网络，孩子们学习、我求个医问个药什么的，连门都不用出。俺家那口子伤养好了，又出去到北京打工修地铁去了。搬家的时候，我给他打电话说，新房子的钥匙到手了。他说，你别逗了，真的就要一万元？我说，那绝对是真的不是假的，这么大事我能逗你吗？他说，这么快啊。我说，你瞧好吧，不用等你回来，我们今个儿就开始搬家，让你过年回来住新房。

"俺们那口子回来的时候，那激动的心情简直没法形容了。他上了楼，推开门，就站到原地不动了。他不敢进门，以为进入别人的家了。他摸摸墙，墙又光滑又白净；他摸摸暖气，热乎乎的，把潮湿的围巾往上一搭，不一会儿就干了。厨房里，不仅有了自来水，还有了净水器和煤气炉。三个女儿也有了一个单独的房间。室内有了洗澡洗头的地方，有了带抽水马桶的卫生间，十分方便。我家那口子乐得两个眼睛眯成了一条线，他把日夜想念的孩子们往胸前一搂，用满是胡子的脸蹭着他们的笑脸，眼泪立马就流出来了。他说：‘你们都好好地给我长，长大了，也做一个能帮助穷人的人。’”

转过年，政府号召贫困户参与到设施农业中去，像魏淑利这样的贫困户，就会有造血功能和发展的后劲。魏淑利也申请了两个阳光温室，开始种植蔬菜，发展后续产业。

一个女人，带着四个孩子，种植两个大棚的蔬菜，家里外头，她一天得有多少活要做啊，她的两只手能忙过来吗？

单说料理这两个大棚的西红柿吧，一年种两季。第一季二月保护地育苗，四月下旬定植，六月中下旬进入采收期；第二季七月育苗，八月定植，十月开始采收。从第一天种下种子开始，一直到摘果包装进入市场，蓄水保墒、搭架绑蔓、整枝打杈、通风透光、防治病虫害、温度调节掌控，其中的工序细节，那是一个接一个、一环扣一环，要求管理者像个育婴师一样，从白天呵护着秧苗到黑夜，把黑夜也当作白天一样使唤，一刻也不能粗心大意，一刻也不能拖拖拉拉。

魏淑利属于初学乍练，第一年，她每天追着农业技术指导员问，下载手机软件“小龙人”学，每天凌晨四点就骑着三轮摩托车来到大棚开始干活。她要适时开启滴灌，不停地调整大棚的通风程度，还要根据西红柿植株的生长情况，追肥调温、保花保果。棚里的秧苗和果实，可以说是魏淑利一分一秒盯着长起来的，只有她能看得出来，她回家吃一顿饭的工夫，那青里透红的小柿子果，又有了哪些变化。

直到有一天，她在铺大棚苫帘的时候，从棚顶上摔了下来，导致腰椎间盘受伤，人们才知道魏淑利为了管理这两个大棚付出了多少汗水和泪水。

当时，魏淑利一个人扶着腰，忍着痛从地上爬起来，慢慢地爬上她的小三轮摩托车，到药店买了些筋骨伤痛膏药贴上，像什么事也没有发生那样，回到了大棚。晚上，细心的大女儿发现妈妈身体的异样，魏淑利赶紧嘱咐孩子，可不敢告诉你爸爸，他知道了肯定要回来照顾家，那样工资就没了；不回来，他也会惦记得要命，可不敢再让他分散注意力了。

人的成功，往往是在和一个个困难的搏斗中完成的。魏淑利的成功看似很渺小，无非是在生活的重压之下，一年内成功种植了两季西红柿，收入三万五千元，按照国家相关扶贫政策，摘掉了贫困户的帽子。其中的艰难，她说得轻描淡写——有老妈帮助我接孩子，不用每天下午四点半放下大棚里的活回来接孩子，不用早上给孩子们做完饭再送他们上学，顾上这头顾不上那头，我专心忙乎大棚，也不算太累。我想着今年要是西红柿行情好，把“饥荒”还清，明年再加两个棚呢。

在我刨根问底的时候，她才想起来，自己在大棚工作的时候，身体对西红柿秧苗过敏，一连几个月，浑身红肿瘙痒，甚至感染结痂……由于春秋两季，一早一晚温度低、露水重，她长时间在湿寒的环境下工作，浑身的关节痛得越来越严重，一年中有过两次不能走路，上不去自己的小三轮摩托车。说到这里，她腼腆地一笑，说，要不是您问我，我还真想不起来这些。

我执意要到魏淑利的家里看看。快中午了，魏淑利的母亲正在厨房做午饭，一盖帘白面蒸饺出锅了，散发出一阵阵香味。孩子们回来了，屋子里顿时沸腾起来，两个双胞胎女儿长得苗条白皙，穿着同样鲜艳的冲锋衣，梳着两条同样油亮的发辫，在屋里走来走去，煞是好看，让人分不出来哪个是姐姐、哪个是妹妹。她们率性自然地嬉笑着，完全看不出和城里的孩子有什么不同，小弟弟见到姐姐，顿时开始疯闹撒娇。我问一个小姐姐，愿意带弟弟玩吗？她眉头一皱说，才不愿意呢。引得我们哈哈大笑。

魏淑利说，过去我一看孩子就发愁，现在我一想到这些孩子长大以后的情形，从心里往外乐和。

魏淑利的老母亲招呼我们在她家一起吃饺子，但我们还是起身告辞了。

魏淑利把我们送到楼下，自己也启动了摩托车，她还要去大棚，接着给西红柿沾花。沾花是当地的说法,我想好像就是人工授粉。我说,那你怎么不吃完饭去,她告诉我,这点活需要趁着上午的气温赶紧干,不然下午一降温就做不成了。

魏淑利骑着三轮摩托车的身影渐渐远去了,我知道她会离自己的梦想越来越近的。

# 我知道你这是为谁

赤峰市有两名知名度很高的村党支部书记。一位是林西县的刘振林，一位是翁牛特旗的潘向学。在林西县见过了刘振林，到翁牛特旗，必须见见潘向学。

潘向学所在的五分地镇东他拉村，距离旗政府所在的乌丹镇大约五十多公里。从这个村子的名字上，可以回溯出这里从前的地理状况。他拉在蒙语中是甸子的意思。在东他拉村的北侧还有东北他拉村、正北他拉村，那一定是农耕进入草原的过程，汉族人口口相传留下的名字。一路上，我细细观察，发现这一带的确开阔平坦，从高速公路两侧的土质和植被隐隐地能看出些许科尔沁沙地的禀赋，而今一路耕地万顷，设施农业的大棚连绵不断。农耕文明在这片古老的草原上扎根已久、生机勃勃。

在不到一小时的车程中，我一直在听杨明霞讲潘向学和东他拉村的故事。杨明霞是赤峰市扶贫办政策法规科负责人，走遍了赤峰九万余平方公里的每一个旗县，包括那里的大部分村镇，说起全市脱贫攻坚战线上的人和事，她总是满怀深情，如数家珍。

东他拉村是五分地镇所辖的村庄里面积最大、人口最多的一个村，人口超过三千人，面积有五十三平方公里。赤峰市的耕地分旱地和水浇地。一般水浇地多一些的地方，生活相对好一些。东他拉村有一条不大的河流，有一个游牧民族留下的名字，叫板石吐河。许多年以来，这条河一直和东他拉农人的小康之梦紧紧缠绕在一起。

二十年前，潘向学作为一名新上任的、年富力强的村党支部书记，发动几百人的村民大会战，从板石吐河中开出一条通渠，引水进村，一下子使全村增加了七百多亩水浇地，东他拉人乐得胡子翘到耳朵上，他们屁股撅到天上、脑袋扎在泥土里，一垄一畦地侍弄着庄稼。那清凌凌的水啊，滋润着干涸的土地，也流进了老少爷们的心里。

时过境迁，而今，板石吐河的水已经断流，东他拉村人只能打机井浇地，但还是得靠板石吐河，井位必须沿着板石吐河的水脉走，才能打出水来。二〇一三年，东他拉村人均收入不到三千元。用现在的脱贫标准来看，不是全村有多少个贫困户的问题，而是整个东他拉村是不是整体贫困的问题。眼看着板石吐河河道的水位一年年下降，村里的年轻人一拨一拨地往外走，东他拉村人的致富梦显得更加迫切。

潘向学组织党支部全体成员坐下来讨论，全国农村都在脱贫致富奔小康，我们东他拉村该怎么办?因地制宜的项目还是有的，办合作社，养牛、养猪，机械化种玉米杂粮、种草药、种木耳，都是可圈可点的好项目，但是启动这些项目，需要投入资金。大家异口同声地说，大胆点，利用金融扶贫政策，鼓励大家贷款，然后盯着家家户户，帮他们请农业技术指导员解决随时出现的困难，坚持下去就会踏上致富之路。

还真是一毛钱难倒英雄汉，越穷，越借不到钱。党支部发现了一个十分普遍的问题，贫困户想贷款，几乎没有富裕户愿意为他们担保。这也不能怪富裕户，贫苦户的状态，在当时看上去就是一个难以填满的无底洞，有五口人四名大病的人家，有只剩两名六十多岁老人的人家，有好吃懒做每天就想着天上掉馅饼的懒汉，有不走正道惹是生非的二流子，别看他们把胸脯子拍得当当响，说，丰收了，一定还钱，富裕户还是直摇头。潘向学觉得，富裕户的态度可以理解。东他拉村没有发横财的人家，富裕户咋成的富裕户，别人不知道，潘向学心里清楚，那是起早贪黑，靠一颗颗汗珠子生把土坷垃泡软，再把种下的粮食一粒粒攒起来，换来的几个血汗钱和一些家产。手里的这点家当，谁不是夜里枕在梦里，白天挂在心上。你看看他们平日里吃得多清淡，穿得多廉价，就知道，如果真的让他们失去这点血汗钱，就等于要了他们的命。

党支部把全体党员找来了，把村民代表找来了，把村里德高望重的长者找来了，把富裕户代表也找来了——请你们给咱东他拉村想个辙，支个招，咱们一起努力，让东他拉村人过上好日子。集思广益，“三链互助”扶贫模式就这样创造出来了。第一条链叫亲情链。农村里的老户，绕来绕去，家家都是亲戚，亲戚之间贫富差距不一，党支部就动员富裕户帮助穷亲戚，由富裕户带领贫困亲戚外出打工，或为其贫困户亲戚提供贷款担保、信息技术，帮助他们发展养牛、养羊产业使其脱贫致富。第二条链叫互需链。有的富裕户生产资料充足，信息快、技术高、信誉好，其产业有良好基础，就是缺少劳动力，缺少耕地、草场等资源，正好和缺乏资金、信息、技术但有富余劳动力、耕地、草场等资源的贫困户结对，形成互补的平等帮扶。第三个叫责任链。对在村里没有富裕亲戚，又没有劳动力和生产资料的贫困户，由村干部和党员兜底，履行扶贫责任和义务，因人施策，对他们进行帮扶。

万事开头难。“三链互助”一经推广，受到大部分村民的欢迎，不过，并非所有人都愿意投入其中。阻力不仅来自一些富裕户，还来自一些贫困户。富裕户这样说，我帮他，那不就是给他们扛活吗？帮好了没我啥事，帮不好还要受埋怨；贫困户中有的人说，我用得着他帮吗？我不会种地，还不会养个牲畜？给点饲料就长的东西，我非拿到他家干啥？

潘向学又一次召开村“两委”会议，他说咱们这头一脚若是踢不出去，往后的工作就不好推进了。于是大家开始分头做工作，劝说不愿意加入亲情链和互需链的村民赶紧行动起来。

干部们出发了，进一家，出一家，终于把问题解决得差不多了。这时又出状况了。富裕户郭守生成了老大难，无论怎么说，就是不同意带贫困户。他说亲戚远来香，邻居隔大墙，往一起凑没好事。别的话就没了，干部们再来，他连头都不抬一下，忙着给牛添草饮水，脸上冷冰冰的，像啥都没看见似的。

村里给郭守生安排的亲情链上有两家贫困户，一家是他的叔丈人，就是他妻子的叔叔；一家是他的堂兄弟。郭守生平常爱动脑子，勤快肯干，做什么事情有头有尾，他养的几十头牛，毛皮锃亮、腰圆腿粗，母牛到日子就揣犊子，公牛肥肥的每次都能卖上好价钱。对那些过日子不着调，没事扔下活计就出去打对调、扯闲篇逗闷子的人，他是死活看不上的。他的叔丈人身体有病不假，但是也有干活不着调的毛病；堂兄弟呢，身后又拉了好多年的饥荒，看着也是一时半会儿翻不了身。

村干部灰心丧气地回来了，跟潘向学汇报说，看来铁嘴钢牙也说不动这个郭守生了，不行拉倒吧，别劝他了。潘向学一听，有点上火。他说，这是退一步地阔天宽的事吗？不是。好多富裕户好像都在看着郭守生，其实是在看着党支部，党支部做不通郭守生的工作，要是他不带贫困户，别人就有话说了。

潘向学来到郭守生家。第一次，郭守生不在，他就把自己的意思告诉了郭守生的媳妇。让郭守生给他回个电话。等了一天，郭守生也没有回电话，一向沉得住气的潘向学，又去一趟。

郭守生对潘向学是很尊敬的，他看见潘向学进门，忙放下手里的饲草叉子，洗了手，让潘向学进屋里坐，喊媳妇赶紧沏茶。潘向学说，别介，我看看你的牛。

牛圈里打扫得干干爽爽，地上没有一摊牛粪。牛的毛皮像缎子似的发光。潘向学不由得夸郭守生说："守生啊，你可真是个好把式。"

郭守生嘿嘿地笑着说："对付事吧。"

潘向学说:“你这公牛到入冬大概卖多少钱?”

郭守生说:“潘书记,你心里明镜似的,还问我。”

潘向学说:“那小牛犊呢?”

郭守生不好意思不说了。他说:“大的一万元出头,小的五六千元吧。”

潘向学说:“那你不用说从前几年卖的,就这眼下的一圈牛就够你吃个五年六年的吧。”

郭守生还是嘿嘿笑着。

潘向学说:“我问你,亲戚朋友、左邻右舍,家里有个逢难遭灾,站到你家牛圈跟前哭个穷,你好意思让人家空手回去吗?你是担心带贫困户跳到坑里去?告诉你,现在的扶贫政策一个接一个,都是实实惠惠的,人家贫困户带着牛来入股,不会让你吃亏,中间遇到啥事,还有村里帮你呢。”

郭守生说:“潘书记,您昨天来,我媳妇跟我说了,我想了一宿,半明白;您这又来了,我便全明白了。您这是为了谁呀,还不是和二〇〇〇年修大渠一样,为的是全村人吗?”

郭守生对潘向学那是绝对服气。二〇〇〇年修大渠的事深深记在他的心里。

那时候潘向学还没有被大家称为老书记,四十岁不到,刚刚被选为村支书。他自幼在东他拉村长大,从二十多岁起就当村干部,琢磨着怎样让东他拉村富起来,琢磨二十来年了。那时候农村种地就是靠天吃饭,不下雨,干旱,说绝收就绝收,说减产就减产,农民累吐血,老天不给面子,那才是叫人伸着两手干瞪眼呢。耳朵听着板石吐河的水,从早到晚哗啦啦地从村北面流过去,东他拉村人真是眼泪汪汪干着急。

潘向学决定拼一把。他请来了水利部门进行了勘察设计,要修筑一条渠,把板石吐河的水引出来一股,送到东他拉村的旱地里,让旱地变成祖祖辈辈盼望的水浇地。有了水浇地,东他拉村就可以旱涝保收,不愁饿肚子了。结果却让全村老少大失所望。为什么呢？因为板石吐河的河道和东他拉村的耕地间有一块低洼地，把水引出来不难，可是水流到低洼地里，再想流出来进入旱田可就难了。只能把低洼地垫高，在上面修渠！专项资金不够，省着用；劳力不够，潘向学在村里召开了动员大会，第二天施工现场就来了五六百人，男男女女、老老少少，都来了，连平常不出院子的白发老太婆也蒸了玉米饼子，一步一打战地来了，放假在家的学生们也跟着父母来了。一片彩旗，扎在山沟里，大喇叭里回响着《我的祖国》《我们走在大路上》的歌声，间或还有妇女委员宣读表扬稿的清脆声音，气氛好不热烈。是啊，为了即将到来的好日子而劳动，谁能不兴高采烈，谁能不斗志昂扬呢？

低洼地被垫高了两米多，形成一个大底座，从板石吐河开掘出来的大渠径直通过这个大底座，终于把水引到了东他拉村的旱地里。此举让东他拉村增加了七百五十亩水浇地。从此只要深深地躬下身子，埋头苦干，便是衣食无忧、无尽无休的好日子了。

一鼓作气，引水渠大功告成。潘向学一声令下，打开水闸，放水啦——水流像波浪形的翡翠，一边跳舞一边奔跑，孩子们在渠旁跟着那水流疯跑着，瞬间就跑到了大底座上面，这时候农民土造的大渠，有点禁不住考验了——水大，几乎要漫出渠口，渠壁是用泥土一点点夯实垒砌的，不知道能否禁得住如此大水流的冲泡，但是水已经超过渠面，泥土渠壁也微微渗水。潘向学火烧眉毛，站在渠边，目不转睛地盯着渠水。突然，周围的乡亲看到他解开了棉袄的扣子，穿着秋衣秋裤喊了一声："上沙袋子！"就走到了渠中，站在了湍急的水流中。水就要齐胸了，不时地推涌着他，他定定神，站稳，接过沙袋子，开始顺着渠壁往上码。一袋、两袋、三袋，当他把第一摞沙袋码到渠口的高度时，他看见身旁又多了好几个人，是村干部全都下水了，不一会儿党员、团员、青壮年村民全都下水了！水温仅有十几摄氏度，人体三十六点五摄氏度，外面的秋风飕飕地刮，水中的人们不敢停滞片刻，只有不停地搬沙袋、码沙袋，用全身的热汗对冲着冰水，才不至于打哆嗦。

加固加厚了渠壁，潘向学一班人马被外面的人拉出渠的时候，天色已经暗下来了，气温也已经下降到零下十几摄氏度，还没等他们换上家里送来的干衣服，身上的秋衣秋裤已经在他们的身上冻成了铁片，咔咔直响，一折就要断成碎片。

望着水渠安安稳稳地把水送上了村里七百五十亩耕地的旁边，老婆婆和媳妇们呜呜地哭起来了，很少流泪的潘向学眼睛也湿润了。乡亲们说，潘书记快回村，大糙子粥熬了一大锅，热热乎乎，还有大酱腌的咸菜疙瘩、油滋啦炖豆角，等着给你们庆功呢。

潘向学说，拿件棉衣服，装点饭送来，我回去也不放心。很快，村民们点燃了熊熊的篝火，潘向学和他的村"两委"一班人就坐在篝火旁，慢慢嘬一壶滚烫的自己村里酿的大老散白酒，守着水渠，度过了通水的第一夜。送水成功，水渠安全，他们才放心离开。

正像村里当年在场的乡亲们传说的一样，在郭守生的心中，潘向学搬着沙袋与湍急的冷水搏斗的身影，就和电影《创业》中王进喜在油井里用身体搅拌水泥浆一样，都是真正的共产党员、人民信得过的带头人。

郭守生这人办事、说话实诚，用村里的话说，一口唾沫一个钉。他说既然答应了潘向学，不干则已，干就干好！

对于那些说怪话、不愿意加入互助模式的贫困户，潘向学也有招。他们不是说自己养的东西，用不着交给别人搭人情，自己也能养吗？那就让他们试试。结果，半年过去那些人傻眼了，人家互助合作小组的牛溜光水滑，该揣犊子的都鼓起了大肚子，自己养的牛真的不行，瘦骨嶙峋，没两头肚子有动静的。他们便忙三迭四地到村委会，请村委会帮着他们去求富裕户的谅解。就这样，"三链互助"扶贫模式迅速在全村推行，当年就见了很好的效果。

东他拉村二〇一四年年初识别建档立卡的贫困户有三百四十一

户，是全翁牛特旗的旗重点贫困村。现在东他拉村共有七十四个三链式互助扶贫联合体，为二百八十户村民争取金融扶贫贷款一千三百七十五万元，贫困户利用贷款发展养殖业，年户均增收五千元。牛存栏已由当初的不足七百头发展到两千五百多头；羊存栏从不到三千只发展到一万多只，总计年人均增收在三千元以上。全村实现脱贫。

车进东他拉村，整洁的环境不由得让我一惊。在村委会院子里，一位村民正推着小车在打扫院子收垃圾。我以为这是一名贫困户，正在公益岗上工作。

我走过去一问，那位村民告诉我，这不是公益岗，就是一种个人习惯，每天不出来打扫村子就觉得心里发空。和他一样，在村里不同地方打扫环境卫生的，还有好几个人，这些人年龄大了，没有太多的活计，自从大前年，村干部带头扫街以后，他们就自愿这样做了，就是过年过节也没停下来。一坚持就是三四年，我觉得真是难能可贵。

潘向学和五分地镇的镇长在村委会等我。我一端详潘向学，觉得他不像五十九岁，像五十四五岁，看来在他的称谓前面加一个“老”字，有点不太合适。虽说他的脸黝黑，带着风雨剥蚀的岁月印记，但是这个人精神旺盛，体形健硕。村民叫他一声老潘书记，语气里带着敬重和信任。

我先问潘向学村里志愿者的事。

潘向学说：“几十年来，村里贫困不说，脏乱差的问题很严重，出门走两步，就得踩上一脚牛粪羊粪，村民也还是保持着围个窝睡觉、端个碗吃饭的旧习惯，把垃圾倒得到处都是，苞米皮子、煤灰加上泔水猪粪就倒在街上。冬天冻成冰坨子，春风来了满天飞。你看那老百姓吧，不怕你笑话，个个灰头土脸，耳朵里一掏一坨泥，浑身沾满了草屑污渍。村党支部开会动员家家打扫环境卫生。他们说，好吃不如饺子，好受不过倒着，一天到晚挺累的，哪有力气整乡村文明的那些事。

“我们一看，这样下去怎么能行。于是为把激励村民竞相发展生产和引导树立文明乡风结合起来，第一个举措就是村干部带头上街打扫卫生。说起来挺逗，我们第一天出来，村民发现之后也出来了，他们不开自己家大门，躲在门缝里看我们干活，偷偷笑，说，肯定是上头来检查的了，也就一阵风就过去了。没想到第二天、第三天，一部分村民看不下去了，拿着扫帚加入了村干部的行列，直到第四天，街道被打扫得干干净净，村民们提着土篮子出门了，一看，不忍心再随地倒垃圾了，但还是懒得走远，便把垃圾拎着往自家院子旮旯一倒了事。我说，咱们分组进院子，我就不信他们能看得下去。干部和党员给村民扫院子，可不得了，村民们这回真有点羞愧难当了。躺着的跳下炕，看电视打扑克的走出屋子，纷纷从干部们手里抢夺下工具，自己动手干起来了。

“随后，我们推出了村民‘积分卡’制度，凡产业发展得好、扶贫政策掌握得好、门前卫生搞得好、孝老爱亲、邻里和睦的，通过评定都能获得积分，一积分顶五角，凭积分卡可以到村‘爱心超市’领取生活物品。现在，村民都比着干，有不积极的家庭，念书的孩子就督促父母了，咱家为啥积分不如人家呢？为了给自己孩子做榜样，家家也都往好了干。积分实际上并不能换来多少值钱的东西，关键是一种精神推动。”

坐在一旁的五分地镇镇长插话说：“火车跑得快，全靠车头带。潘书记一班人自己坐得端、行得正、干得实，他们张罗什么事，大家都听，东他拉村才有现在的好风气。”

我发现跟潘向学问起村里的情况，他侃侃而谈，如数家珍。可是一说他自己的事，他总是三言两语，一带而过。我一再追问，还是三言两语。

我说：“潘书记啊，我知道村党支部书记的工资很少，那你整天在外面忙，家里靠什么过日子呢？”

潘向学说：“种六十多亩地，我和老伴两个人一起种。”

我说：“你有空吗？”

潘向学说：“老伴辛苦点。”

我说：“没养点牛吗？”

潘向学说:“没养。”

我说:“为啥?”

潘向学说:“顾不过来。”

我说:“你也加入合作组呗。”

潘向学说:“那可不行,咱这身份,就不好给大家平衡事了。”

我说:“潘书记,你家一年能收入多少?据我所知,村里的干部往往都是富裕户。”

潘向学说:“我们家也不错,一年种地能弄个五六万元,加上我的工资,孩子都出去了,我们老两口也没啥别的用钱地方,完全够了。所以,我不用想着家里怎么发展,家里的事想多了,村里的事就会想得少了,在这个问题上两手都要抓,两头都要赢,恐怕有难度。”

我说:“那你什么时间下地劳动?”

潘向学说:“也就是见缝插针,老伴辛苦呗。她偶尔会叨咕几句,叨咕几句就让她叨咕吧,听着别吭声,就过去了。”

镇长这时插话说:“咱们老潘书记啊,办事公道,一心为公。这些年,镇政府的门槛都要被他踏平了,他找领导,没有一次是为自己的事,全是村里的事。平常镇里填报什么表,整得最清楚的肯定是东他拉,开会,从来提前到会的也总是他,他为了村里的事,那是咬定青山不撒口,非办成不可。有一次,东他拉的自来水出了点毛病,那是晚上十一点多的事了。他来电话,请我们帮着找技术员来给检修一下,都那么晚了,怎么也得等到第二天啊。我说,老潘,你先把总闸关了吧,明天上班就给你派人修。他担心供不上水,就一个人抽着他的老旱烟,坐在水泵房,守了一夜,第二天早上工人来了,看见人家老潘两眼通红地在门前迎他们呢。”

镇长的话,潘向学也不接。他掐断了手里的烟,对我说:“老师好不容易来一趟,咱们到村里转转。不知道老师需要看什么?”

我说:“我情况也不熟,请潘书记引领吧。”

镇长说:“他们的养殖和种植产业都做得很好,特别扎实,效益相当好。”

潘向学给我推荐了农村好媳妇董丽华，还有特困户潘风一家。

董丽华是全村树文明、创新风活动中，大家投票评选出来的好媳妇。过去，这一带农村流传着这样的顺口溜：“三金一踹移在外”。什么意思呢？就是说，如果儿子要娶媳妇，媳妇向婆家提出的基本要求是要有金项链、金耳环、金戒指和一辆摩托车，外加要把公婆移到别的房子里单过，媳妇不予照顾奉养。但凡媳妇和公婆住在一起的人家，没有不打架闹矛盾的。但董丽华可不是这样，她嫁到婆家，家里不仅有公婆，还有奶奶婆婆，八十多岁的老人，基本不能自理。新媳妇嫁过来，就每天给奶奶洗衣喂饭、端屎端尿、洗脚洗头，你不论啥时候见到老太太，都是干干净净的。后来奶奶病重，董丽华就搬到老太太屋里陪护，害怕夜里老人有个什么闪失。村里没有开展树新风评选活动以前，大家虽然知道董丽华是个好媳妇，但是家家户户的媳妇，谁也没去想也要争做一个好媳妇，现在，争取当个好媳妇，在全村已经蔚然成风。潘向学说，扶贫先扶志，志气包括文明程度，精神高尚才叫真正的富。

董丽华正往屋里抱柴火，他们家也是刚刚脱贫的贫困户。丈夫患有甲状腺病，婆婆这几天又被发现患有冠心病，正在住院。见到我，说起婆婆的病，董丽华说了一句“我妈……”眼泪就出来了，看得出婆媳之间感情是很深的。还好，由于享受贫困户的大病兜底政策，董丽华和她的丈夫不用为医疗费犯愁，他们只要照顾好病人，把家里的活干好，绝不会再回到从前的贫困状态中。

另外一家姓潘，户主叫潘风。和潘向学是本家。这大概是我赤峰市之行见到的生存状况最不如人意的一家了。

这是由四个单身汉艰难维持的家庭。两个一辈子没有娶亲的叔叔，带着两个不到三十岁的智力障碍的侄子过日子。镇长提前告诉我，这家是潘书记本人的帮扶对象，给他们安排什么项目都做不了，种点地也种不好，到了春天管潘书记要化肥和种子，到了冬天管潘书记要柴火，一年到头不时地还出点状况，今天病倒一个叔叔，明天跑了一个侄子，是随时找你，可以说是挂在潘书记身上的一个大包袱。不过潘向学不这样说，他说，咋整，让我不管，我还睡不着呢。

潘风的父亲在中华人民共和国成立前参军八年，据说还给一位大首长当过警卫员，在一次战斗中被子弹打穿脚掌，他一任性就不干了，回乡娶媳妇成家，生了三儿一女。女儿远嫁，由于穷，三个儿子都说不上媳妇，最后倾家荡产给老大娶了一个智力障碍的媳妇，生下两个智力障碍的儿子。另外两个兄弟一直单身，后来老大和他的妻子病逝。这两个单身的叔叔只好接手两个智力障碍的侄子，带着他们一起生活。

我走进他们家院子，一看，环境并不是我想象的那样颓废，房子是新盖的，满院子堆放着收下的玉米，还养着几头驴，大叔在喂驴。潘向学说，二叔潘风前一阵骨折了，拄着拐呢。进了屋，看到了潘风，那两个侄子也凑到我们跟前。潘风的衣服一看就好久没洗了，衣襟黑亮，像铁片。两个侄子倒是穿得还算整洁，问他们叫啥名字，还能说清楚，站了一会儿，他们就显示出病态了，眼神呆滞，浑身动作不协调。说实话，我不敢再细看这小哥俩，连给他们拍一张照片的勇气都没有。他们的叔叔潘风说他们的身体好多了，那么他们之前的样子我更是不敢想象，无论如何，对于我来说，这两个年轻人都是让我们对生命无奈又伤痛的直视。我无语，只好把墙上潘风父亲的军装照拍了下，留作一种记忆资料。我在赤峰市的扶贫攻坚采访全程中，只有他们全家没有留下照片，虽然我知道最后会有一些遗憾。

我赶紧转移话题，伸手去摸他们家的炕，炕是有温度的，这让我有些释然，看看他们家的厨房，剩余在锅里的饭食虽然潦草粗糙的，但可以看出，他们吃饱是没有问题。两个叔叔已经五十多岁，两个侄子也三十多岁了，这一年年，他们是这么过来的？他们的生活状况告诉我，中国的贫困问题是历史沉疴，而脱贫攻坚之战又是多么刻不容缓。然而，潘风几乎是带着满脸的喜悦说："好多了，比起以前的日子，那是天大的变化。我们原来住在危房里,吃了上顿愁下顿,是潘书记个人出了一万多元,补贴在扶贫危房改造资金里,帮我们买了这套宽敞的新房子,看病费用也百分之百由医保和专项资金报销，我们爷四个种玉米、养几头驴，又得到了扶贫政策的支持，人均收入已经达到了目前的脱贫标准。”

看得出潘风一家很知足。我的心情还是有些沉重。

拄着拐杖的潘风一直把我们送到屋外,还要送到大门外,被我坚决拦住。

我对潘向学说:“我要是当你这个书记,愁也愁死了。”

潘向学说:“唉,村里就这样,天天揪着你的心。”

杨明霞告诉我,潘书记四个孩子中有三个在大城市读书后就业,他老伴很想住到城里过安逸清闲的日子,潘书记却不去,他放不下自己的村子和自己的乡亲。